北京高校高精尖学科"文化遗产与文化传播"建设项目资助

—— 民间文化新探书系 ——

北京师范大学非物质文化遗产研究与发展中心◎主编

我与中国当代民间文学

刘锡诚口述

刘锡诚◎口述

丁红美◎编

商务印书馆
The Commercial Press

"民间文化新探书系"
编委会

总　序

　　民间文化，又被称为"民俗""民俗文化""民间传统"，其中绝大部分在今天也被称作"非物质文化遗产"，是人民大众所创造、传承并享用的文化，是人类文化整体的基础和重要组成部分，适应人们现实生活的需求而形成，并随着这些需求的变化而不断变化，是富有强大生机和特殊艺术魅力的民众生活艺术。可以说，在人类创造的所有文化中，没有比民间文化更贴近民众的日常生活和心灵世界的了。

　　20多年前，为推动民间文化研究，钟敬文先生曾带领北京师范大学中国民间文化研究所的同人，主编过一套"中国民间文化探索丛书"。这套丛书主要由研究所的成员所撰写，并由北京师范大学出版社出版，自1999—2000年的两年间共出版了包括钟敬文的《中国民间文学讲演集》、许钰的《口承故事论》在内的7部专著。[①] 2002年钟先生去世后，该丛书继续有所扩展，迄今列入其中出版的还有陈岗龙的《蟒古思故事论》（2003）和万建中的《民间文学的文本观照与理论视野》（2019）。尽管每部著作所探讨的问题各不相同，所采用的方法也有所差异，但总体而

---

① 这7部书分别是出版于1999年的钟敬文著《中国民间文学讲演集》，许钰著《口承故事论》，杨利慧著《女娲溯源：女娲信仰起源地的再推测》，赵世瑜著《眼光向下的革命：中国现代民俗学思想史论（1918—1937）》，董晓萍、〔美〕欧达伟（R. David Arkush）著《乡村戏曲表演与中国现代民众》，以及2000年出版的萧放著《〈荆楚岁时记〉研究：兼论传统中国民众生活中的时间观念》，另外，1999年在商务印书馆出版的〔德〕艾伯华著、王燕生和周祖生翻译的《中国民间故事类型》一书也系该丛书之一种。

言，该丛书反映了 20 世纪中后期以来中国民俗学界热切关心的理论问题以及较普遍采用的方法，特别是对"文本"和"历史"的关注和反思构成了丛书的核心，后来加入的两部著作则体现出语境、主体以及动态过程等新视角的影响。可以说，该丛书呈现了两个世纪之交的中国民俗学的前沿研究状貌，在民间文学和民俗学领域产生了重要影响。

2019 年 5 月，北京师范大学文学院牵头承担了建设北京高校高精尖学科"文化遗产与文化传播"的任务。该项目的宗旨是依托北师大深厚的人文学科底蕴，统合校内外相关研究和教学力量，建设一个以中国优秀传统文化为基础、以非物质文化遗产（以下一般简称为"非遗"）和区域文化为主体、以文旅融合和文化传播为特色的优势学科和新兴前沿交叉学科。同年 12 月，作为该项目的重要成果，北师大非物质文化遗产研究与发展中心成立，在继承和发挥北师大以往的民俗学学科优势的基础上，为强化非遗研究、人才培养和产教融合，搭建了一个新的国际化的交流合作平台。在高精尖学科建设经费的支持下，北师大非遗中心和文学院民间文学研究所主编并出版了"非物质文化遗产学术精粹"丛书，首次较为全面地梳理、总结并展示了中国学界自 21 世纪以来在非遗理论与保护实践、口头传统、表演艺术、有关自然界和宇宙的知识和实践、传统手工艺以及社会仪式和节庆等方面的主要研究成就。此次推出的"民间文化新探书系"，是该高精尖学科建设的又一项重要成果。所以叫作"民间文化新探书系"，一方面是要借此向以钟老为首的北师大以及民俗学界的前辈致敬；另一方面，也想以此展现国际国内民俗学界的一些新面貌。

简要地说，本书系有着如下的目标和特点：

第一，聚焦 21 世纪以来民间文学、民俗学以及相关学科领域取得的新成果。上个世纪后半叶以来，随着社会的迅猛发展和巨大变化，新的民俗现象不断涌现，对民间文学和民俗学学科提出了诸多挑战，许多敏锐的民俗学同人对此不断予以积极回应，特别是新世纪以来，有关当代大众流行文化、文化商品化、遗产旅游、互联网、数字技术以及新兴自媒体等对民俗的交互影响的探讨日益增多。另外，21世纪初，联合国教科文组织为应对全球化、现代化和工业化对传统文化的冲击，以及世界各国对其多元文化遗产作为历史丰富性与人类文明多样性的见证而日益高涨的保护需求，制定颁布了《保护非物质文化遗产公约》（2003），使"非遗"在世界范围内引起广泛关注。中国政府也迅速出台了一系列相应的法规政策，强调"非遗"保护对于传承和创新中国优秀传统文化、增强民族文化自信、促进文旅融合与国际交流等所具有的重大意义。与保护实践的快速发展相呼应，对非遗的研究和调查也成为民俗学等相关领域的热点话题。本书系将着力反映学界围绕这些新现象而展开探究的成果，以彰显民俗学与时俱进的研究取向，和民俗学者紧跟时代的脚步、关心并探察民众当下需求的"热心"和"热眼"，更充分突显民俗学作为"现在学"而非"过去学"的学科特点。

第二，展现经典民俗研究的新视角。民间文化大多有着较长时段的生命史，在人们的生活中世代相传，因此，不断以新视角探讨传统民俗和民间文学的特点和流变规律，既是民俗学界长期以来探索的重要内容，也是本书系所强调的一个重点。

第三，注重扎实的本土田野研究与开阔的国际视野。本丛书的作者不局限于北师大，而是扩展至国内外民俗学及相关领域的学者。在研究方法和理论取向上，本书系既强调立足中国本土的问题意识和扎实、深入的田野研究，也注重开阔的国际学术视野和与国际前沿接轨的探索成果，以增进民俗学对当代社会以及人文社会科学的贡献，深化国内与国际民俗学界的学术交流。

第四，呈现更加丰富多样的研究内容和形式。与"中国民间文化探索丛书"有所不同，纳入本书系的著作不只限于研究专著，还包括田野

研究报告、国外理论译介以及相关重要人物和历史事件的口述史等。由
于本高精尖学科建设的特点和需求，有关非物质文化遗产、民间文学以
及北京"非遗"的田野调查和研究成果，尤其受到重视。

　　希望本书系能进一步展现民间文化的当代魅力和活泼生机，推动民
俗学朝向当下的转向，从而为丰富和活跃当前国际国内的民俗学研究、
促进学科发展，发挥积极的作用。

杨利慧

2022 年 7 月 16 日于北京师范大学

垦拓之光

——《我与中国当代民间文学——刘锡诚口述》序

刘守华*

锡诚与我同庚，我们有五位同龄人曾于 2005 年在兰州西北民族大学郝苏民教授处共度 70 寿诞。岁月飞逝，恍如昨日。如今读到这部新编成的刘锡诚献身中国民间文学事业一辈子的口述史，激情涌动，不胜欣喜，便冒着武汉的暑热愉快阅读起来，不禁又沉浸在对许多往事的忆念之中。

我曾以《走向成熟，走向世界——中国民间文艺学百年历程》为题，在加拿大华文学刊《文化中国》1999 年 12 月刊出一篇专论，文章开头写道：

　　行将结束的 20 世纪，在中国历史上是一个风雷激荡、翻天覆地的历史时期。千百年来紧密伴随民众生活，真实记录他们历史足迹、直接抒写他们爱憎苦乐与梦想追求的民间口头文学，也相应地备受文化界的关注，终于构成为一门现代人文学科——民间文艺学，并获得了长足发展。从"五四"时期北京大学成立歌谣研究会，创办《歌谣》周刊，到 90 年代规模宏大的民间文学三套集成陆续问世，从鲁迅称道众多民间故事讲述人为"不识字的作家"，到毛泽东亲自倡导采集民歌，学习民间文艺以补益新文艺创作，从《故事会》这样的刊物每期发行几

---

* 刘守华：华中师范大学文学院教授。

百万份，到一系列口头文学家的口述作品专集纷纷问世，享誉全国并走向世界，等等。诸多事例构成百年中国文化史上别开生面的崭新篇章。

在世纪之交写作此文时，笔者曾为中国民间文艺学的世纪辉煌而意趣昂扬。经过 20 多年来开启非物质文化遗产保护这一个宏大文化工程，如今民间文艺学的广度和深度又有了巨大推进，再来忆述有关中国民间文艺学发展世纪辉煌的风雨足迹，就更加心潮激荡难以平静了。这就是我被锡诚兄这部口述史所深深吸引的底蕴之所在。

我是 50 年代初在洪湖师范学校因热衷采录革命歌谣表现优异而被选送至华中师大中文系攻读，1957 年毕业被校方作为开设民间文学课程的教师而留校的，随后又被吸收成为地方民间文艺研究会的骨干成员，一直走到如今。刘锡诚在北京大学攻读俄语专业，被曹靖华先生推荐也于 1957 年毕业后进入中国民研会工作，此后几经转身还是回到中国民协，将此生最宝贵的青春年华献给了中国民间文艺学专业，值得我们为之礼赞。

我以自己的切身经历为依据多次申说，中国民间文艺学事业所采取的是"三驾马车"体制，就是中国民协、高校民间文学专业和社科院民间文学研究室"三位一体"密切协作。民协既是文艺团体，又是政府管理的半官方机构，可以说是这项事业的核心部门，是三驾马车的主驾。锡诚在主持民协常务的 10 多年间（即组织编纂三套集成期间），实际上就是这马车上的主驾手。我作为参与许多相关事务的地方民协负责人，对此感受颇深，不能不生出对他的分外敬意。

他最为明显的功绩是加强民间文学的理论研究。他创办并主编《民间文学论坛》，推动全国民间文学研究异军突起。他特别重视培育新人，召开青年民间文艺家座谈会，鼓励他们写文章，发表文章后又评奖，叶舒宪、吕微、陈建宪等一批卓有成就的学者就是在此时脱颖而出的。他于 1984 年 5 月，特地在四川峨眉山召开"民间文学理论著作选题座谈会"，

共有 60 多人参加，声势浩大，视野开阔。我应邀参加，在 5 月 26 日的
日记上写着："下午由刘锡诚做报告，他提出了一些很好的意见，主要是
要求大家奋发努力，深入进行某一方向的专门研究，在三五年内拿出较
高水平的学术著作，为建设中国民间文艺学做贡献。"我除了几次在大会
上发言，还于 5 月 27 日单独和他谈话，获得热烈支持，他写了封给我校
章开沅校长的信，建议成立一个民间故事研究中心，并鼓动我组织一个
中国故事学国际学术研讨会以扩大影响；又将我已写成初稿的《中国民
间童话概说》列入全国选题规划，由此促成此书完稿后在四川民族出版
社顺利出书，并随即获得全国高校人文社科首届评奖的二等奖。它也成
为我于 30 年后出版 10 卷本《刘守华故事学文集》的奠基之作。

他还富有远见地组织编印了一系列供会员内部参看的《民间文学参
考资料》，如 1958 年苏联民间文学工作者会议的三个文件，其中瑞尔蒙
斯基的《对民间文学进行历史比较研究的问题》，学理深邃，使我眼界大
开。我从事民间故事的比较研究，虽是从 1985 年邀请美籍华裔学者丁乃
通先生来校讲学正式起步的，实际上我也认真研读参照了苏联民间文艺
学家一些以马克思主义历史唯物论为准绳的相关理论著作，并非对欧美
学界亦步亦趋。

这里还须补充说明一点，我于 1956 年刊发于《民间文学》杂志的《慎
重地对待民间故事的整理编写工作》一文，早在 1959 年就受到苏联学者
李福清的关注，他在《现代中国民间文艺学》的长文中即深表赞同，可
是此文刊发于《苏联民族学》1960 年第 1 期上，我们当时无法得知。直
到 80 年代刘锡诚夫人马昌仪将此文译成中文刊于民研会的《内部参考资
料》上我才得悉全文，由此以评论他的《中国神话故事论集》中文版为
话题，与李福清建立了颇为密切的友好关系。

在这些《民间文学参考资料》中，有一本蒙古学者好尔劳所著《论
蒙古民间故事》，实为苏联学派全面系统论析蒙古族民间故事的重要著

作，我读后颇受教益。便赠与在我门下攻读博士学位的李丽丹参阅。她后来专攻蒙古民间故事，于 2021 年在北京大学出版了一部厚实专著《鄂尔多斯蒙古族民间故事研究》，在这一事例中无疑也含有锡诚兄苦心孤诣推进中国民间文学研究的机缘。

对民间口头文学的调查采录和学理探究，本是建设中国民间文艺学相辅相成的两翼，锡诚兄作为双肩挑的中坚人物全身心投入，称得上是几十年勤苦不辍。他十分注重田野调查，足迹遍及祖国的东西南北，在口述史中留下同乡野村民融洽相处的生动叙述以及在文学期刊发表的优美散文。我虽足迹偏狭，但也陪伴他走访过湖北著名道教胜境武当山的民歌村，同来自山野的男女老幼共享民间口头文学带来的人生快乐，他如痴如醉沉溺其中的动人情景恍惚如昨。

锡诚兄的难能可贵之处是无论处于顺境还是逆境，都没有放下笔杆。列入国家社科基金项目的《中国原始艺术》和《20 世纪中国民间文学学术史》，无疑是问世后深受好评的他的学术代表作。还有他赓续中国诗学传说的民间故事传说研究以及晚年作为国家"非遗"保护工程主要专家的学理评说，这两项学术工程我以为也值得特别点赞。

《中国原始艺术》问世后，在 1988 年 9 月 22 日召开的出版座谈会上，钟敬文先生给予充分肯定地表示："作者花费六年的时间写出这样一本书，成就是很大的，不是急就章。""中国原始艺术作为一部严肃的学术著作，无疑是初战告捷，是万里长征走完了第一步。中国的原始艺术研究迈出了第一步。总之一句话，这是一部严肃的学术著作。"

至于《20 世纪中国民间文学学术史》，正如 2016 年 3 月 15 日由中国民协和中国文联出版社创办的座谈会上，众位学人就指出的，它作为我国民间文学领域的第一部学术史，对中国民间文学的百年历程进行了细致的梳理，全面展示了中国现代民间文学发展的历史概貌，不仅填补了中国民间文学学术史著作的空白，也为民间文学乃至整个民俗学学科的发展起到了重要的推动作用。《中国艺术报》2016 年 10 月 12 日以整版篇幅，刊出我撰写的长篇评论《映日荷花别样红》，文章在反复研读全书的基础上指出，本书将百年民间文艺学史划分为滥觞期、歌谣运动、学术转型、战火烽烟、新中国十七年和改革开放新时期六个时段进行梳理，以资料丰富翔实，视野开阔，持论公允，气势宏伟，显示出鲜明的学术特点。书中将学理、学派的解析梳理和民间文学宝藏的采录开掘紧密结合，融为一体，既洋溢着作者对献身于民间文艺学的同仁的深情赞誉，也是基于国情对拥有各族民间文学宝藏的中华文化辉煌殿堂的全景扫描。由于本书学术蕴含的丰厚，华中师大民间文学专业把它作为博士课程教材供学生研读，教学效果甚佳。

锡诚兄晚年作为国家"非遗"保护专家委员会的主要成员，又跨进到另一个更为宽泛的民族民间文化领域。由于传统民间口头文学及绚丽多彩的民间艺术在物质文化遗产的活态项目中所居重要位置，长时期沉浸于民间文艺海洋中的锡诚此时便获得了施展才华的更大空间，他不仅十分关注那些传统民间故事传说及其传承人的评审鉴定，还就"非遗"保护开发所牵连的一系列学理问题进行论辩探索，文化艺术出版社于2016 年出版的《非物质文化遗产保护的中国道路》一书所辑录的 20 多篇文章，就是这些理论成果的集中展现。湖北省将神农架流行的一部神话历史叙事长歌《黑暗传》首次申报列入国家名录里，因其《黑暗传》的原名不雅而遭领导小组终审否定，就由于我直接致信给刘锡诚几位专家申辩而再次审议列入国家名录。中国政府于 2004 年签字加入联合国的人类非物质文化遗产保护国际公约之后，于 2005 年由国务院发布通告，以坚决而有效的方式在全国强劲实施非遗保护行动的，在专业人才和理论知识都准备不足的情况下匆匆上马，于是原本从事民间文艺学的这批学人，自然就首当其先地被吸引到非遗保护的专家队伍中来。刘魁立、乌丙安、刘锡诚等进入国家专委会，我进入湖北省暨武汉市专委会，都属于这种情况。锡诚兄晚年在这一领域对许多项目和传承人的评审活动以及就相关问题所做的学理探讨，耗费的心力与奉献，我以为并不亚于他在民协主政时期的作为，是又一次学术青春的勃发，值得我们在其学术人生中给予充分尊重。

我曾在 2012 年发表的《五湖四海结学缘》一文中提及："中国民协多年来由贾芝、钟敬文、刘锡诚等人担任领导工作。在中国文联各协会中是一个地位不高的小协会，却有着很强的凝聚力。老中青几代人矢志不移，多年来对推进这项新兴的'人民文化事业'起着核心作用。我这几十年的学术生涯，可以说就是在这个文化学术圈子中进行的，同中国民间文艺事业不断迈步向前的步伐息息相关，这也构成了我学缘特色主调。"在同辈学友中，由于我俩都是在大学毕业的 1957 年跨进当时绿荫铺地的民间文艺学圃耕耘劳作，具有了中国民间文艺研究会这个学术团体的同舟共济，于是和他有了密切交往而友情日深了。多数情况是我向他及夫人马昌仪求教，他出版的每一本书几乎都会亲赠给我参阅，他给我撰写的从《民间故事的艺术世界》到《一个蕴含史诗魅力的中国民间故事》写作了序文，还给国家社科基金处推荐编纂《刘守华故事学文集》并促成其问世。我耗费心力完成的《中国民间故事史》见书后，他立即在《中国文化报》上撰文，赞其为"民间文化领域一项拓荒性的重要研究成果"。他既有关于苏联民间文学理论研究成果的丰富素养，又有在新中国拓荒时期从事文学评论工作的丰富体验，因而笔下的民间文学评论，常以其引入诗学美学的新境界受人称道。他于 2018 年问世的自选集《民间文艺学的诗学传统》一书选辑了他研究评说"牛郎织女""陆沉""白蛇传""梁祝""金鸡""钟馗""八仙"等民间叙事精品的力作 20 余篇，我常置案头参阅，对我近年尝试作民间故事的诗学解读就给予了许多有益启示。他以双肩挑角色，既奋力于协会繁杂的组织工作，又能埋头于相关项目的研究写作，实属难能可贵。

民间文艺学科在学苑中或在社会文化生活中常以其边缘性引人注目。其研究对象属于社会下层文化或弱势群体文化，虽然它因和"劳动人民"挂钩，在新中国成立后获得一阵青睐，可是在上层精英文化及传统文化理念的挤压下，更多时候所遭遇的是冷落漠视，不论在社会上或大学里都是如此。"民间文学"在高校文科学位排名榜上至今还没有合理地位就是一个明显事例。因而不论在高校或在社科院、文联系统中，创造新业绩就更为繁难。锡诚兄正是在中国跨入改革开放历史新时期的八九十年代，授命于艰难之际主持中国民协领导工作，全力投身于中国各族民间文学普查并编纂"民间文学集成"和推进民间文学基本理论研究等重大民间文化工程之中，而殚精竭虑，上下求索。该书中的诸多坦诚述说，我作为全国一盘棋的地方诸多事项参与者之一，细读起来不能不倍觉亲切而更增敬佩。

细读该书，为锡诚兄的坦诚评说深受吸引，在倍感亲切的同时，对其出于珍爱中国民间文艺而不惜艰辛劳作一辈子的作为，以及取得的一系列杰出成果倍感敬佩。钟敬文先生临近百岁时，在我的笔记本上题词："吾侪肩负千秋业，不愧前人庇后人。"这"吾侪"中的老中青几代民间文艺学家，正是将保护与弘扬民族民间文艺作为裨益民族文化建设的千秋功业而自觉肩负并坚韧迈步，才成就了中国民间文艺学事业的今日之兴盛局面。在推动中华民族传统文化的创造性转化和创新性发展的过程中，我们必将迎来人民文化事业更辉煌的未来。

是为序。

2023 年 6 月 20 日

于武昌华中师大

序　二

"农民"刘锡诚

——《我与中国当代民间文学——刘锡诚口述》读后感

安德明[*]

一

近十年前，2014 年的 3 月，我有幸参加由中国艺术人类学学会和中国艺术研究院艺术人类学研究所共同举办的"刘锡诚先生从事民间文艺研究六十年研讨会"。在会上，我做了题为《"农民"刘锡诚》的发言。发言借鉴锡诚先生本人文章中的自喻，也采用"农民"这个比拟，来表达自己对于先生为学为人的体会。记得当时这个发言在现场引起了不错的反响，但会后，有位与我一道参会的学者却告诉我，她有些担心我这样讲会显得不够尊敬。尽管我并不认可她的担忧，甚至还为自己能找到一个特殊的发言角度而得意，然而，在正式发表发言稿的时候，却忍不住为"'农民'刘锡诚"的说法加了一句修饰语，强调这是"一个看似不恭的特殊句式"。从这一点可以看出，在内心深处，我其实也怀着和她相似的顾虑。

这种顾虑，就是觉得把老师比作农民，可能会引起他本人的不快，也会引发他人的误解。而之所以有这样的顾虑，归根到底，又是因为"农民"这个概念当中，似乎包含不少负面的意义。一提到"农民"，特别是

---

* 安德明：中国社会科学院文学研究所研究员、副所长。

在把它用作比拟的语境中，比如说某某人"像农民"或"是农民"，人们有可能会联想到贬抑的意义，联想到"保守""落后""蒙昧"等一连串的标签。正因为这样，一个非农职业者在被人比作农民时倘能坦然面对，往往需要具有宽广的襟怀和不凡的判断力。我也是农民出身，对此深有体会。

我把刘老师比作农民的时候，他毫不在意，不仅在现场肯定了我的发言，还鼓励我把发言稿发表在《中国艺术报》上。文章发表后的一天，他又对我说，他在文艺评论界的一些同行在打听我的情况，因为他们觉得这篇文章写得不错。这给了我莫大的鼓励，也让我对他的品行和胸襟有了更深的认识。

最近，有机会拜读由丁红美女士编纂的多位年轻同人协助锡诚先生完成的个人口述史《我与中国当代民间文学》。通过书中先生自己娓娓道来的叙述，我对先生的个人成长历程，他在民间文艺学学科、民间文学学术史、非物质文化遗产保护和艺术人类学的建设与发展，以及在民间文学三套集成和中芬民间文学联合考察等当代民间文学研究领域标志性学术活动的组织开展等方面的全面参与、真实经验和独特贡献，有了更加感同身受的认识和理解。其中除一如既往地体现出坚忍不拔、孜孜以求、勤劬不懈的精神之外，还尤其蕴含着对于苦难的深刻体验与豁达超脱。这再一次坚定了我的念头：对于锡诚老师，在我看来，除了用"'农民'刘锡诚"这个组合，再找不出其他更合适的表达来概括和评价！

因此，我愿意把过去的那篇短文做简单修订后，放在这篇读后感的中心位置，以表达自己阅读这部"如同野老话家常"（钟敬文先生评价季羡林先生文章的诗句）的履迹心痕后的心得，以及对锡诚老师多年不变的敬意。

二

有幸结识锡诚老师三十多年来，我在学业、工作和生活各个方面，得到了他的许多教导和帮助。长期的交往，让我对他在民间文化研究、文学评论、散文写作等多领域的卓著成就，以及他作为学科领导者的独特视野与胸襟有了更深刻的了解，对他无私关心和提携后辈的师长风范，尤有切身的体会。在这些方面，我可以随手举出很多平凡具体又令人感动的事例。

不过，这并非本文的目的。在这篇小文中，我只想谈一谈自己对先生的一种认识。这种认识，缘于我最近再次拜读他的散文集《黄昏的眷恋》。在又一次为书中一段段流淌着真情的文字而感动的同时，我产生了一种强烈的感受，这种感受，非得用一个看似不恭的特殊句式来加以表达不可，那就是："'农民'刘锡诚"。

收入《黄昏的眷恋》的《岁月风铃》一文，是锡诚先生回忆自己青年时代在北大求学经历的文章，从中可以看出他早年生活的艰辛，但更多的却是奋发向上的追求与进取精神。而最打动人心弦的，是文中不止一处所表达的同样的意思："我"是一个一直在地里弓着腰干活的农民，在活儿还没有干完时，从来不会直起腰来喘一口气。

先生这样自喻，自然有不少自谦的成分，但我却从中感受到了饱经沧桑之后真实的个人心绪表达，其中既有对个人艰难经历的深刻记忆，更有超越苦难之后的高度自信。因此，我更愿意认真地把它理解为对锡诚老师准确、深刻的精神写照。

这首先体现在他的为人上。无论是阅读他的随笔、散文，听同事友人对他的评述，还是结合我自己的经验来看，刘先生都是一位质朴、真诚而且重情义的人。对于朋友，他始终持有一种朴实醇厚的情感；对于晚辈和学生，他总是会给予关心和提携；对于老师，他一直怀着感恩之心。而对于曹靖华先生等诸多在北大时期给过他帮助的老师和朋友，数十年来他更是念念不忘，深怀感激。"滴水之恩当以涌泉相报，"这是传统乡土社会最简单不过的人生道理，但也是日常生活中最难以达到的交往原则，刘先生却以自己平平常常的行动，真实地遵行这一原则。从他与人交往的态度和方式看来，他实在就像是一位饱经风霜、朴实无华的老农，尽管满脸沧桑，但即使是每一道皱纹，看上去也会让人感到自然和踏实！

俗话说："人勤地不懒。"作为"农民"的刘先生，永远在勤勤恳恳地工作着、耕耘着，就像米勒画中拾穗的农妇——她是那样勤苦地干着活，只是在偶然的间隙会稍微伸一伸腰；但是在伸腰的过程中，眼睛还是紧盯着脚下的土地，以及田间散落的麦穗。可以说，正是由于这样一种在田间"不敢抬头"的执着与勤奋，刘先生才能够在这么长的岁月里，数十年如一日地坚持劳作，并不断获得丰硕的成果。

从刘先生的文章著作要目可以看到，他自 1957 年参加工作之后，一直到现在的 2014 年，除去"文革"十年，每一年都有文章、著作发表，他的著作目录，构成了除特殊历史阶段之外的一份不间断的成果编年史。这其实也可以看作是"农民"特征的一种体现。也就是说，作为一个农民，年复一年，每一年他都必须做好当年的计划，必须按时劳作，必须要有所收获，只有这样才能获得安身立命的基础。而这，是他注定的命运，也是他存在的基本方式，无论经历怎样的风雨，遭遇怎样的坎坷，都不能改变这种宿命。

我与刘先生的交往，主要是围绕自己所从事的民间文化研究专业。但实际上，尽管刘先生在民间文化研究方面倾注了大量心血，取得了卓著成就，他本人却是一位跨学科、多领域的学者。这一点，常常让包括我自己在内的许多民间文化研究界的同行颇为叹服。我想，回到"农民"的比喻，锡诚先生可以说是非常杰出的农民。在我们许多人仅仅局限于在一块土地上种植一种作物——也许有的是精耕细作——的时候，他却能够很好地规划自己的土地，在这块土地上多种多收，并生产出多种多样的优良果实。他实在称得上是一位多面的"庄稼把式"了！

当然，刘先生并不是固守传统的老农，而是一个与时俱进的人。仅就民间文化研究领域而言，他不仅对国内资料有熟悉的把握和深入的研究，还一直注重国际学术动态与国际交流。对于新技术，他也始终保持着永不停息的探索精神，到了七八十岁，还能够不断学习和运用新的技术，比如熟练使用QQ、微博、微信一类的交流手段，等等。而对于这些，许多比他年轻几十岁的人，也不见得会更熟悉。

锡诚先生的许多朋友和学生，曾对他的成就和为人做过多方面的评价。我也完全赞成这些评价：先生是一位杰出的学科领导者，是一位优秀的学者，是学生和朋友们的良师益友……但是，这一切的评价，结合我自己最深切的体会来说，都回避不了"'农民'刘锡诚"这个表述——正是因为他对这片土地有这么深厚的感情，他才能够在各个方面取得如此之多的杰出成就；也正因为他对农民及其文化实践深入骨髓的亲近感，他才在所热爱的多个领域当中尤其执着于民间文艺研究事业、一生"与民间文学为伴"并为它的发扬光大做出了卓越的贡献。

三

这本口述著作开篇第一节的标题，便是"小小农民"。我感觉到，采用这样的标题，既是对先生少年时期身份与生活状态的实录，又是对个人与生俱来的精神标签的确认。十分巧合的是，在本文写作过程中，我有缘看到鹿忆鹿教授为刘先生这部口述所作的封底推荐语，其中也强调了先生从小农民到民间文学学者的历程，以及先生作为"农民的儿子"的身份认同，这也算得上是不谋而合的共同感受了。由此，再结合对本书平实自然、坦白真诚的叙说的品味和领悟，我进一步增强了以"农民"来比拟锡诚老师的信心。当然，与本文开始部分提到的对"农民"的消极理解不同，在"'农民'刘锡诚"这个句式中，"农民"包含了被各种话语系统赋予这个概念的一切优秀品质，诸如纯朴、真诚、智慧、虔敬、执着、勤劳，等等。凭借这些品质，他立于天地之间，既专注于脚下的土地，又时刻仰观俯察，以力求整体的目光来看待和处理自己的土地，因而保证了这方土地能够结出最丰硕的果实！

最后，请让我用一句最强烈的体会来结束这篇读后感："农民"在为"刘锡诚"加冕，"刘锡诚"在为"农民"正名。

2023 年 9 月 15 日

目　录

与民间文学为伴①

[访谈者手记]

    中国现代文学馆主办了一项老作家口述历史的拍摄计划，由征集部的计蕾主任牵头组织进行。我因为修读民间文学专业的关系，有幸被选为刘锡诚先生口述历史脚本的创作者和访谈人。

刘锡诚先生在家中接受采访

    2017 年 2 月 17 日一早，我和计蕾主任以及摄制组的同事来到了刘锡诚先生的家里，访谈从上午持续到下午，一直到傍晚 5 点左右才结束，这么长的时间在其他老作家拍摄中是少见的。即便这样我们也才完成了访谈脚本上的约三分之一内容，刘老师做了充分的准备，态度诚挚，情绪饱满，老伴儿马昌仪老师几次担心他的身体而要求结束，最后我们实在不忍心令刘锡诚老先生因为这次工作陷入往事的情感激流中，影响到他平静忙碌的晚年生活，收起设备离开了他的家。

① 访谈者：王雪，中国现代文学馆馆员。访谈时间：2017 年 2 月 17 日。原文发表于《传记文学》2018 年第 7、8 期，原标题为《相识满天下 知音世不稀——刘锡诚先生访谈录》，收入时有修改。

访谈中，刘先生将自己一生的经历和思考毫无保留地全盘托出，仿佛阔大的河面，虽然缓慢地流淌着，不再有携风带雨的劲力，但因为从未停止过努力的工作，积累有无比丰厚的矿藏，还保持有极丰富、细腻的表现能力，令人肃然起敬。

——王雪

一、小小农民（1935—1953 年）

1935 年 2 月 21 日（阴历正月十八），刘锡诚出生于山东昌乐县朱刘镇郑王庄。父亲是农民，有一定文化，可以读书识字。在战乱和夜盲症的困扰中刘锡诚完成了小学和中学学业。1953 年 9 月，爱好文学的他由潍坊一中考入北京大学俄罗斯语言文学系。

我是农村出身的孩子，我的家庭是一个农民家庭，我的父亲一辈上去是曾经有过书香的家庭，但到我父亲这一辈，就是一个地道的农民了。他农村的全套活儿都会弄。与哥哥分家时，他只分到菜园里的一间房子，靠自己的劳动盖了一个农村简易的四合院，我就是出生在这样一个环境里。

我父亲在农村也算是一个小知识分子，因为他读过私塾，也读过新学，相当于初小或者中学水平吧，能写毛笔字儿。我们这个家庭就没有什么遗产，我记得就是从我祖父那个家庭里过来的时候，拿过来几本书，就是线装的书，什么《左传》啊，《论语》啊，其他的遗产一概没有。

我上学的时候村里边有小学，但是学校在小庙里。在我上到二三年级的时候，靠近围墙旁边的场院里建了一间教室，有一个老师居住和吃饭的地方，就是这么几十个孩子，但村里边只到小学三年级。高小呢，

四、五、六年级，就得到外面的村子去上，每天走读。

我儿时正逢战乱时期。先是中国人和日本人打仗，后是国民党和共产党打仗。村子外面常常有人被杀死，尸体就扔在庄稼地里。我们有时候在操场上做操就能看到打仗的硝烟。在邻村于留街村西边的塚子上高小时，我有一天看到一个陌生人到我老师的屋里去聊天，然后走了，后来听说那个老师被活埋了。就是这样一种残酷的环境。

战争的环境导致学校办不下去。我们高小就迁到县城南边一个叫南流泉的小村子里。我们走过一个很长的峡谷，来到一个高悬在断崖边上的小庙，就在这个小庙里重建了我们的高小。同学们就坐在地下上课，晚上也睡在铺草上。那个时候生活很困难。我们每个礼拜六回家拿粮食，礼拜天下午回学校里来。但是粮食不够吃，白天基本上就是同学们一起到山上去偷挖老百姓地里的地瓜，回来在食堂里煮了。学校很不正规，在我上小学期间三易其址，我根本没有学到什么，所以后来考试不及格，只好自己背着包就走了。我穿过青纱帐，到了城北边剧城乡一个叫懒边的小村子，投奔在那里当老师的堂哥。我就在堂哥的学校里上学，在老乡家里住宿。这个剧城，就是古代剧国所在的地方。

到了1947年，我考取了我们县里的昌乐中学。我去看榜，在"正取"名单里没有找到我的名字，只考了一个"副取"。上了不到半年，解放军对国民党军实行分割包围的办法，把青岛和济南包围起来，打了一个潍县战役，把我们昌乐接管了。我在家待了大概一两个月吧，又被叫回去上学了，上到1950年夏天初中毕业。初中这几年里，我接受了新的教育，中国新民主主义共青团建立不久，我就入了团，成为最早的一批团员。我初中毕业，考取了潍坊第一中学。在潍坊学习时，作为从农村来的学生，我跟城市的学生格格不入，跟那些教会学校出来的学生更是保持距离，基本上跟他们没有交往。学校距离我家有50里地，来回就是100里，当时我才十六七岁，每周来回走一次。我那时没有见过公共汽车和电子管收音机，也没坐过火车，很自卑。高中的课程地理、物理、化学都有了，还有英文，但是我都学得不好，我的志向是文学——很自然地，农村学生都喜欢文学。

潍坊一中毕业后要考高等学校，我没有把握一定能考上，所以报名的时候索性报了最好的学校——北京大学。第一志愿是中文系，第二志愿是俄文系。考场是在青岛，我也没去过，在当时山东大学的一个旧址。我在青岛考试的那些天经常到处走一走、看一看，我没有坐过公共汽车，都是走路到公园和到海边去。从青岛回来以后，我就在家里种地，压根儿没有去想能不能考上的事。一天傍晚，我在场院里收割豆子，一位路过的同学喊我的名字："刘锡诚你怎么还在这里，不去报到啊？你考上北大了！"当时我家生活一直非常贫困，家里的饭食没有油水，特别是春荒时，吃的都是榆钱、榆皮、榆树叶子，因此我长期患有夜盲症，晚上看不见，得知消息那天连人影都没看清，至今都不知道是谁告诉我考上北大了。

当时我真没想到能考上北大，只是胆子很大，一定要报好学校，想着考上就去上学，考不上就回来种地。第二天我到50里以外的潍坊一中办手续，然后回到昌乐，到云疃区公所转户口。办完这些手续回到家里，我母亲给我包上一个包袱，里面有被子、褥子、衣服。我拿着这些东西，当天就买了火车票往北京来了，我父亲送我到火车站。

二、北大学生（1953—1957 年）

北京大学求学期间，刘锡诚沉浸于苏俄文学批评理论中的学习和研究，同时选修了中文系王瑶、陈贻焮、高名凯、何其芳等老师开设的课程。系主任曹靖华在学术道路和就业单位选择上对他影响很大。

1.北大俄文系与曹靖华老师

　　我报考的第一志愿是北大中文系，但是没有考取，被录取到了俄罗斯语言文学系。俄文当时在全国是一个热门学科，曹靖华是我们的系主任。他是五四运动后未名社的主要作家、翻译家。他在未名社时就翻译出版过《烟袋》《第四十一》等作品。

　　提到《第四十一》，我想到一个插曲。我在中国民间文艺研究会（简称"民研会"）工作的时候（1983—1991年），曾跟随访书家路工先生到上海、江苏、浙江、福建等地

刘锡诚初入北大时，在未名湖旁拍摄的照片

的一些旧书店、旧书摊去逛，有一次，我在上海襄阳路的一家旧书店里发现了一本赵家璧主持的良友图书公司1937年出版的小64开硬皮的《第四十一》。拉甫列涅夫著的这本"特印插图本"的书，当时只印刷了500本，我买的那本编号为490号。当时我的工资只有46块钱哪，我买回了这本书，一直珍藏着。现在也不知道哪去了。

　　曹靖华创办了北大俄文系，跟北京外国语学院重点培养口译人才不一样，北大俄文系重视语言文学教育，还聘请了苏联的专家。我在这里接触了俄国文学和苏联文学，读了不少书。对我影响特别大的是别林斯基、车尔尼雪夫斯基和杜勃罗留波夫三大批评家。这是我后来走上文学道路的一个基础、一个起点。

　　从（20世纪）40年代中期起，曹靖华就翻译了很多苏联的民间故事，比如有名的《魔戒指》，在我们那一代青年中人人皆知！新中国成立后钟敬文编的第一本书《民间文艺新论集》（中外出版社，1950年8月版）就收录了曹靖华写的《〈魔戒指〉序》，作为培养民间文学专业学生的重要参考材料。曹靖华还编过《列宁的传说》《斯大林的传说》《夏伯阳的

传说》……在介绍苏联的民间文学和民间文学理论方面，应该讲，他是先行者。钟敬文也把他算作重要的民间文学理论家之一。

我的俄文学得凑合吧，学是正式学的，但兴趣不是在这里。我们那个时代，苏联和苏联文学是我们学习的榜样，我们介绍他们的东西很多，我也翻译过一些东西，包括我对马克思主义的研究，很多通过俄语。你不能不承认他们走到我们的前面。但是他们的教条主义我们也接受过来了。

民研会成立初期，在理论上我们借鉴的不是西方，而是苏联。苏联的理论对我们那一代民间文艺工作者有很大影响，特别是苏联的诗学理论，民间文学的诗学研究。曹靖华老师对我影响非常大，我选的毕业论文的题目就是民间文学方向。他推荐给我十几本参考书，这些书的图片曾经发表在某一期《文汇报》上，文学评论家朱寨看了以后专门在报纸上批字，批了一大通，寄给我，说这些东西很有价值。北大毕业时，我是唯一参加分配组工作的学生干部，我没有占用教育部分配的名额，是曹靖华直接把我送到了中国民间文艺研究会。我走上文学的道路，后来走向民间文学的研究，都离不开曹靖华老师对我的培养和教诲。

2. 在北大中文系听课

北大俄文系除了俄国文学和苏联文学这类必修课，我们还有很多选修课，我们都选修西语系的西洋文学史。我还选中文系的课程，跟中文系的同学同一班上课，有文学理论（杨晦）、中国文学史（陈贻焮）、中国新文学史（王瑶）、语言学（高名凯）。我们跟中文系同学的区别在于他们要背书、背作品，我们选修的不用背。但我的笔记本上都有当时抄的诗词，我听得很认真。王瑶的中国新文学史我是从头到尾听的。我们班的男同学与中文系同年级的同学住在同一栋宿舍楼里的同一层，大家朝夕相处，大都熟悉，其中也有我的中学同学、毕业后当了戏剧家张庚秘书的董润生。

中文系当时采取开放的态度，在正常的讲课之外，还邀请外面的人去讲学。比如《红楼梦》，他们就邀请了文学研究所的何其芳和本系的吴组缃教授同时讲授，以打擂台式的方法，讲授不同的观点和理论。对我们学生来讲，这无疑在思想上产生了很大的启发作用。

由于何其芳的爱人牟决鸣（延安鲁艺出身）和我在一个单位工作，所以我跟何其芳比较熟悉。在新中国成立初期的50、60年代，文艺批评家中，除了周扬和冯雪峰这样老牌的革命文艺家，还公认有三大批评家：何其芳、张光年与林默涵。当时何其芳担任北京大学文学研究所副所长①，所长是郑振铎。1958年，在批判风潮中，我就参加过北大文学所批判郑振铎的会议，郑振铎出国参加会议请假，因飞机失事而不幸逝世。1959年，苏联青年汉学家李福亲②自费来华访问，何其芳就叫我去见面，并要我陪同李福亲到故宫、前门、天桥、大栅栏、颐和园等地参观游览。"文化大革命"后期，由于我爱人在（中国科学院）哲学社会科学部文学所工作，我也曾由文化部干校转到学部河南罗山、息县干校劳动，与何其芳一块在后勤班里干活，他养猪，我种菜，一起劳动了两年。

吴组缃在中文系开的课，我们外系学生也去旁听。多年后，1989年4月，我被选为中国俗文学学会的会长，1991年7月，我和王文宝去拜见吴老师，请他出来担任会长这个职务，并将学会的挂靠单位从社科院文学所改为北京大学中文系。

在北大我名义上是学外语的，但实际上我搞的都是文学。毕业以后在中国民间文艺研究会工作了几年，"文革"后，从"五七干校"分配到

① 后改为中国社会科学院文学研究所。
② 后改名为李福清。

新华社，做过翻译、编辑、记者。我越来越感到新闻工作的政治性太强，不太适应，所以要求回到文艺界，先是到了《人民文学》杂志社（1976年），继而在《文艺报》（1978年）。北大中文系的一些老师和同学，像王瑶，都是我在《文艺报》时的作者。向王瑶老师约稿的那次，还有一个文坛故事呢。

（20世纪）30年代文艺问题是批判"四人帮"在文艺上的阴谋的一个重点。《人民文学》编辑部决定约请沙汀、王瑶就30年代文艺问题写文章，由我去向他们组稿。王瑶老师给我的回信，至今我还珍藏着。他的信里说：

> 锡诚同志：您好！兹有一事相烦，最近我已被借调至文研所工作（编制仍在北大），鲁研室工作已经结束，前承寄赠之《人民文学》，望能将地址改为"北京大学镜春园七十六号"敝寓，以免展转之烦。专此敬布谢忱，即颂 时绥 王瑶（1979年）五月廿五日

这封信，我至今还保存着。

三、文艺工作者（1957—1977年）

大学毕业后，刘锡诚曾先后任职于中国民间文艺研究会、中国作家协会，也担任过新华社的记者和编辑。1977年6月，刘锡诚到《人民文学》编辑部做编辑，任评论组组长，次年参与了恢复中国作家协会和《文艺报》复刊的工作。这期间他与江绍原、钟敬文等学者有了交往，建立了亦师亦友的亲密友谊。

1. 与江绍原、钟敬文的交往

江绍原在世的时候，和我关系非常好。江绍原先生的贡献是很大的。他 20 多岁就成为北大的教授！《歌谣》周刊时代，被推荐为"风俗调查会"的主席，远远超出于像我们熟悉的这些人的水平。他写的《发须爪》《中国古代旅行之研究》这些书，观点独到。他老年时还每天到图书馆，人了不起就是了不起。新中国成立后，他自学了俄语，翻译了不少苏联民间文学作品和理论文章，如《塔吉克民间故事集》（1952 年）、《哈萨克民间故事》（1954 年）、《印度民间故事》、《西非神话寓言动物故事集》（1957 年）、《鹦鹉讲的故事》（1958 年）等。同时还翻译和研究马克思主义经典著作家与苏联民间文学理论，出版了苏联民族学家们的多人合集《苏维埃人种学译丛》（生活·读书·新知三联书店 1955 年）、以"文种"的笔名翻译的布琴诺夫等著《资产阶级民族学批判译文集》（生活·读书·新知三联书店 1956 年版）等。他也不把我看成小孩子，他还帮我在科学出版社出了书，1959 年出的。①我约他撰写马克思主义经典著作家民间文学观的文章，他把一篇研究恩格斯的《德国民间故事书》的《恩格斯论德国民间传说中的英雄龙鳞胜和》交给了我，我提交给《民间文学》杂志，发表在该刊 1961 年第 9 期上。

我常常到他那里去，他很有学问，但待人非常平易，他家就一间屋子，当屋的床上躺着他长年卧病瘫痪在床的儿子江幼农。幼农懂俄语，能翻译书稿，他妈妈每天去图书馆给他借书来。"文革"后，他在商务印书馆任编审和顾问。他去世时，我正好调到中国民间文艺研究会担任书记处常务书记，刚办了手续没有多久，商务印书馆的领导要我给做的悼词。江先生一生追求进步。抗战时不忍离国他去，不任伪职，过着清贫的生活。抗战胜利后，他参加 1946 年的地下党组织的反对选举伪国大代表

① 指译著《苏维埃民间文艺学四十年》。——整理者注

的中山公园音乐堂大会，并在《解放日报》上发表《拼死争自由》的文章。商务印书馆起草的悼词中说："江先生在解放前国家民族遭受严重危难时期，追求真理，不畏强暴，表现了民主革命精神、爱国主义精神和高度的民族气节；解放后，他拥护党的十一届三中全会以来的方针政策，对祖国的现代化建设事业充满信心。"江绍原身后留下的书不是很多，但都是很珍贵的，包括北大早期的《国学门周刊》，上面写着，他送给周作人的，周作人送给他的，毛笔字都写着。我让王文宝去把他的这些书转赠给中国民间文艺研究会，我特批了 500 块钱给他家里。这些书一部分交给民研会了，在民研会保存着。

钟敬文最早是散文家。抗战时期他加入了部队，做记者写过报告文学，转战在华南地区。后来他到了大学，在中山大学民俗学会的时候主编的第一本杂志叫《民间文艺》，一共出了一年。后来不出了，改成《民俗周刊》。钟敬文从一个文学家转到搞民间文学。（20 世纪）30 年代到杭州后他也要搞民俗，但是严格来讲，他是文学家出身。他去日本学习回来以后，更重视德国、法国的经验。过去我不认识他，但我觉得他在文艺界是一个无党派人士，在抗战晚期他跟一些进步人士逃到香港，因为国民党当时迫害他们。在香港组成了达德学院，他在达德学院当教授。学校以外，他又成立了中国方言文学研究会，讨论用方言研究民间文学的问题。

1978 年恢复《文艺报》以后我是编辑部副主任。那个时候我想发表钟敬文这个左派写的东西，我就到钟敬文家里去约他的稿子。他给我一篇大概是湖南人民出版社要出版的《民间文艺谈薮》这本书的序言。我拿了就在《文艺报》上发表了。当时我没用他原来的题目，改成了《民间文艺学生涯六十年》。正好这一年（1983 年）他是 80 岁寿辰。现在经我改的这篇原稿我还留着，发了这个稿子以后，我同时给胡乔木和周扬各写了一封信，我说，党外民主人士钟敬文今年 80 岁，建议你们给他写一封信，对他 80 岁表示祝贺。周扬后来给他写了一封信。当时中国文联党组副书记延泽民（此前任黑龙江省委宣传部副部长），分管民研会的事，我跟延泽民说，钟敬文80岁，咱们是不是给他搞一个庆祝会？因为我们共产党不主张搞祝寿，我就说他是民间文艺60年，搞一个活动。他同意了。人都是我请的，因为他们都不了解这些人。我请了对外友协的主任林林，请了林默涵，请了周扬，我还亲自跑到新华社去请了文教记者郭玲春。林默涵还问我，你怎么又管起民研会的事来了？因为我那时已经到了《文艺报》了嘛。

钟敬文来了以后，周扬就问我，你问问钟老，是称同志好，还是称先生好？我就去问钟敬文，我说，周扬同志问你，是称同志还是称先生啊？"称同志！"他说。我就去把现场那个会标上的"先生"改成"同志"。就在这个会上，周扬讲话，后来《民间文学论坛》杂志发表了周扬给他的信里边的两句话，评价他："成就卓著，众所共仰。"

钟敬文和他老伴儿跟我们关系非常好，因为过去我发表的比较好的文章有几篇，一个叫作《钟馗论》，钟敬文看到后，收到他主编的《中国民间文学50年》里，他在《前言》里专门提了这篇文章。我还写过一篇《歌谣搜集的首倡者》，钟敬文看了以后给我打了两次电话，很高兴，收到他那个书里。他写的《建立中国民俗学派》那个打印稿，小本本，他给我送过来，叫我谈意见。那时还没有公开出版呢。

钟敬文对我呢，是很器重吧。1998年我63岁生日那天，他和马学良两个人跑到我家里来看我。就坐到这个沙发上！那时他已经95岁高龄啦，你想想，他对一个晚辈……2013年在他诞辰110周年的纪念会上，我作过一个追思他的发言文章，叫作《一个愿意做泥土的人》。我说：钟敬文先生虽然不是我的本师，却是我所崇敬的诗人、散文家和学者。他的骨子里有一种诗人的气质和想象。他曾对我说："我死后，在我的墓碑上，就刻上'诗人钟敬文'！"他在一首诗里写道："几株黄落及霜天，触履沙沙一恍然。舍得将身作泥土，春风酬尔绿荫圆。"他的"舍得将身作泥土"的献身精神，始终鼓舞和激励着我。受他的道德文章所感，在他健在时和去世后，我先后写过好几篇散文和纪事，表达我对他的崇敬、倾慕、评价和思念。计有：《莫道桑榆晚》(《深圳特区报》1992 年 6 月 22 日)，《钟敬文的杭州情结》(杭州《文化交流》1998 年第 3 期)，《西湖寻梦》(《钱江晚报》1998 年 6 月 13 日)，《历经仄径与危滩，步履蹒跚到百年》(《热风》2001 年 12 月号)，《仄径与辉煌——为钟敬文百年而作》(纽约《中外论坛》中文版第 1、2 期)，《送钟先生远行》(《文艺报》2002 年 1 月 26 日)，《与大山同寿》(天津《今晚报·今晚副刊》2002 年 2 月 1 日)。他这样一位愿做泥土的人、学者，对我这个后辈、非正宗的学生还是很看重的。钟敬文晚年和我的关系也很好，亦师亦友，堪称莫逆之交。

2. 下放与改造

在知识分子改造的政治思潮下，刘锡诚都亲身经历了数次政治运动。1960 年他到内蒙古鄂尔多斯劳动锻炼，"四清"时期到山东曲阜"改造"别人，再次成为农民。

我在大学里第二年就入党了。因为在大学里边我跟城市学生没什么交往，我所能交往的都是干部转业的、参军的这些人，跟我比较友好。应该讲，我的出身也没有什么问题，我 1950 年就入团了，1954 年就入党了，我也是学生干部，还可以。但是到了工作单位以后啊，我们生活的时代恰恰是毛泽东主席很重视知识分子改造（的时代），不断地搞运动。

我第一个经历就是 1960 年下放到鄂尔多斯草原，我们去的时候七个人，其中有几个人就是单位内定不要的人。张敦同志原来是办公室主任、中宣部的干部，是早年时候的归国华侨，老牌的共产党员。但"反右"的时候他上万言书，中宣部把他精减下来，放到民研会来做工作。他是一个。还有一个女同志，进城之前在东北就当过区长，就是有各种各样的原因吧。我这个，1959年是三年困难时期很重要的一年，我的家乡在1958年第一个进入共产主义。一夜之间进入共产主义。怎么进入呢？就是男女分开，女的一拨住在一起，一块儿吃饭，男的一块儿吃饭，分开了，家庭没有了，个人的锅灶都砸了。我的伯父，伯父的女儿即我的堂姐姐，他们都是在1959年饿死的。我自己的妹妹大便时掉到粪坑里头。

所以在1959年开始的反"右倾"运动中，我要检讨、受批判，党内检讨、批判。运动结束后，我就被下放了。下放的地点是内蒙古鄂尔多斯草原的达拉特旗。这次下放是带户口下去的，北京户口被注销啦。到公社办手续时的第一件事，就是把我的36斤定量改成29斤。我立马从一个国家干部变成牧民、农民了！我先是在草原地区的一个蒙古族人的家里住着，后来旗里把我调到一个以农业生产为主的村子去当生产队长。1960年是三年困难的第一年，全村人没有粮食吃，我有责任啊，每天晚上下工以后，村民就要到那个队房外头排队领明天的粮食，国家给的粮食，一个人几两，一家给你两斤、三斤粮食。当着面过秤称了，这就是明天的口粮。

把我们这些干部放到鄂尔多斯高原去劳动锻炼，不知道是什么人、怎么决定的。刚出发，我们的态度是很高昂的，记得经历过很多的考验，第一个考验，是在包头下了火车，走到黄河边上，要渡黄河，而这时正是冰封开化、大量流凌涌流而下的时期，从北岸到南岸足足有十里地远。我们没有渡河的船只，只好扛着行李下水踩冰过去。第二个考验，是生活考验。1960年是三年困难第一年，缺少粮食，强调"瓜菜代"，老百姓有瓜菜代，他们可以在房前屋后种点瓜菜，弥补粮食的不足，我们没有啊。我住在一家以畜牧为业的家里，和他的全家睡在一个炕上，他们也不种庄稼，靠养羊牧羊为生。我的心情逐渐变坏了。领导上也觉得我们在牧区下放不行了，便把我们调到农业区的生产队去。我当了大圐圙村（生产队）的队长。但我每月就只有 29 斤定量，而我是一个身强力壮的小伙子，每天与村民们一起下地干繁重的体力活，锄地呀、抢收呀，而我却没有瓜菜代，天天吃不饱。与我合作的那位名叫张达的副队长，他是另外一个村子的农民，他看在眼里，很同情我，就领着我到他家里去拿些咸菜副食来给我吃，让我度过了缺粮这一大关。这是我一生都不能忘记的。

劳动锻炼、改造思想是我们的任务，但我们还是力所能及地为当地做了些事情。譬如，配合宣传，我们到过各公社去采访调查好人好事，研究当地的历史文化，撰写了一部 30 多万字的《高原骏马》。为此，我去过远在库布齐沙漠边上的解放滩公社调查采访，进过沙漠，增加了很多见识。又譬如，我们向旗委宣传部建议，把当时流浪在包头打杂工、讨饭吃的青年作者贺政民在旗里安排个工作，旗委宣传部接受了我们的建议。贺政民的长篇小说《玉泉喷绿》受到人民文学出版社领

刘锡诚（后排左一）和同事们在下放地达拉特旗留影（1960 年 10 月）

导韦君宜同志的重视，给予出版，并在《文艺报》上写了评论文章。我自己，在旗里也被评为"建设社会主义积极分子"，奖给我一个笔记本，至今我还留着。一年后，我有幸被单位调回来继续工作了，重新登记了北京户口，作为历史记录，我的户口本上写着 1961 年从内蒙古迁来。

第二次就是 1964 年的"四清"。参加"四清"不是纯粹锻炼，主要不是思想改造，而是去清查和改造别人。我在山东曲阜孔村公社担任队

长，但我那时候也带有严重的"左"的思想，在村里整那些有错误的农民和干部，把有这样那样错误的农民当成是路线斗争，当成是反社会主义的。但我住在老百姓家里，和他们一个锅里吃饭，同样会参加劳动，我也帮助他们种好地瓜。我在曲阜前后一年多的时间。

对知识分子的改造啊，实际情况就是这样，当年每次政治运动中都要检讨、批判。下放劳动只是一种方式。像我们下放鄂尔多斯，连户口都带下去，下去以后啊，就把自己完全当成农民了。在底下干活，不是一天两天，不是表演，得真干。在民间，时间长了，我既了解了农民，也变成了农民。在内蒙古时，我根本就没有想到还能回到城市、回到机关里来。事实上，有几位同事，就没有回到原单位来。

有一次，我生病了，去包头看病，过黄河后，住在夜店里。过去我们读高尔基的《夜店》，只是想象农民在夜店里是怎么回事。这次到包头看病，我真的住进了"夜店"——马车店，就是像个礼堂那么大的房子，住在地上，躺着的，坐着的，光着身子的，穿着衣服的，男男女女都在一起，从夜店看到了在夜店里老百姓是怎么样的一种生活。

四、文学编辑与评论家（1977—1983 年）

在《人民文学》和《文艺报》期间，刘锡诚成长为优秀的文学编辑与文学评论家。

我做过记者，当过新华社驻上海蹲点记者组的组长（主要蹲点单位是上海机床厂七二一大学和复旦大学），后又当过驻北大清华蹲点记者组的组长，但我头脑还比较清醒，始终没有和上海市委写作组、北大清华写作组有任何接触，直接对新华总社领导负责，连打电话，也到分社去用分社红机子打，故而没有陷进去。从 1971 年到 1976 年，经历过差不多六年时间的新闻编辑、内参编辑和蹲点记者生涯后，我感到自己不是做新闻工作的料，不适应新闻工作，还是回文艺界吧。我就要求到了《人民文学》，后来参与了复刊《文艺报》，并担任了编辑部副主任，后又任主任，主持文学评论工作。文学对我来说，虽然不是科班出身，但毕竟有些基础。

过去有个说法，文学的创作和批评是不可分割的两翼，有时候创作走到前边引导批评，有时候文学批评走到前面引导着创作。这个过去我们从别林斯基的写作中可以很好地体会到。别林斯基每年都写一个述评，不是我们现在这样点到为止，他在文章中列举评述了很多作品很多作家，像果戈里等一批著名作家，在他们的评论下，成就为 19 世纪伟大杰出的俄罗斯作家。

我们这个新时期文学也有这个问题。如果没有批评家，没有好的编辑，刘心武也出不来，卢新华的伤痕文学也出不来。刘心武的《班主任》出来，是有个过程的，崔道怡还健在，是他提出来的。提出来后都拿不准啊，放到刘剑青的桌子上，我跟刘剑青一个办公室，他自己也拿不准，后来又送到张光年家里。好的编辑像张光年、崔道怡、刘剑青，他们同时又是批评家，有了他们，作家就出来了，一个时代的文学潮流就出来了。发表了一些作品以后，《人民文学》于 1977 年 11 月召开了第一次短篇小说座谈会，我们邀请的人当中有沙汀、周立波，很多部队上的作家，包括这些年轻的，这种文学潮流就被承认啦！我写过一篇文章，说张光年是"放飞了一只文学春燕"，没有一个有见识的有实践的批评家，这个文学潮流就不可能出现。那不是作家走在前头。《伤痕》发表之前在复旦的黑板报上经过大家热烈的讨论，后来才出来，在这个过程中，《文艺报》起了很大作用。

批评家在新时期文学兴起的初期是起了很大作用的！我们日夜地读

作品，好的坏的都读，在这种情况下提出一些看法。在现实主义讨论中我们提倡审美的参与，专门写问题不可能成为小说。不是像有些人所说的，批评家就是作家的木偶，是寄生物。

《文艺报》编辑部同仁合影于北京云居寺

（20世纪）80年代初期到中期，我作为文学评论编辑，兼搞文学批评，文学批评锻炼了我的判断能力，那个时候是拼命读作品，张一弓的作品《犯人李铜钟的故事》，我是夜里读完的，第二天早上我就出差到贵州去，在机场打电话给编辑部，这个作品一定要请人写文章！马上写！我们做文艺批评还有一种责任感。那个时候我写的东西多，全国各地的刊物上都有。那个时候我出了四本书，而且我和冯牧、阎纲还主编一套"中国当代文学批评"丛书，是批评家文集，当时出了两辑，共20本。作者中一批是老批评家，一批是中年批评家。1981年湖南人民出版社给我出了一本《小说创作漫评》，阎纲出了一本《小说论集》，雷达出了一本《小说艺术探胜》。

在文学要走什么道路的问题上，我们始终坚持走革命现实主义道路。

作为文学评论编辑，我们的工作是为他人做嫁衣服。我们做了好多人的人梯，不客气地说，好多作家没有我们的话，也许不是现在这个样子。周克芹是周扬、沙汀发了话、发了文章后，我立马到他的家乡和工作的简阳去看他，写评论文章。他当时穷苦到什么程度？他把自己的门板拆下来跑到离县区较远的集市上去卖掉。他坚持写作，我们和省作协给了他很大的支持和帮助。对新的批评家的帮助那就更多了，我们当时举办过几个读书班，开座谈会，叫他们来京参加读书班、写作班，请他们写文章，给他们发表文章，他们就出道了、成名了。

现在的文学批评我不好发表意见。提出来还是继续坚持为人民服务的方针，扎根到农村，要接地气，都是对的。现在低俗的东西太多，散文方面表现得很突出。我个人认为，散文固然不能端着架子教训人、做政治的传声筒，却也不能无病呻吟。发表任何作品，都是给读者看的，散文也一样，因此总应该从平凡的生活中摄取一人一物、一事一景、一草一木，通过作家的头脑转化为艺术的感受，激发起形而上的哲学思考，赋予有生命活力的艺术形象，给读者以感染力。我的阅读面很窄，在报刊上看到的有些散文，总感到缺乏鼓舞人心的内容。而散文又是最流行的。这就是常说的作家的责任感。我不在这个行里了，没有发言权。但我觉得我们当年，新时期的时候，我们不仅强调有个人的批评素质，而且要有责任感。

五、主持民研会工作（1983—1989 年）

1983 年 9 月，周扬将刘锡诚从《文艺报》调到中国民间文艺研究会（中国民间文艺家协会）主持工作，直到 1989 年。在主政中国民间文艺研究会期间，他积极倡导和组织开展我国民间文艺界的学术研究，其中就包括"民间文学三套集成"这一国家重大科研项目。这个工程随后的开展同他的努力有着直接的密切关系，他的一些思考、工作方式也给被称为"文化长城"的"三套集成"留下了特殊的烙印。

1. 调转航向

为钟敬文召开从事民间文艺研究六十年的庆祝会后，散了会，周扬临走叫我："你来来来，到我车上来。"他把我叫到他的那辆红旗车上去——当时还叫了文联党组副书记赵寻、新华社记者郭玲春——然后就跟我说："叫你到民研会去你怎么不去啊？"因为在这之前，贺敬之、周扬已经给冯牧讲过几次叫我到民研会去，我表示不去。作协的张光年、冯牧他们也都反对，不让我走。但周扬当面要我去，弄得我一点办法都没有，老领导啊。只好去就去吧，那怎么办啊？钟敬文就曾经跟我说："那里可是个火海，你往火坑里跳！"

我到民研会去做领导的时期，主要做了三件事情。

第一件是提出建设中国特色的民间文艺学。我首先开了工作会议，又开了峨眉山民间文学理论著作选题座谈会，搞这个事情（的背景）就是"十七年文艺"有很深刻的"左"的影响，民间文学领域"左"的影响，主要表现为排斥异己，主要的批判对象是钟敬文，也批了胡风等好几个人。我执政以后提出来要建设中国特色的马克思主义的民间文艺学理论，重要的就是确立唯物史观的指导地位。不能再继续批钟敬文，不能再把民俗学看成是洪水猛兽。我们经常提精华与糟粕对立的问题，现在还是这个问题。

1988年，我在《民间文学论坛》第 1 期上发表了一篇文章《整体研究要义》，提出了整体研究这样一个学术理念。为什么提出这样的学术理念呢？我在文章里说："整体研究是前人早就提出来的一种研究方法。整体研究其实就是在事物的联系中对事物外在特征和内在本质的研究。我们所以提出要在民间文学领域里实行整体研究，是因为我国民间文艺学长期受到封闭的孤立主义思想的影响，无论在学科建设上，还是对某种现象的研究上，都程度不等地存在着割裂事物之间联系的倾向。比如对民间口头创作的研究，由于这种倾向的存在，就不仅放弃了对渊源的研究，致使学术界关于原始艺术、艺术的起源与民间口头创作之间的历史联系的意识薄弱，停留在民间口头创作的描述这一浅层次上；同时对民间口头创作与其他相关领域（比如它的孪生兄弟民间艺术）的关系，也表示了不可容忍的冷淡，更谈不上在形态学和功能学上的理论概括了。这种割断事物联系的状况应当得到改正，这种状况不改正，对民间口头创作本质及特征的认识，进而对原始艺术和民间艺术的本质及特征的认识，也就是不全面、不科学的。"另一个原因，是回答有人对我的批评，全面阐述我的学术研究理念。我把民间文学看作是文学的一部分，我不仅在理论上研究，而且也重视田野，我自从事这项研究开始就多次深入田野做过调查，我不把民间文学看成是民俗的产物和民俗的一部分，但又不排斥民间文学与民俗生活的血肉关联。这是建设马克思主义唯物史观指导下的有中国特色的民间文学理论体系的一个重要原则。

在我主持工作期间做的第二件事情，就是主持上马"民间文学三套集成"。最早上马，就是我前面提到的1981年、1982年的西山会议，延泽民确定了把"民间文学三套集成"纳入民研会的"九五"计划，正好要我到民研会去工作，由我来主持这个事情。一个是制定一些调查编纂规则，一个是确定指导思想。指导思想里很重要的一个问题，就是用马克思主义的唯物史观来认识民间文学的历史和现状，即民间文学是在一定的社会条件下产生，一定时间过去了，老百姓、普通群众不需要这个东西了，他们会做出自己的文化选择，他们可以不选这个了，而民间文学，我们定位为它是中华民族精神的代表。我们要确定民间文学的文化性质，我们提出的口号就是说，只要现在老百姓还在传承这个东西，它就是我们社会主义初级阶段文化的组成部分，不能完全把它们变成遗产！

我们首先确定的是指导思想问题。然后是发文件，建立各级工作班子。中国民间文艺研究会是群众文化团体，要制定一个指导全国各级民研会和文化部系统群众文化部门和文化馆的文件，是一件难事。一个小小的民研会要单独发动一个全国性的民间文学普查，根本做不到！所以当时找到国家民委的副主任洛布桑，他们很支持，因为少数民族的民间文学的普查需要我们支持。但是我们希望能得到文化部的支持，于是由我起草了向文化部少数民族文化司的报告：

文化部少数民族文化司：

为了采录和保存我国各族人民丰富的民间口头文学，发扬我国优秀的民族文化传统，使我们的民间文学更好地为社会主义文化建设服务并促进国际文化交流，我会拟编辑出版三套民间文学集成（即《中国民间故事集成》《中国歌谣集成》和《中国谚语集成》），这项工作，得到朱穆之部长和周巍峙副部长的积极赞同和支持。各地闻讯，很受鼓舞。现在许多省区已行动起来，云南率先成立了三套集成的领导班子，并准备普查和搜集。但各地发展不平衡。民间文学作品大量蕴藏在少数民族地区，国家民委已同意共同签发文件，为了得到各省、市、自治区文化局和民委的赞助，根据朱穆之和周巍峙同志指示的原则，我们对原来草拟的由文化部、国家民委和民研会三家联合发出的文件又进行了修改。现送上，请予审定。希望文化部领导大力支持，能同意签发此件为荷。

此致敬礼！

中国民间文艺研究会

1984 年 4 月 15 日

此件得到了文化部批准同意，由文化部、国家民委和中国民间文艺研究会三家联合主办。之后由文化部少数民族文化司下发，这个文件是这么诞生出来的。这就是由中华人民共和国文化部、中华人民共和国国家民族事务委员会、中国民间文艺研究会于 1984 年 5 月 28 日联合发出的"文民字（84）第 808 号"《关于编辑出版〈中国民间故事集成〉、〈中国歌谣集成〉、〈中国谚语集成〉的通知》。通知还附有中国民间文艺研究会此前向两部委提交的《关于编辑出版民间文学三套"集成"的意见》。通知全文如下：

各省、自治区、直辖市文化厅（局）民委、民研会分会：

为了汇集和编纂全国各地区、各民族民间文学搜集整理的成果，保存各族人民的口头文学财富，继承和发扬我国优秀的民族文化传统，在党的十二大精神指引下，推动我国民间文学工作的新发展，使民间文学更好地为人民服务，在社会主义物质文明和精神文明建设中更好地发挥作用，决定在全国范围内组织力量编辑和出版《中国民间故事集成》《中国歌谣集成》和《中国谚语集成》。此事由中国民间文艺研究会主办，各级文化部门和民委积极给予支持与协助。现将关于编辑出版这三套集成的意见按发给你们，请你们召集并邀请有关部门协商，研究落实方案，组织力量进行工作，特此通知。

中华人民共和国文化部

中华人民共和国国家民族事务委员会

中国民间文艺研究会

1984 年 5 月 28 日

当然周巍峙非常支持。周巍峙当时担任国家艺术基金小组的组长，后来也是我们"民间文学三套集成"编委会的领导成员。周扬是主编，周巍峙为第一常务副主编，钟敬文为第二副总主编。这样下来，就保证了周巍峙搞七套文艺集成志书时，把我们"民间文学三套集成"纳入其中，列为"八五"计划项目，也就有了经费！如果单靠民研会根本不可能做起来！同年，即 1986 年 5 月，全国艺术学科规划领导小组组长周巍峙宣布接纳"中国民间文学三套集成"与其他七套艺术集成志书并列成为"十套文艺集成志书"，并向国家申报列入国家"七五"计划重点项目。从此，"民间文学三套集成"统归全国艺术科学规划领导小组及所属的规划办公室领导，由中国民间文艺家协会具体组织实施和负责编审工作。三套集成的编纂工作，从此进入了全面推进的时期。

然后就是培训干部，成立总编委会，成立总编辑部办公室。确定了钟敬文任故事卷的主编，贾芝任歌谣卷的主编，马学良任谚语卷的主编。副主编是由他们提名聘任的。主编们不能做具体工作，他们的任务是看稿子。所以成立了总编委会办公室，第一任主任是马萧萧，第二任主任是贺嘉，第三任主任是刘晓路。从普查到编纂，前后 25 年时间，有 20 万人参加普查。我虽然在中国民间文艺研究会（中国民间文艺家协会）主持工作，但我没有把自己列为副主编，我的职责是组织领导，提出并确立指导思想、编纂原则，建立组织服务工作，开会啦、培训干部啦，等等。

第一次培训干部的会议是在云南开的。1984 年 3 月 17 日，云南省民族民间文学集成工作会议在昆明召开。来自 14 个地州及有关单位的代表出席了会议。我分别于 20 日、23 日在会上做了两次讲话，阐述了"民间文学集成"编纂工作和文化性质有关的思想理论、普查采录、编纂原则、队伍培养等问题。云南省民间文学集成办公室经省委批准正式成立，是为全国第一个成立的省级民间文学集成办公机构。这次会议是全国第一个以"民间文学集成"为主题的省级工作会议，带有全国"试点"的意义，为全国"民间文学三套集成"及其全国普查拉开了序幕。会后，云南省民族事务委员会、云南省文化厅、云南省文联、云南省民间文学集成办公室发布了《云南省民间文学集成工作会议纪要》。会上的讲话和《纪要》（草稿）发表在中国民间文艺研究会云南分会和中国少数民族文学学会云南分会编《云南民族民间文学通讯》第4期（1984年5月）上。

第三件事是主持了中国—芬兰民间文学联合调查和学术讨论。根据1986年中国—芬兰文化协定的有关条款，中国民间文艺研究会、广西民间文学研究会和芬兰文学协会（会同北欧民俗研究所、图尔库大学文化研究系民俗学和比较宗教学部）于1986年4月4—15日在广西南宁市联合召开了"中芬民间文学搜集保管学术研讨会"，在三江侗族自治县进行了"中芬民间文学联合考察"。这是一项牵动人数较多、组织工作复杂、包括学术会议和实地考察多项内容的大型国际双边文化交流活动。这项活动在中国文联、广西壮族自治区党委宣传部、广西文联、广西民委、三江县委和人民政府、三江县若干村寨的领导干部和群众的指导、协助和支持下，经过全体到会代表和全体考察队员的努力，终于取得了圆满的成功。这样的双边国际合作，是在对外开放的形势下，我国民间文学界走向世界的一个重要步骤。

中芬民间文学联合考察最初是1983年9月芬兰文学协会主席劳里·航柯教授首倡的。1985年10月，趁劳里·航柯由马尼拉去东京途中顺访北京之际，中国民间文艺研究会代表、副主席贾芝和我以及书记处书记贺嘉，广西民间文学研究会代表、秘书长农冠品，与劳里·航柯在京进行了会谈，就1986年4月在中国广西南宁市和三江侗族自治县进行民间文学联合考察和学术交流达成了协议，两国三方于10月16日通过了《1986年中芬学者联合进行民间文学考察及学术交流计划》。

中芬民间文学搜集保管学术会于1986年4月4—6日在南宁市西园饭店举行。应邀出席研讨会的正式代表67人（其中芬兰代表团5人）。

中国方面62名代表分别来自中直系统各单位和13个省（自治区、直辖市）的民研分会、大学、研究所和群众文化机关。大会上宣读了25篇学术论文（其中芬方8篇）。由于时间的原因，另有7篇论文只向大会提供而未能安排宣读。研讨会围绕着六个专题进行。这六个专题是：（1）民间文学的普查与保护；（2）民间文学的实地考察方法；（3）资料的保管与档案制；（4）民间文学的分类系统；（5）对民间文学的广泛兴趣；（6）民间文学的出版和利用。这六个专题既是我国民间文学工作中，特别是"中国民间文学集成"编辑工作过程中目前遇到的和即将遇到的迫切问题，也是国际上为民间文学界所普遍关心的一些问题。1985年1月联合国教科文组织在巴黎召开的政府专家特别委员会所起草的文件，以及10月份在索非亚召开的联合国教科文组织大会所讨论的问题，都是有关民间文化保护的问题。因此，这次中芬民间文学搜集、保管学术研讨会的议题和论点，是与国际民间文学界息息相关的。

刘锡诚（右一）在广西三江侗族自治县参加中国—芬兰民间文学联合考察（1986年4月）

4月7日，考察队开始在三江进行实地考察，由来自全国各地的37名中青年民间文学学者和5名芬兰学者组成。中国方面考察队员分3个组，分别到林溪点（皇朝寨、岩寨）、马安点（马安村、冠洞村）和八江点（八斗小、八斗大、八江村）进行田野考察。林溪点考察组组长是乌丙安（辽宁大学教授）、杨通山（三江县文联主席）；马安点考察组组长是祁连休（中国社会科学院文学研究所民间文学研究室主任、副研究员）、马名超（哈尔滨师范大学教授）；八江点考察组组长是蓝鸿恩（中国民研会副主席、广西民研会副主席）、张振犁（河南大学教授）。以劳里·航柯教授为首的芬兰学者5人、中国学者贾芝、中国民研会两名青年学者和两名翻译为第4组，该组没设具体考察点，而是根据考察计划，在三个考察点范围内安排考察项目、流动考察。

此次民间文学考察是一次科学考察，与过去的历次考察不同的地方，除了参加者来自两个操不同语言的国家的学者外，最大特点是采用比较先进的技术手段（包括录像、录音、摄影）和科学方法，记录活在群众口头的民间文学作品，观察研究民间文学作品在群众中活的形态和讲述人在讲述中的作用、特点，探讨民俗、风情、文化传统对民间文学的形成、变化的影响，研究侗族传承与现代文明、与其他民族的传承的交融现象，等等，从而研究民间文学的规律与特点。根据县文化宣传部门提供的170名左右的有一定知名度的故事手和歌手名单，各考察组的队员在考察过程中又不局限于此，而是扩大线索有新的发现。诸如在调查歌手传承路线时，发现了不少未在县文化部门提供的歌手名单中的歌手；在调查故事的传承路线时，发现了"故事之家"，同时，也发现某些故事手并非民间故事讲述者，而是民间说书人。考察中，一些队员深入到村民中间，对鼓楼、风雨桥、木楼等建筑在修建、使用上的民俗现象做了大量有价值的调查。一些队员注意到歌手演唱"多耶"、弹"琵琶歌"时的手抄汉字记侗音的歌本，对其来龙去脉做了调查，并摄有照片资料。一些队员根据侗家爱歌、爱讲故事的特点，对整个寨子乃至乡的文化背景做了深入的调查，发现了一些值得研究的文化现象，诸如：转世观念、鬼魂观念、文化断裂现象、机智人物故事中阶级对立不明显的情况及鼓楼的文化地位问题等。一些队员对侗族古老的"款词"做了详细的采录工作，并就它的传承及影响进行了较深入的调查。

2. 民研会的初心

（20世纪）80年代中期，通俗文学、大众文学发展很快，在香港武侠小说的影响下，民研会的队伍中很多人写通俗小说，像江苏的马春阳、天津的冯育楠，都是写通俗小说的。而中国作家协会又不管这一块，也不吸收这些通俗文学作家入会。这就给民研会增加了很大压力。所以1986年11月6日在成都召开的中国民间文艺研究会四届二次理事会上，经过多次协商，做出了更改会名为"中国民间文艺家协会"（简称中国民协）的决议案，上报中宣部等待审批。我在这次理事会上的总结发言中说："理事会期间28名理事提名更改'中国民间文艺研究会'会名为'中国民间文艺家协会'的议案，经常务理事会讨论提交理事会讨论，并已做出了更改会名并提交第五次代表大会追认的决定。关于更改会名的问题，酝酿已达七年之久。在各分会的工作中，大家遇到了很多困难，特别是研究会的地位影响到工作的开展和干部的福利待遇。因此，更改会名是人心所向。但是，我们从驻会工作的角度，也想提出几个问题供理事同志们和各分会考虑。第一，根据会章规定，会章修改权归会员代表大会，理事会是无权修改会章的，特别是更改会名这样重大的问题。更改会名意味着对现行的会章要做全面的、根本性的修改。第二，更改会名意味着成立一个新的单位、撤销一个单位，必须事先向有关领导机关申报批准。理事会之后，我们立即向有关领导机关申报，在未获批准之前，不得自行公布和使用'中国民间文艺家协会'名称。第三，理事会的决定必须提交第五次代表大会追认。"1987年5月，中宣部批准了我们的报告，"中国民间文艺研究会"正式更名为"中国民间文艺家协会"。

习近平总书记提出"不忘初心""继承传统"。什么是民研会的初心呢？应该是1950年郭沫若、周扬在成立这个研究会时的讲话。郭沫若讲了成立中国民间文艺研究会的五个宗旨：（1）保存珍贵的文学遗产并加以传播；（2）学习民间文艺的优点；（3）从民间文艺里接受民间的批评与自我批评;（4）民间文艺给历史学家提供了最正确的社会史料;（5）发展民间文艺。20世纪50年代，名称叫研究会的不光是民研会一家，舞蹈叫舞蹈艺术研究会，曲艺叫曲艺研究会，当时都不是协会。民间文学当时就觉得没有那么多"家"，主要是搜集研究嘛。

中宣部批准研究会更名后，中国民间文艺研究会于1987年5月14日召开了工作会议，我代表书记处在总结发言中专门谈了更名后的几个问题：

中国民间文艺研究会改名中国民间文艺家协会以后，怎么工作的问题。这是这次会上讨论最多的一个问题。钟敬文主席及马学良、贾芝、刘魁立副主席都讲了话。大家共同的意见是，民研会改成民协以后，工作性质不变，而工作内容、工作方法将随之发生一些变化。一个单位的工作的内容取决于很多因素。比如时间不同、条件变化，它的工作就可能，甚至应该进行调整。进入新的历史时期以来，我们的情况不是发生了很大的变化吗？过去，研究会队伍的主体，是民间文学研究者，这几年发生的变化，大家是都感觉到了的，不能仅仅局限于搜集研究者了，大量修养有素的民间艺术家的被发现，充实了民间文学界的队伍。那时，研究会会员只有200人，现在已经发展到1800人了。再加上分会会员，已经不是个很小的队伍了。即使是研究队伍，也大为扩大了，现在有43所高等学校开设了民间文学课程，各省（区）、市的社科院、文联、艺术馆和高等院校，相继建立了民间文学研究组（室）。应当讲，在大多数（不是全部）省（区）、市，民间文学已经形成了一界。

工作对象（范围）也发生了变化。五十年代中国民间文艺研究会成立之初，它的工作范围是搜集、研究我国的民间文学、民间艺术，过了不几年，随着几个艺术家协会陆续成立，逐步把民间艺术分割了出去；把民俗研究批评为资产阶级的学问而拒之门外。民间文艺研究会的工作对象（范围）仅仅限定于民间文学。十一届三中全会以来，几个教授发表了宣言，要求重建民俗学，这几年民俗学有了很大的发展。随着民间文学理论研究的深入，特别是整体研究的被学界认可和发展，对民间文艺的理论研究，已经逐渐克服了"割裂"研究的片面性。上海、山西等分会带头，把民间艺术的搜集、研究纳入到自己的工作范围之中，而且已经取得了一定的成绩。

相应地，有步骤地吸收一部分有成就的民间艺人、民间艺术家到我们的队伍中来，是事业的需要、时代的要求。特别是在今天，大家普遍感到需要正确认识民族文化传统的时候。

工作方式上的变化。民协，首先是一个以搜集、研究民间文艺为其任务的群众性文艺学术团体；同时又是一个共产党领导下团结和联合全国民间文艺工作者的团体。它的工作，包括搜集、整理、翻译、研究、出版、保存、展览和推广利用。但是，过去作为研究会，只是把机关这几个人管好就行了。今后，应把着眼点放到会员、放到这一界、放到"协"上来。会员有个人会员和团体会员，团体会员除了各省（区）、市的分会，还有几个学会。协会和研究会，在工作方法和重点上应有所不同。五十年代中国民间文艺研究会的工作，主要是办好刊物，出好丛书。那时，除了《民间文学》杂志，还有一个采编部，编了一套"民间文学丛书"。那时研究部人数虽然不多，但也出了不少书和内部研究资料。三中全会以来，会的工作已经有了很大的拓展，创办了学术理论杂志《民间文学论坛》和专业性的中国民间文艺出版社，分会工作也开展起来了，对外联络交流工作也打开了局面。特别值得一说的，我们挑头，在文化部、国家民委支持下，组织全国民间文学界搞普查，编纂三套集成，这是一项巨大的组织工作。今后还要出书、出刊、组织研究，这仍然是基本的工作方式，但也要多组织些学术性的活动，采风、参观学习、疗养、读书、写作等福利工作，筹措基金抢救、弘扬民族文化等……

有一点改变，民间文艺家协会要吸收一些民间艺术家、讲述家入会，而过去协会成员就只是搜集者、研究者。会员由原来的 800 人增加到 2000 人。在工作内容上、工作方法上没有什么改变。这不是我个人的意见，而是有决议的。

说到底，在民间文化领域，只有民间文学最直接地反映老百姓的意见，比如老百姓的世界观、价值观、道德观这些方面，这种直接的反映在一定程度上是带有普适性的，就是说，集中反映中国民族精神和文化精神的，就是民间文学。

"民间文学三套集成"省卷本出了 90 卷，洋洋大观，是中国有史以来没有出过的，为祖国的传统文化和现代文化做了巨大贡献，载入史册，我们这一代人感到自豪和骄傲，但"三套集成"的结束期是 20 世纪末，这之后，从全国来说，搜集工作没有继续下去。

几天前，（2017 年）2 月 23 日，中国文联召开了"实施中国民间文学大系出版工程座谈会"，落实中办、国办《关于实施中华优秀传统文化传承发展工程的意见》（简称《意见》）所规定的编纂出版中国民间文学大系工程问题。《意见》第一次以中央文件的形式专题阐述了中华优秀传统文化的传承发展工作，指出作为"民族的血脉"和"人民的精神家园"的中华文化，在我国当前所处的世界格局和经济社会发生深刻变革的时代中的地位和作用，要求深化对中华优秀传统文化重要性的认识，挖掘中华优秀传统文化的价值内涵，激发其生机与活力。中国民间文艺家协会作为以民间文学搜集、研究保护为主要业务指向的专业社团，承担《意见》中规定的中国民间文学大系出版工程，是党中央和国务院赋予的光荣任务，对此负有义不容辞的责任。"中国民间文学三套集成"普查采录工作基本完成于 1987 年 9 月（少数省区未完成普查，延长了一些时日），全国开始进入编纂阶段。也就是说，20 世纪搜集出版的民间文学活态记录材料，基本具备。但 21 世纪中国社会进入转型期，经济社会发生了巨大变革，口头文学也相应地发生了变迁，而这十五年间流传在口头上的民间文学作品，除了文化部民族民间文艺发展研究中心和社科院民族文学研究所联合开展的"中国史诗百部工程"，搜集记录工作有了较大的进展外，其他民间文学门类的材料搜集采录和出版的不多。我两次参加文化部非物质文化遗产司组织的督查工作，走过陕西、山西、江苏等几个省多个县，只有延安一个县干部的记录本有民间文学的记录。因此，编纂这一时期的民间文学大系，必须建立在新一轮的全国普查基础上，有领导有步骤的全国普查势在必行。

去年（2016 年）我们开了讨论抗战歌谣问题的座谈会，很及时，但不充分。关于长征的问题，红色歌谣的讨论也不充分。1958 年我第一次到江西，找到了革命圣地瑞金出版的一本小册子，叫《青年实话丛书——革命歌谣选集》，当时我全文抄下来，那时连复印都没有啊。回来在民研会翻印了，都存在那里，而且把《前言》拿到《文艺报》发表过。我觉得革命歌谣这类民间作品是我们应该弘扬、研究、继承和发展的。抗战歌谣，北京做得好一点，出了两本，都叫《京西民谣》，别的地方都没有做。

六、民间文艺学家（1989 年以来）

1991 年 2 月，刘锡诚因工作调整来到中国文联做研究员，从此将重心转到民间文艺学、艺术人类学、文化学的学术研究上，专心著书立说。

1. 以沈从文为榜样

后来我转向民间文化和传统文化的研究，这跟个人的经历有很大的关系。1990 年我就下来啦。1991 年 2 月 4 日调到中国文联理论研究室做研究员，不用上班。"边缘化"的结果是把我造就成了一个学者。

文学史上"京派文学"的代表人之一沈从文后来不写作了，他不是北京人，但他是"京派文学"的骨干。他坚持写军队、写湘西，坚持现实主义。后来他到故宫研究古代服饰，卓有贡献。他的这段经历和向古代服饰研究转向，对我很有启发，要做点稳定性的，时评性的文学评论不再是我应该做的事情了。

文学批评家的身份对我有锻炼，那个时代我们不仅锻炼自己的识别、判断能力，而且有相当的责任感。表现在两方面：一方面要发展我们新时期的文学，一方面就是办好刊物。1990 年以后，我自觉不自觉地放弃了时评性的文艺批评，转向做民间文艺学、艺术人类学、文化学的学术研究，传统文化是我们中国文化的根，中华民族精神的体现。传统文化、民间文学，就其性质而言，应该是现在时，是社会主义文化的重要组成部分，而不是纯粹的遗产。我开始在这种理念下对传统民间文化做进一步的、系统的研究。

1991 年，我在中国文联理论研究室任研究员，经钟敬文教授和林默涵同志推荐，我向全国哲学社会科学规划办公室申报了一个"八五"科研项目"中国原始艺术研究"，于 1991 年 12 月 18 日经全国哲学社会科学规划领导小组批准立项。前后历时五年，于 1996 年 6 月 13 日脱稿。脱稿后，一方面根据全国哲学社会科学规划办公室的要求，专家评审组对拙著进行评审，并获通过及获奖。书稿《中国原始艺术》由上海文艺出版社 1998 年 4 月出版。评审的鉴定结论是这样的："刘锡诚同志的《中国原始艺术》是我国第一部运用辩证唯物主义与历史唯物主义全面、系统地研究中国史前艺术的力作。该书的最大特点是紧密联系中国的实际，翔实地占有考古、文献和文化人类学资料，有理有据地阐述中国原始艺术的来龙去脉和历史特点。原始艺术研究本身为边缘学科，许多问题扑朔迷离，难度很大。但作者运用交叉学科，即综合性、多学科的比

1985 年 6 月，刘锡诚在云南考察沧源岩画 6 号点

较研究，攻克了一道道难关，言人所未言，具有较高的学术水平。总之，作者以审慎的态度，做了大量的、艰苦的科学工作，出色地完成了这一课题任务。"这本书出版后，中国文联理论研究室和中国民间文艺家协会联合召开了座谈会，文艺理论家何西来、陈丹晨、向云驹、吕微、刘爱民等参会并发表了评论文章，予以肯定性的评价。老专家钟敬文写了一篇《我的原始艺术情结》评价说，这是一部严肃的学术著作："过去有关原始艺术的著作，都是外国人写外国原始艺术的，没有人写中国原始艺术的书，更没有中国人写中国原始艺术的。我一直希望有人写出中国原始艺术的著作来，不能光是格罗塞呀、博厄斯呀所著的著作。日本做学问的人很多，也没有人写中国原始艺术的。系统地研究中国原始艺术，锡诚算是第一个。"

刘锡诚著《20 世纪中国民间文学学术史》（初版）封面

"中国原始艺术研究"课题完成后，2003 年我又申报了第二个国家社科基金课题"20 世纪中国民间文学学术史研究"，

并于 2006 年完成结项，经国家社科规划办聘请的业内专家评审，获得了"优秀"等级。河南大学出版社于 2006 年 12 月出版。2014 年中国文联出版社又出版了 110 万字的增订本，获中国文联和中国民协主办的第十二届民间文艺"山花奖""学术著作奖"。拙著大体显示出三个特点：第一，牢牢把握中国民间文艺学的国情特点，一切从国情出发。第二，继承文以载道的传统，建构和发扬中国民间文艺学的诗学特点。第三，在坚持唯物史观的前提下，发扬中国民间文艺学的开放和包容精神。增订本的出版，为我 60 年民间文学研究历程画上了最后一个句号。

2. 田野作业方法谈

在中国的现代民间文学史开始阶段上，就颇重视田野调查。这里举一个例子。常惠编《歌谣》周刊的时候，就叫他的好友台静农先生回老家搜集淮南歌谣，我曾在《20 世纪中国民间文学学术史》里写过这样的一段话："1924 年的 8 月底，台静农应主持《歌谣》周刊编辑事务的常惠之请，归乡（淮南霍邱）搜集歌谣，达半年之久，搜集到当地歌谣

1985 年 8 月，刘锡诚在新疆尼勒克草原做调查

2000 多首。这期间，他在淮南写了《山歌原始之传说》一文，发表在 1924 年第 10 期的《语丝》周刊上。他所搜集、编选的《淮南民歌》第一辑，于 1925 年在《歌谣》周刊第 85 号、第 87 号、第 88 号、第 91 号、第 92 号分五期揭载，共发表了 113 首。稍后他又在第 97 号发表了《致淮南民歌的读者》一文，作为这次搜集活动和这一批民歌的总结与说明。（1970 年，娄子匡将其编入《民俗丛书》第 24 种，取名《淮南民歌集》，由台北东方文化书局印行。）《歌谣》周刊在发表了台静农搜集的这 113 首淮南民歌后，又出了 5 期，到第 97 号（1925 年 6 月 2 日）出版后便停刊了。《北大研究所国学门周刊》随之于 1925 年 10 月 14 日创刊，负担了原《歌谣》周刊的一些任务。台静农的《淮南民歌》第一辑，便又在新创刊的《国学门周刊》第 4 期继续刊出。第 4 期（1925 年 11 月 4 日）发表的是 114—146 首；第 8 期（1925 年 12 月 2 日）发表的是第 147—167 首。"

1991 年 2 月，刘锡诚在山东省荣成县石岛镇玄镇村渔民家里调查

2007 年 6 月 2—4 日，我在中国艺术研究院、台湾东吴大学主办，中国艺术研究院艺术人类学研究中心、中国艺术人类学学会承办的"2007

非物质文化遗产保护中的田野考察工作方法研讨会"上做了一个《民间文学的田野调查理念与方法》的专题发言，从民间文学普查的理念与方法、民间文学的"第二生命"、调查材料的保管、采录工作的现代化和民间文学作品的编码问题等四个方面做了系统的论述。

  我自己主要是研究民间文学的理论和学术史、学术思潮的，但我从进入这个研究领域之初起，就重视田野调查，并多次下田野，进行调查采录，掌握第一手材料，使口述民间作品以其"第二生命"在民间和读者中流传。1965 年 9—10 月，西藏平叛之后，我和同事董森到西藏的山南、日喀则地区的藏族居民和错那县勒布区的门巴族中的田野调查，1985 年 4 月从保山到沧源等地的云南采风，1985 年 8 月的新疆唐布拉草原哈萨克族调查采风，在翻译的帮助下，搜集记录了一些口述作品，在田野作业上取得了一些经验。

整体研究与建构中国特色民间文艺学^①

［访谈者手记］

　　我到中国民协后，通过工作上的关系认识了刘锡诚先生，至今已经六年。时间虽然不是很长，但刘先生给我留下了非常深刻的印象。为了中国口头文学遗产数字化工程，我多次去刘锡诚先生家拜访，多次打电话沟通，信函往来也很多，对先生的学识、睿智十分钦佩。先生虽年逾古稀，但博闻强记，学识渊博，记忆力惊人。作为中国口头文学遗产数字化工程的专家，他给我们提供了大量帮助，提出了许多指导意见。此外，我为了组织出版苗族英雄史诗《亚鲁王》，召开《亚鲁王》新闻发布会和研讨会，出版《中国口头文学遗产数字化工程全记录》，又多次向先生请教，他都是尽力相助，有时还帮我查找资料，提供相关信息。当他知道我在工作之余，还在进行学术研究并写了两篇关于麒麟传说和客家山歌的文章后，他非常高兴，几次给我打电话、发邮件，提供客家文化研究大家罗香林的文章供我参考。刘先生不仅热心提携后学，自己更是笔耕不辍，在民间文艺领域硕果累累。在没有学术团队为后援的情况下，他以一己之力，撰写了110万字的皇皇巨著《20世纪中国民间文学学术史》，为我国民间文学学科提供了一部基础性的著作，不仅填补了中

---

① 访谈者：侯仰军，中国民间文艺家协会国内联络部主任、编审；访谈时间：2017年3月28日。原文发表于《中国文艺评论》2017年第3期，收入时有改动。

国民间文学学术史著作的空白，也为民间文学乃至整个民俗学学科的发展起到了重要的推动作用。"老骥伏枥，志在千里；烈士暮年，壮心不已。"先生的精神和毅力值得我们尊敬和学习。

——侯仰军

一、我与民间文学的不解之缘

侯仰军（以下简称"侯"）：据我所知，您做过新闻编辑和记者，当过文学编辑，写了大量文学评论和民间文学方面的论著，在多个学术领域做出了巨大贡献。在您看来，您最自豪的成就是什么？

刘锡诚（以下简称"刘"）：文学评论和民间文学研究。1985 年 10 月，我曾应《批评家》杂志主编董大中先生之约写过一篇《文学评论与我》，讲了我的文学批评理念：求深、求真、求新。自那以后，我又写过不少文学评论的文章，出版过《在文坛边缘上》和《文坛旧事》两部专著，提供了一些所知道的文坛史料，对现有的一些当代文学史著作可能有所增补，也受到了文学评论界的好评。近年来，我又对《在文坛边缘上》做了较大增订，补写了新时期文学中有关键意义的 1982 年，使其成为一本规模不小的当代文学纪事著作。

1983 年秋天，应老领导周扬先生之命，我离开了自己喜欢的《文艺报》编辑部和文学评论的工作，又回到了青年时代工作过的中国民间文艺研究会。55 岁时提前过上了"退休"生活，远离了曾经的文学，远离了尘世的喧嚣与浮华，坐拥书城，与电脑为伴，全身心地投入到了民间文学的研究和散文随笔的写作中去，一去不回头。

至于民间文学学科，我不是科班出身，只能算是爱好者吧。1953 年秋天，一个没有见过世面、穿着土布衣服的 18 岁农民子弟，提着一个包袱跨进了北京大学的校门，学的却是当年时髦的俄罗斯语言文学。辉煌灿烂的 19 世纪俄罗斯文学和苏维埃俄罗斯文学吸引了我，滋养了我，给我打下了文学欣赏、文学史知识、文学理论、文学批评的基础，没有别林斯基、车尔尼雪夫斯基和杜布罗留勃夫三大批评家对我的影响，后来我不一定会走上文学批评的道路。但我毕竟是农民的儿子，农村的生活和农民的口传文学与民间文化的耳濡目染，融入血液，深入骨髓，时时撞击着我的心胸，使我无法忘情。我的毕业论文指导老师——著名的未名社作家兼翻译家曹靖华教授也欣赏并同意我选择民间文学作为论文题目。于是我在燕园的北大图书馆和民主楼的顶楼小屋里大量阅读了"五四"以后特别是歌谣研究会时期的丰富资料。曹先生还推荐我毕业后踏进了王府大街 64 号中国文学艺术界联合会的大门，进入了中国民间文艺研究会，从事民间文学的研究工作。

20 世纪五六十年代，我在中国民间文艺研究会做翻译、研究、调查、编辑的工作。在研究部主任路工先生领导下，翻译和主持翻译了一些苏联的及世界各国的民间文学理论和动态，主持编辑了《民间文学参考资料》（1—9 辑，第 9 辑出版于 1964 年 11 月）、民间文学理论翻译《苏联民间文学论文集》（作家出版社，1958 年）、《民间文学工作者必读》（作家出版社，1958 年）、《什么是口头文学》（作家出版社，1959 年）、《大规模地收集全国民歌》（作家出版社，1958 年）、《向民歌学习》（作家出版社，1958 年）、《民歌作者谈民歌创作》（作家出版社，1960 年）、《民间文学搜集整理问题（第一集）》（上海文艺出版社，1962 年）等。1965年夏受命担任《民间文学》杂志编辑部的负责人，直到 1966 年 5 月"文化大革命"爆发，文联和各协会被"砸烂"，我也作为"修正主义苗子"被揪斗、抄家，1969 年 9 月底被下放五七干校劳动改造。我主持的《民间文学》杂志，最后一期是 1966 年第 3 期。这期刊物出来时，我已被关在"牛棚"里，造反派看到封面的剪纸上，农村少女手拿的毛主席像四周是黑边，给我加上反党反毛主席的罪名。在这种政治压力下，我别无选择，对造反派说："立即送造纸厂化浆！"但我偷偷留下了一本，以备有朝一日证明出版了这一期。

在研究部时期，除了翻译民间文学资料、恩格斯的《爱尔兰歌谣集序言札记》、高尔基的《一千零一夜》俄译本序、苏联著名民间文学理论家的论文等，我自己也写了一批文章。

侯：中国民间文艺研究会（中国民间文艺家协会的前身）从 20 世纪 50 年代开始就组织开展大规模的田野调查，即"采风"活动，取得了哪些成果？

刘：我国是一个有五千年文明史的国家，在民间文学的采集和研究上，形成了独到而丰富的文化学术传统，"采风"制度就是其中之一。我到民研会工作，除了在办公室里阅读、研究、翻译，还在领导的引导下深入到各地进行调查，即"采风"。

1958 年的春天，迎来了历史上的"新民歌运动"。3 月 22 日，毛泽东主席在成都会议上发出关于搜集民歌的号召。他说："中国诗的出路，第一是民歌，第二是古典。在这个基础上产生出新诗来。形式是民族的，内容应该是现实主义和浪漫主义的对立统一。"①

我所供职的中国民间文艺研究会研究部的职责就是搜集和研究民间文学，在当时的社会政治和思想体制下，毛主席的号召就是命令。我和《民间文学》编辑部的老编辑铁肩同志在研究部主任路工先生的带领下，立即起身冒着料峭的春寒，赶赴山东烟台的芝罘岛去做采风调查。那里的果农正在苹果园里忙着剪枝、浇水、松土，我们深入到苹果园里，与果农交谈，听他们唱歌吟诗，感受席卷全国、风起云涌的新民歌运动。我和铁肩都有记录，可惜那些包括笔记本在内的新民歌材料和调查情况，

① 陈晋：《文人毛泽东》，上海人民出版社 1997 年版，第 448 页。

经过 1964 年自上而下掀起的"文艺小整风"和 1966 年爆发的"文化大革命",全都散失了。

随后,我和路工又从烟台转道到了南京。此时的江南已是春意阑珊。我们在江苏省文化局局长周邨、省文联主席李进(夏阳)、宣传部副部长钱静人的建议和指导下,来到了著名的吴歌之乡白茆。在白茆乡公所的办公室里,县文化馆和乡文化站的工作人员第一个就把陆瑞英找来。那时,陆瑞英是乡里的卫生员,以唱四句头山歌而在当地颇有名气。在过去白茆塘的山歌对唱中,她曾经被推选为对唱的首席女歌手。她不仅肚里储藏了许多传统山歌,还有随机应变的能力,能够在后援者的支持下临场即兴编创。

从全国来看,当时"大跃进"的形势已经形成,但农村里人民公社还没有诞生,农村的主流建制还是高级合作社,人民公社是 7 月份以后才陆续成立的。我们是带着任务下来的:第一是要调查当地新民歌创编的情况,第二是要按毛主席的指示,搜集些新、旧民歌回去。新民歌创编的情况,是由乡里的负责人向我们介绍的,而搜集民歌,则主要靠陆瑞英给我们演唱了。陆瑞英的嗓音甜美,被人称为"金嗓子"。在 20 世纪五六十年代的万人山歌会上,人们常常能听到她的优美歌声。当时,农村搞水利工程,组织全市各地的农民一起挑土方,挑灯夜战,并开展劳动竞赛。作为文艺骨干,陆瑞英被安排到工地上为民工们唱山歌,唱好人好事。有一年开白茆塘河,有关部门又叫陆瑞英去唱山歌。那年天气十分寒冷,冰冻三尺,但民工们的热情十分高涨。陆瑞英从白天到晚上连续唱山歌,尽管患上了感冒,仍坚持到工地一线演唱,结果把喉咙给唱哑了。

1961 年 12 月,我与同事李星华(李大钊女儿)、董森三人到李大钊的故乡河北省乐亭县调查采录民间文学。到乐亭后,我们兵分两路:李星华留在县城和家乡大黑坨,指名道姓请来村里的"故事篓子"单景荣、景玉兰、李采亭等老人讲故事。大家围坐斗室，聆听和记录下了《小黄狗拜月亮》《铁树开花》《张仙和火神的传说》等民间传说。我和董森则到海边的捞鱼尖采访渔民的传说故事。渔民们在讲述中不时切入乐亭皮影、乐亭大鼓。回城在高航舟副县长办公室汇报情况时，李星华尽自己所知，把儿时父亲李大钊带她看影，并为孙老兆影班编写影卷《安重根刺伊藤博文》的往事，以及皮影剧作家二高，雕刻家聂春潮，著名皮影艺人周文友、孙老兆、箭杆王张老壁等人，还有乐亭大鼓界温荣、齐祯、韩香圃等人的艺术风格、逸闻轶事，活灵活现地介绍了一遍。我们听得似梦似醉。为使北京同志领略乐亭皮影的风采，在星华的安排下，乐亭影社为我们做了专场演出。看完《柳毅传书》和《火焰山》两个单出之后，一幕幕令人悲戚泪下、嬉笑捧腹的动人场景，直到我们上了火车还久久萦绕在我的脑海里。

当年我们写了 21 页打字纸的调查报告，现在已经找不到了，我手头只剩 25 页打字纸的记录稿。年届 79 岁的安庆长老爷子讲的《螃蟹的故事》《扳倒井的故事》《孟姜女的包袱》幸存下来，有鲜明的渔民文化色彩。比如《螃蟹的故事》说的是牛郎织女的主题：每年农历七月七日，王母娘娘准许天上的织女和地上的牛郎相会。每到这天正午，使船的就打不着螃蟹了，相传海里的螃蟹都给牛郎和织女搭桥去了。螃蟹们一搭好桥，银河就通了，隔在银河两边的牛郎和织女就领着他们的孩子，踩着螃蟹桥见面了。但我在捞鱼尖访问了几个老渔民，除了安庆长讲的是螃蟹搭桥之外，其他人都说是鹊儿搭桥。安老爷子说，农历七月海货中螃蟹正多，但渔民网不到螃蟹，故有此传说。

1965 年 9 月初，我和董森决定到西藏进行民间文学调查和采风。我们从北京乘火车到达成都，第二天从成都飞往拉萨。那时的西藏，除了拉萨机场有一家国营的小饭馆外，全藏没有饭馆，我们在机场饭馆里吃了一顿饭，就到拉萨市里的招待所住了下来。拉萨市里没有公共交通，行动都靠两条腿走路。我们参观了布达拉宫、罗布林卡、药王山、八角街、大昭寺等，了解藏民的风俗习惯，看藏民的转经。罗布林卡是达赖喇嘛的夏宫，十四世达赖喇嘛出逃后，罗布林卡回到了人民手中，过去是奴隶的藏民如今成群结队地到罗布林卡游玩观赏，特别是仔细地观看达赖喇嘛的宫室和寝室，对我们来说，这一天也是一个千载难逢的机会，与普通藏民接触，了解了他们的一些风俗习惯。

接下来的日程，我们从拉萨到山南的日喀则做调查。日喀则是西藏的第二大城市，是历代班禅的驻锡地。我们在日喀则搜集翻译的藏族民歌，部分发表在《民间文学》杂志 1965 年第 6 期上。而当时记录翻译的手稿，经过"文革"的折腾，如今已片纸无存了。现在想起来，非常痛惜。

之后我们又到了萨迦县。萨迦县隶属于日喀则市，地处西藏自治区南部、日喀则地区中部、雅鲁藏布江南岸。我们在当地找了一位翻译，名叫才旺角久。在他的帮助下，我们深入到县城所在地的萨迦镇（乡），到居住在半山腰里的普通藏民家中进行了三天的民间文学调查采录，记录了平措和木布扎西两位歌手演唱的藏族民歌，其中平措演唱的有 75 首，木布扎西演唱的有 40 首。这些 50 多年前记录的材料，现在还保存完好。

在萨迦的调查结束后，我们远赴与尼泊尔接界的错那县。我们没有车辆，只好在萨迦郊外的公路口上站等解放军拉粮食、汽油和劈柴的过路卡车。终于等来一辆卡车，我们拦在公路上，招手请司机停车，并获准带我们到错那县。

错那县是仓央嘉措的故乡。在错那休息了一天，痛痛快快地洗了一个温泉澡，略做准备，第二天一大早我们就启程往祖国最西南端、与印度接界的错那县勒布区——门巴族聚居的山谷里进发。我国出版的地图上，找不到勒布这个地点。这是我西藏采风之旅的最后一站，也是最远的一站。

所谓准备，其实也很简单，无非是三件事。一是找一位当地的向导，以免瞎撞迷了路。找向导是在西藏旅行首先要考虑的问题。错那县城所在地的那个镇子很小，有什么外人来了，很快便会传遍全城，就像内地村子里常见的情形一样。我们到当地宣传部门说明意图后，很容易就找到了一位搞宣传工作的解放军同志，他正好要去勒布区办事。我们当即同他说妥，与他同行。向导的问题就这样轻易解决了。二是向老乡借了两匹性情温顺的马，我骑一匹，同伴董森骑一匹。这也不难，县里还给我们配备了一位看上去不到 20 岁的年轻藏族小伙子跟着，以便到达目的地后把马牵回来。不过，他没有骑马，只靠两条腿走路。他用半通不通的汉话对我们说："你们骑上马走吧，我在前面的山口等你们。"说完便背着一支冲锋枪，一阵风似的在我们前面上了路。三是到错那县仅有的一家供销社里一人买了一斤"高级糖"。所谓"高级糖"是三年困难时期对高价糖果的称呼，实则就是上海出品的用锡纸包的奶油太妃糖。那时全国通用粮票在西藏各地是不通行的，即使有粮票，也没有饭馆或粮店，甚至有人民币也没用，一旦没饭吃时，"高级糖"就可以充饥。

听说距离区委较远的地方有一个老牧民脑子里装着很多有关门巴族的民俗知识，我们决定去那里采访。区委书记和文书自愿陪同我们走一趟。他们从区政府的马厩中，为我和同伴选了两匹性情老实、不尥蹶子的老马。我们四人骑马，沿着一条落差很大、流水湍急的河谷鱼贯而行。由于一路上巉岩林立，凹凸不平，十分难走，一直到太阳落山时分，我们才到了要采访的牧民家。这是一间孤零零的帐篷，前不着村，后不着店。我们跨进这座隐藏在薄薄暮霭中的住房时，里面很黑，几乎看不清布置和陈设。待稍微适应以后，才发现这老汉几乎没有什么家当可言，与我们在日喀则所见的牧民家有很大差异。主人是个五十多岁的牧民，当他看见区委书记给他带来了两位客人时，非常热情地向我们施礼，并在屋子中央点起火堆，把我们安顿在火堆周围，拿来酥油和糌粑，让我们先吃晚饭。我们学着主人的样子，把拿着一小块酥油的手伸进装着糌粑的口袋里，抓出一把来，在手中捏来捏去，捏成团，然后送进嘴里。酥油糌粑是一种营养极为丰富的食物，也很可口，很像内地吃的油炒面。但吃糌粑没有酽酽的砖茶不行。老牧民应我的要求，在明明灭灭的酥油灯和篝火的映照下，向我们讲述了他们民族的种种故事。霎时间，我们便被带进了一个神秘而有趣的世界。我们被门巴人古老的文化吸引住了。夜深了，老牧民的声音变得沙哑低沉，我们和他一起并头抵足，仰卧在被篝火烤得温热的地板上，拉过他那件发出阵阵羊膻味的老羊皮盖上，很快沉入了梦乡……

1969 年 9 月底，中国文联各协会的干部统统被下放到张家口怀来县附近的官厅水库边上，建设文化部五七干校。在干校一个月后，我又转到了妻子马昌仪所在单位中国科学院哲学社会科学部（即今中国社会科学院）的河南罗山息县干校，再后来又转到文化部的天津团泊洼干校，于 1971 年 6 月被第一批分配到了新华社工作。1977 年，我又从新华社回到了文艺界，先后在《人民文学》和《文艺报》做编辑。

侯：您是什么时候又回到中国民间文艺研究会工作的？

刘：是在 1983 年秋天。为了贯彻落实中国民研会三届二次理事扩大会的精神，1984 年 5 月，我在峨眉山主持召开了"全国民间文学理论著作选题座谈会"。当时的指导思想是不能继续搞"左"的那一套了，主要想法就是要把大家引导到学术研究上。根据会章规定和郭沫若、周扬等领导人的历次讲话精神，中国民间文艺研究会的主要研究对象是民间文学，但也应承认民俗学在人文学界有一定的地位。尽管就我个人的观点而言，我不赞成把民间文学包含在、至少不完全包括在民俗和民俗学之中。出席座谈会的有 60 多位民间文学研究者，声势很大，会上放了钟敬文为大会制作的录音讲话。我提出了"建设中国特色的马克思主义指导下的民间文艺学"的口号，民间文学研究不要停留在"通用机床"的模式上，要提倡搞专题研究。全国各地的学者，包括在高校教书的老师们都报了选题，制定了全国民间文学研究的选题规划。这个会对推动民间文学理论研究起了很大的作用，会后纳入选题计划的许多理论研究项目，均以著作或理论文集的形式陆续出版了。

在我的提议和策划下，会上成立了中国神话学会，选举神话学家袁珂为主席。规划中提出编写两套书：一套是"中国民间文学理论建设丛书"，包括了钟敬文的《新的驿程》（1987年）、我的《原始艺术与民间文化》（1988年）、马学良的《素园集》（1989年）和姜彬的《区域文化与民间文艺学》（1990年）等；另一套是"中国民间文学专题资料丛书"，没有采用丛书的名称，出版了《玛纳斯》《格萨尔》等许多资料本。也就是在这时，开始了中外民间文学的学术交流活动，包括1984年乌丙安、张紫晨去日本访问的行程。

1984年11月19日，我在中国民间文艺研究会第四次会员代表大会的工作报告《民间文学工作者在新时期的任务》中，回顾了新中国成立以来所走过的曲折的道路和出现的错误思潮，强调"我们必须对民间文学的文化属性建立一种马克思主义的正确的看法"，并再次阐述了中国特色的马克思主义指导下的民间文艺学的方针："在新的历史时期我国民间文学工作的方针是什么呢？简要说来，就是：全面开展搜集和抢救工作，有步骤地加强理论研究，尽快提高学术水平，建设有中国特色的民间文艺学，全面开创社会主义民间文学事业的新局面。"

在代表大会和理事会上确定下来的新的民间文学工作方针指导下，我们就加强理论研究采取了许多措施，如召开学术理论研讨会（青年民间文学理论家学术会议、深圳全国民间文学理论学术研讨会、《格萨尔》学术研讨会、中芬民间文学学术研讨会等），各分会创办期刊和报纸，并前后召开过两次全国报刊座谈会等，促进民间文学学术理论的前进和提升。据 1985 年 7 月第一次民间文学报刊会议（长春）统计，公开发行的全国民间文学期刊 12 种，内部发行的期刊 8 种，公开发行的报纸两种，内部发行的报纸两种。研究机构也有很大发展，到 1987 年 5 月 14 日中国民间文艺研究会工作会议召开时，全国有 43 所高等院校开设了民间文学课程，各省、自治区、直辖市的社科院、文联、艺术馆和高等院校相继建立了民间文学研究组（室），形成了一支可观的民间文学研究队伍。据我的统计，1983—1989 年这 7 年间出版的民间文学理论著作（包括论集）达 169 种。客观地说，这是过去时代所没有的。

二、整体研究与民间文艺学

侯：您为什么要提出"整体研究"的概念？

刘：建设中国特色的民间文艺学，就是建设马克思主义指导下的民间文学理论体系。马克思主义指导下的民间文学理论体系，最重要的一个思想，就是历史唯物主义把民间文学看成是一定时代产生并流传的、适应于一定时代的民众口头文学。对于民间文学的文化性质、特点和社会功能，我比较喜欢胡适的"双重的文学"论，即把民间文学看成是与作家文学并行的一种特殊的文学，一个时代的文学，是由民间的文学与作家的文学共同构成的。"五四"以后，初期从事民间文学研究的学者和作家，凡是有一定影响的，大多是文学阵营里各个文学社团的名家。他们无不认为民间文艺是文学，其研究方法和理念，大都是从文学的、诗学的立场观察研究民间文学的。

1950 年 3 月 29 日中国民间文艺研究会成立时，郭沫若发表的演讲中说："回想一下中国文学的历史，就可以发现中国文学遗产中最基本、最生动、最丰富的就是民间文艺或是经过加工的民间文艺的作品。"他列举了最古的诗集《诗经》，其中来自民间的国风，其价值远超过雅、颂。屈原的《离骚》是采取了民间文艺形式，两汉的乐府、六朝的民歌都是来自民间，非常佳妙动人。他提出研究民间文艺的五个目的：（一）保存珍贵的文学遗产并加以传播；（二）学习民间文艺的优点；（三）从民间文艺里接受民间的批评与自我批评；（四）民间文艺给历史家提供了最正确的社会史料；（五）发展民间文艺。我们不仅要收集、保存、研究和学习民间文艺，而且要给予改造和加工，使之发展成新民主主义的新文艺。他阐述的民间文艺的文化性质以及研究民间文艺的目的，与他 1922 年为何中孚《民谣集》所写序言中的观点是一脉相承的，在今天仍然是适用的。

我个人青年时代所接受的文学理论和批评方法，大多来自俄国的三大批评家别林斯基、车尔尼雪夫斯基和杜勃罗尼勃夫。新中国成立以后的 50 年代，我国文坛上除了周扬、冯雪峰外，有影响的何其芳、林默涵、张光年三大批评家的文艺观和批评观，即社会—历史—审美批评的观念和方法，对我在民间文学研究上有很深的影响。

面对建设中国特色的民间文艺学方针指导下理论研究的不断深化，有许多问题凸显出来，要求我们做出回答。我自己也一样。1987 年 10 月，在深入思考之后，我写了一篇《整体研究要义》，发表在 1988 年第 1 期的《民间文学论坛》上，对我以往的民间文学观和研究方法的局限性做了某些修正，概括地说，就是"整体研究"，其实就是在事物的联系中对事物外在特征和内在本质的研究。我们所以提出要在民间文学领域里实行整体研究，是因为我国民间文艺学长期受到封闭的孤立主义思想的影响，无论在学科建设上，还是对某种现象的研究上，都程度不等地存在着割裂事物之间联系的倾向。"整体研究"的"要义"有三：

第一，原始艺术、民间口头创作和民间艺术是人类社会广大成员三大类精神活动现象，三者构成民间文艺学的研究对象。这三大类精神活动现象，既有同质的方面，又有异质的方面，既体现着时间的观念（发展的观念），又体现着空间的观念（共时的特点）。从民间文学的立场来看，这三者是难以割裂和舍弃其中之一不论的，否则，我们不仅不能正确地认识各自的本质和特点，而且也根本无法正确认识和阐述人类艺术发展的两个截然不同的系统——民间创作和专业艺术——是怎么回事情。

第二，任何一件原始艺术作品、民间口头创作和民间艺术作品，作为文化的一个小小的因素，都不是孤立存在的，而是与一定的文化环境相联系的。当研究这些作品时，我们只有把所要研究的作品放到它原初的生存环境中去，才能真正了解它、阐明它。

第三，研究原始艺术现象、民间口头创作作品和民间艺术作品，必须超越作品表面所提供的信息，把目光投注到中国文化的深处，投注到相关学科所提供的丰富的资料和方法，才能全面地把握住所要研究的对象的整体。民间口头创作同原始艺术一样，是漫长历史时代中多层文化因子的积淀，在同一件作品或同一主题情节的作品上面，同时可见到不同历史时代的文化因子：宗教（神话）观念、象征形象（符号）、比喻等。离开对历史深处的文化形态的洞悉，就无法进行文化积层的剥离研究，无法分辨何种宗教观念是在何种时期形成又为何能承继下来，何种象征形象（符号）是在什么条件下出现又象征何种意义，无法弄清不同的观念、不同的象征何以能兼容并存（如道、儒、释的若干观念）等。

民间文艺学界的专家们对我走出纯文学模式的"整体研究"观，大体上给予肯定性的评价。此后，我的民间文学研究和学术史研究，基本上是在"整体研究"框架下开展的。"整体研究"观也促使我在20世纪五六十年代田野采风的基础上加大了田野工作。最明显的，是国家社科基金课题"原始艺术研究"的完成。从20世纪80年代中期起，我们先后对云南各少数民族（佤族、哈尼族等）民间文学和原始艺术的考察，对新疆伊犁地区哈萨克族、锡伯族民间口头文学的考察，对黑龙江省宁安满族民间文学和延边朝鲜族民间文学的考察，对天津南郊葛沽皇会的调查，为执行我作为课题组负责人的索罗斯基金会资助项目，先后对山东沿海长山列岛（砣矶岛）、龙口（屺峔岛）和石岛（玄镇村）渔民民间文化的三次考察……第二次龙口调查的报告由课题组成员彭文新执笔、我修改并加了按语，发表在《民间文学论坛》上。第三次调查，我执笔撰写的报告《石岛观海祭》发表在台湾民间文化杂志《汉声》1992年5月第41期，以及山东省委主办的刊物《走向世界》1993年第1期上。这些田野调查都可看作我在研究方法上"转型"的标志。

三、"三套集成"始末

侯：为抢救民间文学遗产，1984年，文化部、国家民委、中国民协联合发起中国民间文学普查和《中国民间故事集成》《中国歌谣集成》《中国谚语集成》（即"中国民间文学三套集成"）的编纂工作，对我国各民族、各地区的口头文学进行了拉网式的普查，获得了巨量的第一手口头文学资料。您怎么评价这个工程？

刘：编辑多卷本的"中国民间文学三套集成"是一项普查、搜集、整理、保存和发扬我国各民族、各地区20世纪八九十年代流传在民众口头上的民间文学的宏伟的计划。这项工作的动议，最初是在1981年民研会常务理事扩大会上提出来的，得到了中央一些领导同志的肯定和支持。而真正成为一项国家文化工程，则是在我于1983年9月被调到中国民间文艺研究会担任书记处常务书记和党的领导小组组长，主持研究会的全面工作之后的事情。由于一些具体问题，初期进展比较缓慢。在中国民间文艺研究会向国家文化主管部门征求合作意向时，由于民间文学专业归属问题的争议等原因，双方一时间没能达成共识。直到1984年5月28日，文化部、国家民委、中国民间文艺研究会三家正式签发了《关于编辑出版〈中国民间故事集成〉〈中国歌谣集成〉〈中国谚语集成〉的通知》，普查、编纂工作才得以陆续在全国铺开。

在"民间文学三套集成"的全部普查、编纂、出版工作中，我只是前半段（1983—1990年）的参与者和主持人之一，1991年2月，我调离已改名的中国民间文艺家协会，同时也就告别了三套集成工作。

2009年"民间文学三套集成"和其他七部文艺集成志书都完成了，10月13日召开了"十部文艺集成志书全部出版座谈会"，我在发言中说过这样一段话："作为当年主持民研会工作和制定集成文件的负责人，我有责任说出一些历史真相，除了那些载入扉页的名字，不要忘了还有几位老前辈的功劳。他们是：（1）当年中国文联书记处书记、中国民间文艺研究会临时领导小组组长、小说家延泽民，是在1983年4月17日他所主持的中国民间文艺研究会的工作会议上，对酝酿已久的"中国民间文学三套集成"的编纂计划做出了正式决定。（2）文化部原副部长丁峤，是他为我们"中国民间文学三套集成"的官方文件（即文化部、国家民委、中国民间文艺研究会808号文件）签了字，然后由文化部民族文化司这条线颁布下达，才使启动普查和编纂工作成为可能，才有今天的这样辉煌成果。古训有言：吃水不忘掘井人呀！他们都是三套集成的掘井者！（3）我们尊敬的周巍峙部长。由于民研会主席周扬于1983年卧病住院，必须设立丛书编委会的常务副总主编主持其事。中国民间文艺研究会书记处组建之始，提议并经法定程序通过，由周巍峙和钟敬文两位任常务副总主编。周巍峙同志兼任民间文学集成编委会的第一副常务总主编，一是避免了民间文学领导圈子里的意见纷争，使工作得以顺利进行；二是可使'民间文学三套集成'比较顺利地纳入由文化部和艺术科学规划办牵头的十部民族民间文艺集成的行列，而这是其他人谁也无法替代的。"

侯：您能给我们具体谈谈"民间文学三套集成"的编纂工作吗？

刘：作为中国民间文艺研究会临时领导小组成员（当时我是《文艺报》的编辑部主任，在民研会是兼职），我应邀参加了1983年秋中国民间文艺研究会在西山举行的第二次学术讨论会，并受领导小组的委托在会上做总结发言，对编纂工作做了部署。这次会议确定了周扬为"三套集成"总主编，钟敬文、贾芝、马学良担任各部集成的主编。但文化部、国家民委和中国民间文艺研究会共同签署文件的过程却并非一帆风顺，因为文化部没有分管民间文学的部门，我和中国民间文艺研究会书记处的同志们想方设法，多方斡旋，最终得到文化部主管民族文化的部领导丁峤的支持，由文化部少数民族文化司出面，促成了文化部、国家民委和中国民间文艺研究会共同发文，使"三套集成"成为由文艺团体发起主办、两个政府主管部委全力支持的重要国家文化工程。

1983年7月，在我的主持下，在山东召开了第一次"民间文学三套集成"全国工作会议，研究决定了工作机构和工作步骤等问题，培训了第一批干部。1984年3月20日，云南省召开"民间文学三套集成"工作会议，为"三套集成"在全国铺开，拉开了序幕。1984年9月，在云南再次召开工作座谈会，讨论了普查、采录、翻译工作的原则等问题。1984年11月，又在中国民间文艺研究会第四次全国代表大会的工作报告《民间文学工作者在新时期的任务》中，再次就"三套集成"的文化性质等问题做了阐述，并将编纂"三套集成"工作列为全面开创民间文学事业新局面的第一项重点工作。

这一阶段"三套集成"的工作进展和所取得的成绩，得到了中宣部的肯定。中宣部于1985年11月下达《转发民研会〈关于编辑出版中国民间文学集成第二次工作会议纪要〉的通知》，请各地党委宣传部、文化厅、文联关心、支持并督促各地民间文艺研究会分会做好"三套集成"

的编辑出版工作。自此，"三套集成"工作走上正轨，在全国各省、自治区、直辖市轰轰烈烈地开展起来，实现了新中国成立以来第一次包括56个民族在内的全国各省（区）、市民间文学普查。在这次普查中，全国共采录到民间故事137.5万余篇，歌谣192万余首，谚语348.5万余条，记录下了20世纪末"活"在全国各民族民众口头上的民间文学的口述文本。

中国民间文艺研究会是"民间文学三套集成"三个主办单位之一，更是实际工作单位，文化部、国家民委只是主办单位，但不负责实际工作的执行。而编纂"民间文学三套集成"这样巨大的文化工程，只靠钟敬文、贾芝、马学良三位聘任的故事卷、歌谣卷、谚语卷的兼职主编以及各位副主编的业余工作，是无法完成的，我们就适时地建立起了实体的工作班子——中国民间文学三套集成总编委会办公室，其职责是协助主编和编委会实际执行普查、编纂、出版、培训、协调和指导各地等各项工作。1986年1月3日，在北京召开了有文化部、国家民委、中国民研会负责人参加的联席会议，决定总编委会办公室在主办单位中国民间文艺研究会的领导下，代表文化部、国家民委负责处理三套集成的日常工作。在三套集成的发动、组织、学术和其他各方面准备工作上，总编委会及其办公室发挥了很大作用，具体的编纂工作由主编负责。

1986年5月20日至27日，在北京召开中国民间文学集成第三次工作会议，会上决定成立由中直及各省、自治区、直辖市有关人员组成的全国编辑委员会；确定三套集成副总主编名单；宣布并通过三套集成各卷副主编名单；讨论了三套集成编纂细则，责成总编委会办公室根据讨论意见对编辑细则进行修改定稿；全国艺术科学规划领导小组组长周巍峙代表领导小组宣布，接纳中国民间文学三套集成与其他七部艺术集成志书并列为"十套民族民间文艺集成志书"，并向国家申报列入国家五年计划的文艺重点科研项目。

总集成编委会办公室第一任主任马萧萧，第二任主任贺嘉，第三任主任刘晓路。地方上的三套集成办公室也相继成立起来，使工作走上轨道，顺利开展并完成。

在普查、采录基础上积累起海量的三套集成资料，这在中国文化史上是百年不遇的大事。我对这些资料的汇集出版和保存工作格外珍视，提出应当有计划、有系统地出一些资料本。在我的倡导下，三套集成总编委会决定，在原定的主要编纂"省卷本"的基础上，增加编辑县资料本，并在各地县卷本编纂过程中进行督促和给予具体指导。正是这个举措，使数千种县卷本得以出版，尽管最终并没能完成全国所有的县（区）都编印出各自资料本的任务，但是这个成果已经足以让世人惊叹，成为中华文化史，甚至世界文化史上卷帙最为浩瀚的民间文学的文字记录。

我与"民间文学三套集成"

被称为"世纪经典"和"文化长城"的"中国民间文学三套集成"（包括《中国民间故事集成》《中国歌谣集成》《中国谚语集成》），在20多万名基层文化工作者和数百位民间文学专家的参与下，历经25年的漫长岁月，已于20世纪末全面完成，出版了省卷本90卷，地县卷本4000多卷。编辑多卷本的"中国民间文学三套集成"是一项搜集、整理、保存和发扬我国各民族、各地区的民间文学遗产的宏伟的计划。这项工作的动议，最初是在1981年常务理事扩大会上提出来的，得到了中央一些领导同志的肯定和支持。而真正成为一项国家文化工程，则是在我1983年9月被调到中国民间文艺研究会担任书记处常务书记和党的领导小组组长，主持研究会的全面工作之后的事情。由于遇到一些具体问题，初期进展比较缓慢。在中国民间文艺研究会向国家文化主管部门征求合作意向时，由于民间文学专业的归属问题等，双方一时间没能达成共识。直到1984年5月28日文化部、国家民委、中国民间文艺研究会三家正式签发了《关于编辑出版〈中国民间故事集成〉〈中国歌谣集成〉〈中国谚语集成〉的通知》，普查、编纂工作才得以陆续在全国铺开。

在"民间文学三套集成"的全部普查、编纂、出版工作中，我只是前半段（1983—1990年）的参与者和主持人之一，1991年2月，我调离中国民间文艺家协会，同时也就告别了三套集成工作。2009年"民间文学三套集成"和其他七部文艺集成志书都完成了。

作为协会的主要领导人，我在"民间文学三套集成"工作中的作用主要表现在下面几点：

一、阐述性质定位，促成工作走上正轨

作为中国民间文艺研究会临时领导小组成员（当时我是《文艺报》的编辑部主任，在民研会是兼职），我应邀参加了 1983 年秋中国民间文艺研究会在西山举行的第二次学术讨论会，并受领导小组的委托在会上作总结发言。我在发言中阐明了编辑出版"三套集成"工作在中国文化史上的开创意义，指出各民族民间文学工作者对这项工作有不可推卸的历史责任，鼓励全国民间文学工作者积极地、科学地参与和完成这一伟大的工作，不辜负全国人民的殷切希望。讲话还对近期的工作做了部署。这次会议上确定了周扬为"三套集成"总主编，钟敬文、贾芝、马学良担任各部集成的主编。但文化部、国家民委和中国民间文艺研究会共同签署文件的过程却并非一帆风顺，因为文化部没有分管民间文学的部门，部领导对如何进行对口合作颇有顾虑。为了争取到他们的支持，我和中国民间文艺研究会书记处的同志们想方设法，竭尽可能，多方斡旋，最终得到文化部主管民族文化的部领导丁峤的支持，由文化部少数民族文化司出面，促成了文化部、国家民委和中国民间文艺研究会共同发文，使"三套集成"成为由文艺团体发起主办、两个政府主管部委全力支持的重要国家文化工程。

1983 年 7 月，在我的主持下，在山东召开了第一次"民间文学三套集成"全国工作会议，研究决定了"三套集成"工作机构和工作步骤等问题，培训了第一批干部。

1984 年 3 月 20 日，云南省召开民间文学三套集成工作会议，为"中

国民间文学三套集成"在全国铺开，拉开了序幕。我应邀参会并在会上发表讲话，阐述了编纂"三套集成"的文化意义后，讲了编纂"三套集成"的一些重要原则：

　　编纂"集成"是一项由29个省、自治区、直辖市文化界许多同志参加的巨大集体工程，不是一两个人可以完成的事，因此，所有参加者，必须遵循一个统一的指导思想和全面规划，有步骤、有秩序地开展工作。这个指导思想不是别的，而是马克思主义的唯物史观。这是我们的根本指导思想。我们的整体工作固然是在三中全会方针指导下进行的，但我们的普查和编纂工作应该坚定不移地遵循马克思主义的唯物史观。诚然，民间文学中也有一些不健康的东西，有的民间文学刊物追求新奇、怪异，用某些不健康的东西来冒充民间文学，在群众中造成混乱。如《宣传动态》上剖析过的《故事报》就是这样。民间文学的特点，不是新奇、怪异，其风格、特点应当是朴素的，怎能将其朴素偷换成新奇怪异呢？还有一点，民间文学是千百年流传下来的民众创作的口头文艺作品，不可避免地带有两个东西：一个是民间文学主要是劳动群众的创作，反映的是他们生活，表达的是他们的价值观、道德观和是非观，总体上说，是民族精神的载体。另外一个，是他们也受到统治阶级的思想影响，马克思讲，统治阶级的思想就是统治的思想。广大劳动者、下层民众，大体上是长期的封建社会里的小生产者，他们不可避免地有历史的局限性。在民间文学中，这两种倾向或因素，应当运用唯物史观加以批判的研究。对待历史上流传下来的民间文学，不是运用唯物史观，而用我们今天的观点去做非历史主义的解释，就会陷入谬误。云南有一些比较原始的东西，包括兄妹婚、血缘婚等，这些现象在今天看起来可能是不可思议的，但在古代某个时期却是合理的，所以我们必须运用历史唯物主义的立场观点来分析。我们只要在这一点上取得统一，我们就可以在某些文化现象上通过讨论找到解决问题的钥匙。

"民间文学三套集成"的普查和编纂中提出来的"全面性、科学性、代表性"原则，也是要共同遵守的，三者不可只强调一点，而要统一起来。在这个"三性"问题原则上，还有大量的实际问题，需要我们讨论研究。"集成"的编纂工作，云南已经搞了一个初步的设想，会上也印发了，虽然还不是很成熟，有一些细节可能还比较朦胧，还有待于经过讨论定下来。但有一个初稿总是好的，可以作为讨论的基础。经过大家充分讨论后，把这个初稿修改得更加完善些。这次，我们有两个同志到日本去学习回来，他们介绍了日本人对我们的看法，当然其中有一些是瞧不起我们的，但也有羡慕我们的，说我们中国提出搞"三套集成"是了不起的，在日本办不到。我们能够有组织地、自下而上地普查和编纂"民间文学三套集成"，日本的确办不到。当然我们也有我们的缺点，我们不能夜郎自大。过去，日本人搜集了十万个故事，我们中国有多少，现在我们还心中无数，不清楚。我们没有电子计算机，算不出来。但我们相信，通过编纂"集成"能开创民间文学工作的一个新局面。"集成"工作是中国民间文艺研究会今后若干年的重点工作之一。除了"集成"，我们还要加强理论研究工作，"集成"的普查和编纂工作中就贯穿着大量的研究工作。

二、主持编纂《中国民间文学集成工作手册》

在三套集成工作的组织、启动阶段，作为研究会的主要领导干部，我除了负有各项工作的领导责任，对普查、采录、编纂工作的指导思想和原则也做了学术层面的思考，并将来自各方面的、与之相关的学术观点做了清晰的、明确的、科学的梳理，从而为起草编纂《中国民间文学集成工作手册》提供了扎实的科学的理论依据。

在 1985 年 6 月召开的全国第二次集成工作会议上做了题为《统一认识、协同工作》的报告，不仅对编纂"三套集成"的重要性、必要性和适时性进行了全面的概括，还对编纂工作要遵循的科学性、代表性和全面性"三性"原则再次做了论述，提出要排除长期"左"的思想的干扰，以马克思主义唯物史观统帅民间文艺普查、采录、编辑、出版和研究工作。"民间文学是一定时代、一定社会生活的产物，其内容体现着一定时代、一定范围的人民群众的思想观点，我们的任务是把它们搜集起来，加以研究，对其中优秀者，加以推广光大，而不是用我们今天的观点去修改它。任何离开唯物史观的思想和做法，都是不会收到好的效果的。回过头来看看我们 35 年来所走过的道路，在这个问题上，我们是付出了高昂的代价的。恩格斯在《家庭、私有制和国家的起源》中有两处地方讲到这个问题。一处是在讲到人类婚姻史上曾经有过的杂婚时说：'如果戴着妓院的眼镜去观察原始状态，那便不可能对它有任何理解。'另一处是他引用马克思 1882 年写的一封信——马克思批评瓦格纳的《尼伯龙根》歌词对原始时代的完全歪曲：'原始时代，哥妹曾经是夫妻，而这在当时是合乎道德的。'历史上曾经存在过，而在今天看来不道德的、不合理的事物，在当时看来却是合理的、合乎道德的。这样看问题才是历史唯物主义。如果我们用资本主义社会里妓院的眼光去看待民间文学里描写的原始状态，当然就不可能得出正确的结论，因此，就出现了随意乱改（民间文学作品）的现象。明明是兄妹婚姻，偏要改成不是兄妹婚姻，这就使历史变得面目全非了。我们不能这样做，应当恢复历史的本来面貌。如果我们不坚持历史唯物主义，我们的民间文学事业将会走上歧途。"

我还就传统民间文学的文化性质和文化属性发表了意见："只要是现在还被广大人民群众所接收、所喜爱、所传颂、所传承，还在民众中广泛流传的，对人民群众有益的民间文学作品，就可以算作是社会主义文学的组成部分。"我强调，对待民间文学作品，不可以人为地拿我们今天的思想去修改它，使之适应于今天的政治需要。同时，还对"三套集成"的性质给出了明确的定位："三套集成不是一部文艺读物，不是一部适合思想教育要求的读物，而是一部既具有高度文学欣赏价值，又具有高度学术研究价值的民间文学总集。"

这些观点和论述，后来都吸收在我参与主持和指导下由专家们集体编写的《中国民间文学集成工作手册》中了。

三、组织建立编委班子和总编委会办公室

中国民间文艺研究会是"中国民间文学三套集成"三个主办单位之一，是实际工作单位，另两个主办单位文化部、国家民委不负责实际工作的执行和指导。而编纂"民间文学三套集成"这样巨大的文化工程，只靠钟敬文、贾芝、马学良三位聘任的故事卷、歌谣卷、谚语卷的兼职主编和各位主编聘任的副主编的业余工作，是无法胜任的，我们就适时地建立起了实体的工作班子——中国民间文学三套集成总编委会办公室，赋予总编办协助主编和编委会实际执行普查、编纂、出版、培训、协调和指导各地等各项工作。在集成的发动、组织、学术和其他各方面的准备工作上，总编委会及其办公室发挥了很大作用，具体的编纂工作由主编负责。

据记载，1986年1月3日，在北京召开了由文化部、国家民委、中国民研会负责人参加的联席会议，听取了1985年集成工作汇报，审定了1986年集成工作计划，决定当年第一季度成立总编委会。会上决定，总编委会办公室在主办单位中国民间文艺研究会的领导下，代表文化部、

国家民委负责处理集成日常工作。

1986年5月20日至27日，在北京召开"中国民间文学集成"第三次工作会议，会上决定成立由中直及各省、自治区、直辖市有关人员组成的全国编辑委员会；确定"三套集成"副总主编名单；宣布并通过"三套集成"各卷副主编名单；讨论了"三套集成"编纂细则，责成总集成办公室根据讨论意见对编辑细则进行修改定稿；全国艺术科学规划领导小组组长周巍峙代表领导小组宣布，接纳"中国民间文学三套集成"与其他7部艺术集成志书并列为"十套民族民间文艺集成志书"，并向国家申报列入国家五年计划的文艺重点科研项目。

总集成编委会办公室第一任主任马萧萧，第二任主任贺嘉，第三任主任刘晓路。地方上的三套集成办公室也相继成立起来，使集成工作走上轨道，顺利开展并完成。

四、资料的编辑出版和保存

在普查、采录基础上积累起来的"三套集成"资料在中国文化史上是百年不遇的大事。我对这些资料的汇集出版和保存工作格外珍视。基于我自己的经验和从前辈们学术活动中学到的方法，以及"文革"中造成的资料流失情况，我提出："我们应当有计划、有系统地出一些资料本。在搜集、普查的过程中，我们要采取不同的形式编印一些资料本，这样就不易失散了。我们中国民间文艺研究会的任务主要是两个，一个是出人才，一个是出成果。成果包括公开出版的书、内部资料和研究著作。"在我的倡导下，三套集成总编委会决定，在原定的主要编纂"省卷本"的基础上，又在《中国民间文学集成工作手册》中增加编辑县资料本的要求，并在各地县卷本编纂过程中进行督促和给予具体指导。正是这个举措，有了最终的数千种县卷本，尽管最终并没能完成全国所有的县（区）都编印出各自资料本的任务，但是这个成果已经足以让世人惊叹，成为中华文化史，甚至世界文化史上卷帙最为浩繁的民间文学的文字记录。

我所经历的中芬民间文学联合考察 ①

[访谈者手记]

　　正如民间文艺学者祁连休所言，刘锡诚的学术经历贯穿了我国当代民间文学的发展史，其学术道路可以说是我国当代民间文学发展的一个缩影。②在我撰写博士论文需要梳理中芬民俗学学术史时，今年81岁高龄的刘锡诚老师无疑是我请教历史详情的最佳人选。7月20日晚，与刘老素昧平生的我心怀忐忑地拨通了刘老的电话，接通电话的是其夫人马昌仪。听我说明来意后，她婉言谢绝了我的请求，原因一是刘老听力目前有障碍，无法进行正常交流；二是刘老年事已高，目前的身体状态不适合长时间访谈；三是刘老已于今年3月将自己和夫人60多年来收藏的两万余册当代文学及民间文学藏书捐赠给了中国现代文学馆，手头上已没有可提供的参考资料。③可正当我遗憾和不安地放下电话后不久，就接到了马昌仪夫人的回拨电话。她告诉我，当刘老知道我的情况后，同意接受我的来访，而且，考虑到我的学习时间紧急，来访的具体日期可以由我来安排。通话结束前，马夫人还特意嘱咐我，考虑到刘老的身体状态，要将面访的

①　访谈者：徐鹏，浙江旅游职业学院旅行服务与管理学院教师。访谈时间：2016年7月24日。访谈地点：刘锡诚家中。原标题为《老骥伏枥　志在千里　烈士暮年　壮心不已——民间文艺学家刘锡诚访谈录》，后进行访谈整理时补充了诸多相关资料。收入时有改动。

②　李静：《刘锡诚：心无旁骛的民间文学守望者》，《中国文化报》，2014年7月25日第007版。

③　李晓晨：《让宝贵的学术资源传下去》，《文艺报》，2016年3月11日第001版。

时间限定在半个小时之内。

就这样，7月24日下午2点，我有幸在刘老的府上对这位著述等身的前辈进行了一场特殊的访谈。之所以特殊是因为这次访谈并不是采用通常的一问一答的形式，而是我事前准备问题提纲，刘老通看完提纲后，选择重点进行解答。相比较以往的结构性访谈，刘老在选答的内容、长度和深度上有更大的弹性和自主权。

本次访谈提纲主要是围绕20世纪以来中国民间文学界的学术交流史而定，其中尤以中国和芬兰的民间文学学术交流为主。访谈内容主要包括四个方面：第一，刘老的学术动机及信念；第二，中外民间文学学术交流史的梳理和总结；第三，中芬民间文学学术交流史的梳理和总结；第四，刘老对未来中外民间文学学术交流和同行的期望。从刘老长达两个小时的自述中，我们不仅可以看到他对这些问题的真知灼见，还可以还原学术史上的真实面貌，更可以管窥其言语之中反映出的学术旨趣、学术情怀和学术抱负。

——徐鹏

一、成为学者

徐鹏（以下简称"徐"）：您身兼文艺评论家、作家、人文学者、民间文学家多重身份，自1997年退休以来，您不仅在民间文学领域著书立说，成果斐然，而且经常投身于与民间文学相关的学术会议和社会活动中，是什么力量一直支撑着您对民间文学的热爱和执着？

刘：我的一生，从事过多种职业，做过新闻编辑和记者，当过文学编辑，从事过民间文学研究，还做过好多年行政领导工作，下放农村劳动并当过生产队长，被赶到五七干校锻炼改造，不过，后面的这种人生经历已与学术不沾边了。概括说来，在学术上，我是个两栖或多栖人物，但有两个头衔是我最值得自豪或骄傲的：文学评论家和民间文学研究者。

文学方面的学术经历，1985 年 10 月我曾应《批评家》杂志主编董大中先生之约写过一篇《文学评论与我》，发表在该刊 1986 年第 1 期上，讲了我的文学批评理念：求深、求真、求新。为了保存资料，此文后收入拙著《河边文谭》（河北教育出版社，1998 年 7 月）中，算是一个小结和交代。自那以后，我又写过不少文学评论的文章，出版过《在文坛边缘上》和《文坛旧事》两部专著，记录了一些我所知道的文坛史料，对现有的一些当代文学史著作可能有所增补，也受到了文学评论界的好评。近年来，我又对《在文坛边缘上》做了增订，补写了新时期文学发展过程中有关键意义的 1982 年。

1983 年秋天，应老领导周扬先生之命，我阴差阳错地离开了自己喜欢的《文艺报》编辑部和文学评论工作，又回到了青年时代曾经工作过的中国民间文艺研究会。钟敬文老先生戏谑地对我说："那里是个火坑呀！"明知是火坑，却又往火里跳！俗话说："一步走错，步步走错。"再后来的境遇，与七年前的那个一念之差不是没有关系。55 岁上提前过上了"退休"生活，远离了曾经的文学，远离了尘世的喧嚣与浮华，坐拥书城，与电脑为伴，全身心地投入到了民间文学的研究和散文随笔的写作中，一去不回头。

至于民间文学学科，我不是科班出身，只能算是爱好者吧。1953 年秋天，一个没有见过世面、穿着农民衣服的 18 岁的农民子弟，提着一个包袱跨进了北京大学的校门，学的却是当年很时髦的俄罗斯语言文学，辉煌灿烂的 19 世纪俄罗斯文学和苏维埃俄罗斯文学吸引了我，滋养了我，给我打下了文学欣赏、文学史、文学理论、文学批评的基础，没有别林斯基、车尔尼雪夫斯基和杜布罗留勃夫三大批评家对我的影响，也许后来我不一定会走上文学批评的道路。但我毕竟是农民的儿子，农村的生活和农民的口传文学与民间文化早已耳濡目染，融入血液，深入骨髓，时时撞击着我的心胸，使我无法忘情。恰在这时，我们的系主任、著名的未名社作家兼翻译家曹靖华教授担任了我毕业论文的指导老师，他欣赏并同意我选择民间文学作为论文题目。于是我在燕园的北大图书馆和民主楼的顶楼小屋里大量阅读了"五四"以后，特别是歌谣研究会时代的丰富资料。曹先生是我的启蒙老师，他不仅指导了我毕业论文的写作，而且还介绍我在 1957 年夏天北大毕业后踏进了王府大街 64 号中国文学艺术界联合会的大门，进入中国民间文艺研究会从事民间文学的研究工作，开始了我踏入社会的第一步。

我由于没有读过民间文学专业，也就没有"门派"，闯进这个领域里来，有时不免受到某些学人的责难和冷落。没有门派也有没有门派的好处，知识结构没有框框，不受近亲繁殖的局限，在研究工作中我不仅受益于所从事过的文学批评的滋养，而且能够自如地吸收和包容不同学者、不同学派的思想和方法。我是文学研究者和当代文学的批评者，我的民间文学观，理所当然地是以文学的理论和观点来研究和处理民间文学，这是我的基本立场。持文学的（包括比较文学的）立场和观点，重视作品与社会生活关系的研究，重视民间美学的研究，重视民间作品的题材、风格、形象、艺术、技法、语言的研究，等等，不等于无视民间作品与民俗生活联系紧密，甚至有某种浑融性这一事实，也不等于排斥以开放的态度吸收民俗学的、原始艺术学的、宗教学的、社会学的等理论和方法来研究和阐释民间文学现象。

1991 年 2 月 4 日，我从中国民间文艺家协会调到中国文联理论研究室工作。中国文联党组于 2 月 4 日为我的调动，专门发了一个只有一行字的"（91）文联人字第 010 号文件"，称："经研究，刘锡诚同志到理论研究室任研究员，原待遇不变。"主持工作的党组副书记孟伟哉当着我的面拿起电话来，对当时文联理论研究室的主任卢正佳说："调刘锡诚到你们研究室去当研究员，你们不用管他。"我没有任务，不用上班，每周去一次，坐在会议室里看看报纸杂志，这样待了七年，1997年3月退休。在研究室的七年间，我只做了一件事，就是在林默涵、钟敬文先生的推荐下，申报、承担并于1996年6月13日完成了"八五"国家社会科学基金资助课题"中国原始艺术研究"，出版了一部专著《中国原始艺术》。国家社科规划办下达给我的专家鉴定结论是："刘锡诚同志的《中国原始艺术》是我国第一部运用辩证唯物主义与历史唯物主义全面、系统地研究中国史前艺术的力作。该书的最大特点是紧密联系中国的实际，翔实地占有考古、文献和文化人类学资料，有理有据地阐述中国原始艺术的来龙去脉和历史特点。原始艺术研究本身为边缘学科，许多问题扑朔迷离，难度很大。但作者运用交叉学科，即综合性、多学科的比较研究，攻克了一道道难关，言人所未言，具有较高的学术水平。总之，作者以审慎的态度，做了大量的、艰苦的科学工作，出色地完成了这一课题任务。鉴定组负责人：宋兆麟 1996年7月10日。"退休一年后，中国文联理论研究室于1998年9月22日为拙著召开了座谈会，到会学者一致肯定了拙著的学术价值，何西来、刘爱民、吕微、陶阳、向云驹、徐华龙、钟敬文等学者在报刊上发表了评论文章。原始艺术的研究不仅填补了我的时间空白，使我在另一个几乎无人问津的学术领域里有所贡献，而且对我的文学批评和民间文学研究也有不小的影响和帮助。

进入20世纪90年代以后，民间文学学科遭遇了困境。在教育部系统，因提倡民俗学，民间文学由二级学科下降为"民俗学（含民间文学）"，从而变成了三级学科。对自19世纪末到20世纪初就在"西学东渐"的文化潮流中滥觞，稍后汇入五四新文化运动的洪流中去的民间文学运动，经历了80多年的发展历程，正如日中天，哪晓得如今反而沦落到了三级学科的地位，本来过着闲云野鹤生活的我，为此未免感到屈辱和伤感。于是几年来，我连续写了《为民间文学的生存——向国家学位委员会进

一言》（《文艺报》2001 年 12 月 8 日）和《保持"一国两制"好——再
为民间文学学科一呼》（上海社会科学院《社会科学报》2004 年 8 月 12
日）两篇文章，为遭遇沦落局面的民间文学学科呼吁。此后，好几位在
教学和研究岗位的民间文学同好不断呼吁恢复民间文学的二级学科地位，
但至今仍未见回应。在这种学科遭遇冷落，甚至有点萧条的情况下，我
又申请并获准以理论研究室研究员的身份于 2003 年申报和承担了第二个
国家社科基金课题"20 世纪中国民间文学学术史研究"，于 2006 年结项。
在这三年间，我以学术流派、学术思潮为切入点，在没有学术团队为后
援的情况下，以一个退休干部的个人之力，撰写了民间文学纷纭复杂的
百年学术发展史，为我国民间文学学科提供了一部基础性的著作。2011
年我又着手修订，至 2014 年完成，将其增补为一部长达 110 万字的学术
史著作。在我年届 80 岁时，2014 年 3 月 8 日，由中国艺术研究院艺术
人类学研究所方李莉所长策划，中国艺术人类学会和中国艺术人类学研
究所联合主办、外研社协办召开了"刘锡诚先生从事民间文学研究 60 年
研讨会"，到会的 30 多位专家学者相聚一堂，对我 60 年来的学术成就给
予中肯的评价和鼓励。《20 世纪中国民间文学学术史》（增订本）出版后，
中国民间文艺家协会、中国文联理论研究室等单位于 2016 年 3 月 15 日
主办了"一带一路"民间文化探源工程咨询暨《20 世纪中国民间文学学
术史》座谈会，到会专家们从不同角度指出，20 世纪是世界民俗学研究
的"中国流派"诞生、成长、逐步走向成熟的世纪，拙著《20 世纪中国
民间文学学术史》作为我国民间文学领域的第一部学术史，对中国民间
文学的百年历程进行了细致的梳理，全面展示了中国现代民间文学发展
的历史概貌，不仅填补了中国民间文学学术史著作的空白，也对民间文
学乃至整个民俗学学科的发展起到了重要的推动作用。正如有学者说的，
几十年"边缘化"的结果，把一个一般工作干部造就成了一个学者。

二、峨眉山会议：开启中外民间文学学术交流先声

徐：刘老您是在 1982 年年底，民间文艺研究会长期处于瘫痪之中的时期临危受命，来到民研会工作的。次年即 1983 年年底，民研会的三届二次理事会明确了建设有中国特色的民间文艺学理论这一思想。其中，学术交流是一项重要的举措。紧接着在 1984 年 5 月 22—28 日，民研会就在四川峨眉山召开了由 18 个省、自治区、直辖市的近 60 位民间文学专家参加的民间文学理论著作选题座谈会。这是您第一次在国内参加的民间文学领域的研讨会吗？请您回忆一下，当时中国民间文学界的理论水平是一种什么状况呢？

刘：当时作为中国文联党组书记、文联主席和民研会主席的周扬，对于民间文艺研究会的工作推进非常着急，不得不于 1982 年 12 月 14 日在自己家里召集了中国民间文艺研究会主席团扩大会议，解决民研会的领导班子问题。参加会议的有：民研会副主席、北京师范大学教授钟敬文，副主席、中央民族学院教授马学良，文联书记处书记延泽民，民研会常务理事、社科院少数民族文学所副所长王平凡，民研会副秘书长程远。周扬委托文联党组副书记、书记处常务书记赵寻主持会议。

之后，周扬和文联党组负责人开始物色其他的民研会的领导人选。他们先找过中国社会科学院的梅冠华，他是延安鲁艺出身的老干部，梅没有同意。于是就要调我去民研会，因为我过去在民研会工作过，当时我是中国作家协会《文艺报》编辑部主任。我在《文艺报》工作得很好，不愿意去民研会工作。《文艺报》几位领导和作协领导人张光年也都不同意我去。有一次，我们正在西山写第四次作家代表大会的工作报告，冯牧找我谈话。他说："你的事我解决不了了，周扬是我老师，事不过三呀，我不能再顶了。你自己解决吧。"过了一段时间，民研会在西山召开第二

次学术研讨会，让我去参加。会上，我建议给党外民主人士钟敬文搞个80岁寿辰的庆祝活动，延泽民同意了。我把周扬请来参加会议向钟先生表示祝贺。会后，周扬让我到他车上去。车上还有中国文联的党组副书记赵寻和新华社记者郭玲春。周扬就在车上和我谈要我到民研会去工作的事情。当着老领导的面，我只好服从。回到文艺报社后，稍做整理和收拾，我就去民研会报到了。我不懂政治，不懂人事规矩，我离开作协甚至没有向作协党组报告并得到作协党组的批准（我是处级干部，理应由党组讨论批准）。所以，总的来说，我到民研会那个烂摊子去工作是一件很偶然的事，也是我非常不情愿的。钟敬文先生戏谑地对我说，民研会是个火坑，你怎么往火坑里跳呀？

那个时代，中国文联各协会的领导人大多数是延安鲁艺来的，少数几个曾是国统区演剧队的，总之都是老革命，我是十个协会中唯一一个从新中国成立后的大学生里提拔起来的领导干部。他们在协会经营多年，各自都有自己的一套人马。而我面对的，就是延安鲁艺和解放区来的一批领导者和团结在他们周围的一些人。因而我是在非常困难的情况下工作的。譬如，文联党组既决定调我到民研会，文联的人事部门却没有人给我办手续；稍后人事部门发了任命文件，却没有遵循党组和周扬的意见，擅自把"常务书记"改成了一般的"书记"，等等。新中国成立后"十七年"，文艺界的主要倾向是受"左"的影响，就是说，从20世纪30年代左联以来一直到新中国成立后"十七年"期间，主要是执行了一些"左"的东西。面对这种情境，我在1982年12月召开的中国民研会三届二次理事扩大会上的报告中（经周扬事先审阅同意的），提出要加强中国特色的马克思主义的理论研究。

为了贯彻落实民研会三届二次理事扩大会的精神，1984年5月，我在峨眉山主持召开了"民间文学理论著作选题座谈会"。当时的主要想法就是要把大家引导到马克思主义指导下的学术研究上来。指导思想是不能继续搞"左"的那一套了。根据会章规定和郭老、周扬等领导人历次的讲话精神，中国民间文艺研究会的主要研究对象是民间文学，但我们也应承认过去搞民俗学的研究者在人文学界有一定的地位。尽管就我个人的观点而言，我不赞成把民间文学包含在，至少不完全包括在民俗和民俗学之中。譬如，钟敬文把他的朋友早年毕业于日本早稻田大学的民俗学者王汝澜调到民研会来，单独成立了一个民俗学部。我来民研会工作后，就对钟老说，不要单独搞个民俗学部，一个研究部就行了，把王汝澜转到研究部里去了，并且在《民间文学论坛》杂志上保留了《民俗之页》这个栏目。

出席峨眉山民间文学理论著作选题座谈会的有 60 多个民间文学研究者，声势很大，我讲了话，提出了"建设中国特色的马克思主义指导下的民间文艺学"的口号，主张民间文学研究不要停留在"通用机床"的模式上，要提倡搞专题研究。会上播放了钟敬文为这个会制作的录音讲话。全国各地的，包括在高校教书的老师都报了选题。这次会议对于纠正"十七年"期间一些"左"的做法、推动民间文学理论研究起了很大的作用，会后纳入选题计划的许多理论研究项目，或以著作或以理论文集的形式陆续出版了，包括袁珂、潜明兹等人的书很快就陆续出版了。在我的提议和策划下，会上成立了中国神话学会，选举神话学家袁珂为主席。规划中提出组织和出版两套书：一套是"中国民间文学理论建设"丛书，在我主持工作的时候就启动并出版了钟敬文的《新的驿程》(1987 年)、我的《原始艺术与民间文化》(1988 年)、马学良的《素园集》(1989 年)和姜彬的《区域文化与民间文艺学》(1990 年)；另一套是"中国民间文学专题资料丛书"，没有采用丛书的名称，出版了《阿纳斯》《格萨尔》等多种资料本。也就是在这个时候，开始了中外民间文学的学术交流活动，包括在峨眉山会议期间，批准和委派乌丙安、张紫晨去日本访问。

三、中芬民间文学联合调查缘起

徐：如果说这次座谈会是国内民间文学界的第一次集中学术交流的话，两年之后即 1986 年 4 月，中芬民间文学搜集保管研讨会应该是中外民间文学领域的第一次学术交流。请问一下，是什么机缘巧合促使了中芬民间文学界的这一次盛会？

刘：芬兰是一个在民间文学资料的搜集和研究方面成就卓著的国家，以史诗《卡勒瓦拉》的采录、整理、出版为代表。闻名于世的芬兰文学协会民间文学档案馆，已有 150 年的历史了。1952 年前后，我国计划成立民间文学资料馆，就有意派人去芬兰参观学习未果。后美籍华人学者丁乃通先生向当时的民研会领导人贾芝介绍了芬兰文学协会主席、国际民间叙事文学研究会主席劳里·航柯。1983 年 9 月，贾芝从民研会去职，我刚调到中国民研会主持工作，维持原计划派他和刘魁立去芬兰参观访问，考察该国的民间文学工作。1985 年 2 月，贾芝又被派遣率中国民间

1984 年 4 月 10 日，劳里·航柯（台上左一）应中国民间文艺研究会之邀在竹园宾馆做学术报告（刘锡诚主持）

1985 年 10 月，与劳里·航柯（前排左二）会面商谈中芬合作考察民间文学计划合影

文学代表团参加了 2 月 28 日在赫尔辛基举行的芬兰民族史诗《卡勒瓦拉》出版 150 周年纪念大会。同去的有中国社科院少数民族文学所的研究员降边嘉措（藏族）、人民文学出版社外国文学编辑室主任孙绳武。芬兰方面提议将民间文学列入中芬两国文化协定。劳里·航柯遂于 1985 年 10 月到北京，商量如何实现中芬两国文化协定中规定的民间文学联合考察计划。我方建议在未开放的广西三江侗族自治县进行两国民间文学联合考察。

我国民间文学界对芬兰民间文学界的情况一向比较注意进行调查和研究。早在 1963 年 11 月中国民间文艺研究会研究部编印的《民间文学参考资料》第八集里，就发表过《译文》编辑部人员翻译的一篇美国学者艾德逊·里奇蒙德撰写的《芬兰的民俗学研究》（《美国民俗学杂志》，1961 年第 4 期），全面介绍了芬兰民俗学研究历史和现状。芬兰学者安蒂·阿尔涅（Antti Aarne）的《民间故事类型》，经过美国学者斯提斯·汤普逊的改写和阐发，早已成为世界各国民间故事研究的基础性经典著作。芬兰文学协会的民间文学档案馆及其姊妹机构瑞典语文学协会民俗学及人类学档案馆，在世界上也是赫赫有名的，其中保存了大量的芬兰民间文学材料和《卡勒瓦拉》的材料。仅1935年为纪念《卡勒瓦拉》出版50周年而举行的搜集竞赛，芬兰文学协会民间文学档案馆就收到了133 000项来稿，其中大部分是当年记录下来的民间传说和纪事。芬兰从事民俗学研究的学者和机构，与西方国家不同，实际上搞的都是民间文学。在研究对象上，芬兰和中国有一致性。20世纪80年代，中国民间文学界已经开始了"民间文学三套集成"的普查搜集和编纂出版，拥有一支庞大的民间文学搜集和研究队伍，出版了很多的民间文学集子和志书。尤其是各地陆续发现了一些故事村（如河北的耿村、湖北的伍家沟等）和一批故事家（如辽宁岫岩的刘马氏、佟凤乙、李成明三个满族故事家，朝鲜族的金德顺，湖北的孙家香、刘德方等）。故事家，现在叫传承人了。也相应地涌现出了一批年轻学者，学术研究水平比过去提高了，对世界的影响也扩大了，中国的民间文学开始受到国外同行的重视。劳里·航柯是联合国教科文组织政府专家委员会的主任，他在1989年10月参与联合国教科文组织制定的《向会员国提出的〈保护民间创作建议案草案〉》中《民间创作的定义》认为："民间创作（或传统的民间文化）是指来自某一文化社区的全部创作，这些创作以传统为依据、由某一群体或一些个体所表达并被认为是符合社区期望的作为其文化或社会特性的表达形式；准则和价值通过模仿或其他方式口头相传。它的形式包括：语言、文学、音乐、舞蹈、游戏、神话、礼仪、习惯、手工艺、建筑术及其他艺术。"他对中国的民间文学成就很感兴趣，在学术理念上，也与中国学界相近，有共同语言。劳里·航柯从自己的民间文学学科方向着眼，在联合国会员国中选定了两个点，要推行他的文化理念：一个是中国，一个是印度。所以在他1985年10月去印度借道中国停留时，与我们会谈、选点，要在中国做一次两国民间文学工作者的联合考察，并曾向我提议，请中国学者到芬兰的拉普兰人居住地去做考察。

四、在三江做田野作业

我们希望选择一个西部尚未开放，并且民间文学保存和传承比较好的地方作为中芬两国联合考察的地点。经与广西民研会协商，确定了广西壮族自治区的三江侗族自治县。航柯来中国促成这次民间文学实地考察，其指导思想是推广他的学术理念，改进我们的搜集和研究工作，培养青年民间文学工作者。在他看来，我们中国的民间文学虽然资源丰富，但考察本身不很符合学术的要求。他的理念就是"田野作业"。"田野作业"里面要坚持一个原则，叫"参与观察"。他自己要来做表率。在三江侗族自治县做调查的时候，人员一共分为三个组，分别到三个点上进行调查，即林溪、马安、八斗三个点，六个自然村。他没有分配到任何一个组，可以随便走动，当时陪同他的是贾芝和我。我们当时还是带有一定的表演性质，因为在去之前做了很多准备工作，比如让地方提供了100多个讲故事的人和唱民歌的人的名单。航柯说，在表演性的舞台上不要给人以局外人的感觉，不能当时提问题，不能当时翻译，等等。这些表现了他对学术性的追求。我们也逐渐学习他的这种学术理念。从总体上来说，他的要求达到了。在三江的考察，我方参与的有37个青年学者，是从全国各地选来的。芬兰方面来了8个人，其中一个是使馆的女秘书。这次调查我们花了很多钱，都采用录音等手段。学术研讨会之前我们还开了一个培训班，叫乌丙安来讲课。研讨会上，航柯讲了这次考察的来龙去脉。在实际考察操作当中，主要是推广他的田野作业的学术方法。其中，重要的是"参与观察"。他提示说：你要跟讲述人打成一片，要进入他的领域里面，不能够提问题，又不能够当场翻译，等等。

1986 年 4 月 4 日，中芬民间文学搜集保管学术研讨会在南宁开幕

1986 年 4 月 5 日，中国芬兰民间文学搜集保管学术研讨会开幕式（南宁西园宾馆，左起：武剑青、丘行、刘锡诚、劳里·航柯、贾芝、？、蓝鸿恩）

1986 年 4 月 5 日，中芬民间文学搜集保管学术研讨会会场（南宁西园宾馆）

1986 年 4 月，中芬民间文学联合考察队合影

中芬民间文学联合考察暨学术交流分两段进行。第一段是学术交流，第二段是进点考察。联合考察于 1986 年 4 月 9—15 日进行，以田野作业为主的一周考察取得了显著的效益，培养和锻炼了队伍，搜集到了大量此前未被搜集到的侗族民间文学及民俗资料：录音磁带 200 盘，黑白和彩色照片近千张（其中包括讲述人 / 演唱人像，讲述环境像，队员活动照片）；队员的调查报告、专题论文、采风日志共 18 篇（包括对某个村落的文化背景调查，某种文艺形式的专题考察，某个讲述人 / 演唱人的专题考察，一种神的调查等。我的笔记本上记下来的有：邓敏文、吴浩的《侗族款词的传承情况及社会影响考察》，金辉的《劳里·航柯的田野作业观》，李路

阳（李溪）的《侗族一个故事之家传承诸因素的调查》，曾小嘉的《侗族
女歌手吴仕英侗歌传承和传播情况调查》，李扬、马青的《关于三位侗族
讲故事能手的调查报告》，贺嘉、张学仁、杨惠临的《八江琵琶歌传承情
况的调查》，王光荣的《侗族机智人物故事考察》，王强的《三江侗族祖母
神"撒"捃略》，吴浩、杨通山的《侗族民间文学的分类》等）；还有 10 个
小时的录像带，由中国民研会和广西民研会分会剪辑整理，分别由中国民
研会、广西民研会分会、三江县政府各一份保存，同时也交芬兰方面一份。

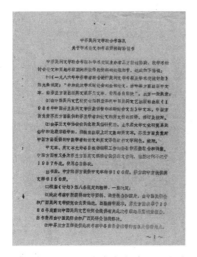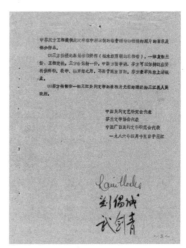

《中芬民间文学联合考察队关于学术论文和考察资料的协议书》

1986 年 11 月底，中国民研会派出王强、李路阳两人携带全部磁带、
调查报告、照片及有关文字资料，重返三江。此行有两个任务：一是组
织当地干部将全部侗文资料翻译成汉文；二是拾遗补阙，甄别真伪，并
对所有队员调查报告中的事实部分进行审核，为编辑《三江侗族民间文
学》提供材料。同时，成立了计划中的《三江侗族民间文学》编辑
小组，我为主编，王强、李路阳、杨通山、吴浩为编辑组成员。

据王强写的材料，在三江的工作，第一步是磁带编码。带去的磁带

有 127 盘，由县里抽调人员分四个组分头开始编码工作。一是故事组，组长周东培；二是情歌组，组长杨通山；三是琵琶组，组长吴永勋、吴贵元；还有款词、多耶、酒歌组，组长吴浩。第二步是组织记录翻译。为保证考察中记录的文字资料的科学价值，要求一字不动，忠实记录，同时要求汉字记侗音（国际音标），字对字、句对句翻译、意译。第三步是拾遗补阙，并组织人员进行缮写。1986 年年底，李路阳回京汇报，王强继续三江的工作。到 1987 年 1 月，由王强、

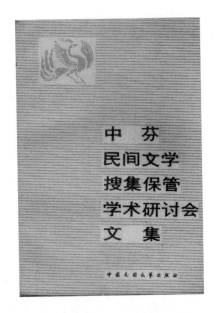

1987 年出版的《中芬民间文学搜集保管学术研讨会文集》

杨通山审阅的《三江侗族民间文学》一书定稿（30 万字），二人携带全部磁带回京。3 月，中芬民间文学联合考察特辑《中芬三江侗族民间文学联合考察撷英》经我终审，发表于中国民间文艺研究会机关刊物《民间文学》1987 年第 4 期上。1987 年 2—8 月，由王强负责将全部磁带按汉语拼音字母缩写重新编码，加注必要的英文注解，共编码磁带 120 盘，已交给中国民间文艺研究会资料室。另外，《中芬民间文学搜集保管学术研讨会文集》由我担任主编，黄凤兰担任责任编辑，由中国民间文艺出版社于 1987 年 12 月出版。这本书的编选工作是我做的，但在发稿时，我把编者改为中芬民间文学联合考察及学术交流秘书处编。

五、调查后续

我记得，此次考察的所有录像、录音材料本来是准备出一个正式的剪辑的，后来没有弄成，就搞成了资料片。经我手，一式三份，芬兰一份，民研会一份，广西一份。我们给了芬兰我们的资料，但是，芬兰的没有给我们。我们自己的那一份，不知道流落到哪里去了。计划中包括调查报告、文字记录资料、照片等的《三江侗族民间文学》，因王强移居澳大利亚，把编好未能付印的材料带走了。我通过电子邮件问过王强，那些资料还有没有。他说，一直在他的车库里放着，保存完好，大约有20公斤，他没有钱将其寄回国内。我知道这种情况，曾于2014年写报告给当时主持中国民间文艺家协会的老友冯骥才先生，请他注意，如会里派团到澳大利亚访问时，请到墨尔本与王强接头，把存放在他那里的中芬联合考察材料带回来。我的建议如下：

关于中芬联合考察遗留问题的建议

1986年4月4—14日，中国芬兰两国学者在广西三江进行了一次民间文学联合考察。两国三方，即芬兰民间文学代表团团长劳里·航柯，中国民间文艺研究会驻会副主席、学术会议与考察秘书长刘锡诚，广西壮族自治区文联负责人武剑青进行了会谈，达成如下协议：（1）中芬民间文学搜集保管学术研讨会的论文，由中国方面负责编辑出版中文本，由芬兰方面以中国民间文艺研究会提供的中文英译稿做基础编辑出版英文本，并在出版后互相交流；（2）中芬双方交换各自新摄制的录像资料，芬兰方面有义务向三江县人民政府赠送一部经过剪辑的录像；（3）各自拍摄的照片资料互相提供目录和保存地点。

航柯先生回国后，向联合国教科文组织有关部门及负责人报告了这次联合考察的情况，在北欧民俗研究所的刊物《通讯》

（NEWSLETTER）1986 年第 2—3 期上亲自撰文介绍，同时在该刊上发表了贾芝的论文《关于中国民间文学的搜集和整理》和刘锡诚的论文《民间文学普查中若干问题的探讨》及部分照片。中国方面除了把所摄录像资料，部分赠送给芬兰方面外，于 1987 年 12 月由中苏民间文学联合考察及学术交流秘书处编、中国民间文艺出版社出版了《中苏民间文学搜集保管学术研讨会文集》（中文本）一书。

刘锡诚保存的 1986 年第 2—3 期的北欧民俗研究所刊物《通讯》（*NEWSLETTER*）

　　这次实地调查是在三江县三个点六个村寨进行的。参加考察的人员来自全国各地，既有大学的民间文学老师和研究生，也有地方民研会和社会上的优秀民间文学工作者。调查采录的材料和照片，个人不许留存，全部交到了中国民研会。这些材料，会里交由王强和李路阳同志负责编辑出版。因种种原因，他们一直没有编出来。李路阳同志还再次去三江与当地的吴浩做调查，并写成一部著作。后来，王强移民澳大利亚，带走了所有的材料。前几年王强回国来，我当面向他索要这批材料。2012 年，我通过电子邮件再次索要这批材料，他答复说，这批材料在他的车库里，有 20 多公斤，他没有这笔寄费。这些材料，是所有参加考察的民间文学工作者付出劳动和心血的成果，有的已经去世，有的已经退休，十分可贵。我已经离开中国民间文艺家协会 25 年，且已年迈，无力继续索要，而历届领导同志也没有人过问，致使这批珍贵材料至今流落国外。建议协会现任党组和秘书处能够索回，组织编辑出版。如需要我参与编辑或顾问，我会视其健康情况尽力而为。

谨此建议。

刘锡诚

2014 年 3 月 11 日

但一直没有结果。后来，2017 年，中国民间文艺家协会要派出吕军副秘书长等人到澳大利亚做学术交流，我再次与吕军和王强联系，请他们在墨尔本见面，把王强手中的材料悉数带回国内。我便再次给新任中国民协分党组书记、副主席邱运华同志写了一封信，请他予以关注。信的内容如下：

邱运华同志：

您好！2014 年 3 月 11 日，我曾给中国民协当时的领导人冯骥才和罗杨写过一封关于 1986 年中芬联合考察成果资料的建议信，几年过去了，一直没有得到回答。我是一个退休多年的干部，这事已经与我无关了，即使把材料拿回来，我也没有能力再参与其事了。但去年社科院民族文学所有博士专门研究中芬民间文学相关问题，特别是航柯其人和中国对芬兰民间文学学术的研究成果和现状。看来，取回这批材料，对中国民协和中国民间文学事业还是非常重要的。最近听说，中国文联和中国民协要派人到澳大利亚访问，我不禁又想起此事来，如能借机取回这批材料，不失是件好事。现把我 2014 年的建议再寄给您，敬请您和新党组酌定。

刘锡诚

2017 年 3 月 9 日

　　吕军同志在墨尔本与王强见了面，就资料回国问题交换了意见，谈的什么我无从知道，但他没有答应把这批材料单独出版，故而未能达成完满的协议。这批材料仍然留在王强手中。要感谢的是王强很好地保存下了这批珍贵材料。等待来日吧。我已是进入耄耋之岁的老人了，在有生之年，我能不能看到这部由37人的调查成果组成的文集，不敢抱什么大的希望了。①

　　本来我手头保留着中芬联合考察和学术交流的全部材料的，20世纪80年代末我从工作岗位上下来后，手中保留的所有材料都不在我手边了。还留下来一些当时的英文本和中文翻译打印本，是我们动用了总参三部的翻译力量为我们翻译的。剩下这些资料都留给你好了。你做这个课题研究，你都拿走吧。

　　后来我们与芬兰民间文学界的联系中断了。芬兰学者的形象在中国人眼中是很高尚的。

---

①　《中芬三江民间文学联合考察文献汇编》已于 2020 年 11 月由社会科学文献出版社出版，其中包括"档案论文卷"和"作品卷"两卷。——编者注

我的民间文学学术编撰小史^①

一、在民研会的初期阶段

我的一生，在中国民间文艺研究会（1987 年改为中国民间文艺家协会）前后工作了两次。第一次是 1957 年 9 月 4 日北大毕业后就进入中国民间文艺研究会工作的，至 1971 年 6 月从文化部（静海）团泊洼干校分配到了新华社，前后工作了 14 年的时间。第二次是 1983 年 3 月奉当时的中宣部副部长周扬之命，到民研会担任领导职务（书记处常务书记继而驻会副主席、党的领导小组组长继而分党组书记），主持研究会的政务，至 1991 年 2 月 4 日调离，到中国文学艺术界联合会任理论研究室研究员，前后又是 7 年。下面先说说在民研会第一阶段工作的经历。

在北大上学时，我曾翻译过苏联学者的几篇理论文章和消息报道，投给《民间文学》杂志，稿子都是经编辑部的负责人汪曾祺发表的。到中国民间文艺研究会工作后，我就与汪曾祺在同一个单位了。那时他虽然还没有后来在文坛上的成就和名声，但我知道他在西南联大时曾经师从沈从文，在写作上深得沈先生的真传和称赞，青年时代就发表和出版过《邂逅集》等文学作品。20 世纪 50 年代初，他在北京市文联，一面

① 访谈者：冯莉，《民间文化论坛》执行主编；王素珍，《民间文化论坛》编辑部主任。访谈时间：2019 年 11 月 19 日、2020 年 1 月 13 日。访谈地点：刘锡诚家中。原文发表于《民间文化论坛》2020 年第 1 期，原标题为《为人作嫁半生缘》，收入本书时有改动。

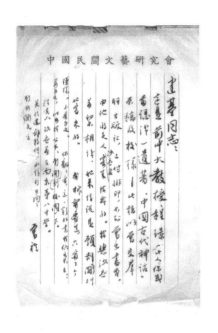

汪曾祺写给陶建基的亲笔信（上图）及程憬《中国古代神话》的排字校样稿（下图）

编《说说唱唱》，一面写作，文采独具，才华超群，在北京文坛上是大家公认的才子。在单位里，我们朝夕相处了一年多，我一直把他尊为写作上的老师。记得他在《民间文学》1956 年第 10 期上发表过一篇题为《鲁迅对于民间文学的一些基本看法》，在 1958 年第 4 期上发表过一篇论述义和团故事的文章《仇恨·轻蔑·自豪》。他在刊物上发表文章和民间文学作品，有时用"曾芪"这个笔名，如在《民间文学》1956 年第 4 期上发表的他修改写定的鲁班故事《锔大家伙》，署名就是曾芪。大约是在 1957 年的上半年，他收到了已故神话学家程憬（程仰之）先生的遗孀沙应若女士从南京寄给他的一部程憬的遗稿《中国古代神话》，请他帮忙出版。他给主管丛书出版的陶建基写了一封信，请他处理——

建基同志：

这是前中大教授程憬（此人你或当认识）遗著《中国古代神话》原稿及校样——此稿似曾交群联出版社，已付排印，不知曾出书否，由他的夫人沙应若寄来给我的。我与沙应若初不认识，她来信说是顾颉刚叫她寄来的。

我拆开看过，只看了个模样，未看正文。你翻翻看看，这一类的书我们出不出？若可以，似可找公木、顾颉刚校阅一下。

程夫人沙应若在南京第八中学。

关于这部稿件的情形，可问问顾颉刚先生。

曾祺（1957 年？月）

程憬于（20 世纪）40 年代毕业于清华大学，后在中央大学教书，不幸于 50 年代英年早逝。陶建基接到汪曾祺的信后，又将书稿转给了主持研究工作的路工先生。我来单位报到后，路工就将程憬的稿子和汪曾祺的信一起交给我来处理。我看过稿子后，将其送交（哲学社会科学）学部文学研究所的文学理论家毛星同志，请他帮助审阅，他接受了我的委托；后又请历史学家顾颉刚先生为这本著作写了序言。

我接手这部书稿时，正值"反右"斗争的后期，汪曾祺被划为"右派"，从单位里除了名。所以他并没有看到程憬遗稿的处理结果，也不可能亲笔复信回答沙应若和顾颉刚的嘱托。接下来便是 1959 年的"反右倾"运动、1964 年的文艺界小整风，继而下放农村搞"四清"等一连串的政治运动。我从农村回来没多久，就爆发了"文化大革命"。我在"文革"初期被当成"修正主义苗子"受到冲击，这部由铅排校样和毛笔手稿混合组成的文稿从此就不知下落了。我多次被抄家，自认为稍有问题可能会带来灾祸的笔记本和文稿，也都偷偷地在厕所的马桶里付之一炬。接着，我交出了在和平里的宿舍，带着老婆孩子全家下了干校，剩下的东西都寄存在我的发小、老乡董润生家里和爱人单位文学研究所的图书资料室里。1996 年我的老伴马昌仪听顾颉刚先生的大女儿顾潮说，程憬先生这部书稿和顾先生的序言都保存在她那里，便借来看，但遗憾的是书稿只剩下了半部，其余的半部不见了。多年后，我在整理新时期作家们给我的书简和"文革"前留下来的资料时，竟然在劫后旧稿旧物中找出了汪曾祺那封被尘封了多年的信件，不禁悲从中来，回想起过去了很久的许多往事来。

2011 年，程憬的那本遗稿由青年学者、北大中文系的陈泳超老师编订出版了《中国古代神话研究》，陈先生还为此书的出版发表文章《一个抒情的人道主义学术史家》（《中国艺术报》，2014 年 3 月 21 日），交代了我和马昌仪参与处理这本书稿的过程。有趣的是，他选用的题目，套用了此前我写的一篇评论汪曾祺的文学创作的文章标题《一个抒情的人道主义者》（《钟山》，1998 年第 3 期）。

我初入民研会时，令我敬重的这位文质彬彬的作家兼编辑汪曾祺，年仅 37 岁，几乎整天坐在办公室里吞云吐雾，伏案秉笔，不是改稿编刊，就是写东西。平时他都是用毛笔写作和改稿，一行行行书小楷，清秀而透着灵气。但是他写完一张张的稿纸，总是拧成一卷，扔进身边的纸篓和麻袋里，于是废稿堆成了一个个小山。当时我很纳闷，对他在写作上的那种刻苦磨炼很不理解，到了后来才悟出，汪曾祺所以能够成为文学大家，才华固然十分重要，与当年孜孜不倦的苦苦锤炼与追求也是分不开的。

那时，他在编刊之余，常写些民间文学论文和故事，那是分内的工作，同时他也写散文随笔一类的文章，正是这些散文随笔给他带来了政治上的灾难。他平时谈吐幽默，在那个不平凡的夏天，他在黑板报上用"抽烟看云"和"铜绿气"一类的诙谐俏皮语汇讽刺一个单位里担任着某个职务的共产党员，因而受到批判，在 1958 年春天，被补成"右派"，遣送到张家口去劳动改造。这个不知掩饰自己锋芒的书生，从此被赶出了文艺队伍。但他的才情和形象，却从来没有从我的脑海中消失。

1962 年突然在《人民文学》上读到了他在劳动中写的短篇小说《羊

舍一夕》，心中甚喜，预感到他重新回到文坛的日子不远了。但是我的想法是过于天真了。传来的消息说，虽经老舍先生的极力保举，但当时单位某领导人仍然拒绝接受汪曾祺回原单位工作。后来，他在老同学的帮助下，到了北京京剧团，开始了他的剧作生涯。

我在研究部工作的时候，部里一共有三个人。主任是路工，还有就是张紫晨和我。当时我们有三方面的工作：一是自己写点东西，二是编辑民间文学理论方面的书和内部参考，三是还要出去做调查。

1958 年 3 月 22 日，毛泽东主席在中共中央成都会议上发出关于搜集民歌的号召。他说："搞点民歌好不好？请各位同志负个责任，回去以后，搜集点民歌，各个阶层，青年、小孩都有许多民歌，搞几个点试办，每人发三五张纸写写民歌，劳动人民不能写的，找人代写，限期十天搜集，会收到大批旧民歌，下次会印一本出来。"（《在成都会议上的讲话（四）》，1958 年 3 月 22 日，《毛泽东思想万岁［1958—1960］》，版本不详，第 41 页）"中国诗的出路：第一条民歌，第二条古典，在这个基础上产生出新诗来，形式是民族的，内容应当是现实主义和浪漫主义的对立统一……搜集民歌的工作，北京大学做了很多。我们来搞可能找到几百万成千万首的民歌，这不费很多的劳力，比看杜甫、李白的诗舒服一些。"（据陈晋《文人毛泽东》，上海人民出版社 1997 年，第 448 页）紧接着，中宣部副部长周扬在《红旗》半月刊 1958 年第 1 期上发表了长文《新民歌开拓了诗歌的新道路》，对毛泽东关于搜集民歌的号召做了阐释。

在这种新形势下，我和《民间文学》编辑部的老编辑、新中国成立前就是山东老根据地的革命文艺战士铁肩同志，很快就行动起来，在路工先生的带领下赶赴山东烟台的芝罘岛（我们吃的苹果就是这个地方来的），去做新民歌调查，在那里记录了许多新民歌，接触了很多烟台地方关于海盗、妈祖的故事传说。

结束了在芝罘的采风，铁肩回编辑部编稿发稿，我和路工取道济南，南下江苏南京。此时的江南已是春意阑珊。我们在江苏省文化局局长周邨、省文联主席李进（夏阳）、省委宣传部副部长钱静人的建议和指导下，来到了著名的吴歌之乡常熟县白茆乡。在白茆乡公所的办公室里，县文化馆和乡文化站的工作人员第一个就把陆瑞英找来给我们唱歌。那时，陆瑞英是乡里的卫生员，以唱四句头山歌在当地颇有名气。在过去白茆塘的山歌对唱中，她曾经被推选为首席女歌手。她不仅肚里存了许多传统山歌，还有随机应变的能力，能够在后援者的支持下临场即兴编创。当陆瑞英来到我们跟前时，我们发现，她就是我们老远看到的那个光着脚丫子一面踩水车一面唱歌的年轻女孩子呀。在那个狭窄而且光线并不充足的办公室里，坐在办公桌对面的陆瑞英，从"一把芝麻撒上天，肚里山歌万万千；南京唱到北京去，回来还唱两三年"之类的"引歌"开始，一路给我们唱下来，既有新民歌，也有旧民歌，但主要的还是当地人耳熟能详的旧民歌，比如薅草歌和莳秧歌一类的劳动歌。她也给我们唱了几首"盘歌"。"盘歌"富有知识性和情趣性，语言机敏而曲调高亢，给人以阡陌山野间的开阔感、舒展感。但她没有给我们唱情歌。我们知道，情歌只适合在田野里唱，而不适宜在家里和室内唱，尤其是与我们面对面唱。她给我们的印象是：性格开朗，会唱很多山歌（田歌），没有拘束感，唱歌是她抒发内心情感的一个渠道。歌喉也甜美圆润，音域开阔，很耐听。无疑是一个很合适的民间歌手调查对象。

从全国来看，此时"大跃进"的形势已形成，但农村人民公社还没有诞生，农村的主流建制还是高级合作社，人民公社是 7 月以后才陆续成立的。我们是带着任务下来的：第一是要调查当地新民歌创编的情况，第二是要按毛主席的指示，搜集些新旧民歌回去。新民歌创编的情况，是由乡里的负责人向我们介绍的，而搜集民歌，则主要靠陆瑞英给我们演唱了。陆瑞英的嗓音甜美，被人们称为金嗓子。在 20 世纪五六十年代的万人山歌会上，人们常常能听到她的优美歌声。当时，农村做水利工程，组织全市各地的农民会集一起挑土方、做水利，挑灯夜战，并开展劳动竞赛。作为文艺骨干，陆瑞英被安排到工地上为民工们唱山歌，唱好人好事。有一年开挖白茆塘河，有关部门又叫陆瑞英去唱山歌。那年冰冻三尺，天气十分寒冷，但民工们的热情十分高涨。陆瑞英患了感冒，但白天、晚上仍坚持到工地一线唱山歌，结果把喉咙给唱哑了。陆瑞英的嗓音嘶哑后，当时的省民间文艺家协会副主席、后来就任文学研究所所长的周正良十分关心，主动给她写信，勉励她另辟蹊径，讲民间故事。从此之后，她就逐渐以讲述故事为主了。正是因为周正良的这个建议，才有了 50 年后，即 2007 年，北京大学周正良和陈泳超教授两人用吴语方言记录稿与普通话整理稿对照的《陆瑞英民间故事歌谣集》(学苑出版社)的问世。

白茆采风结束之后，我和路工继续上路，辗转奔赴福建，先是沿着岷江乘船而下，第一站是福州，继而去闽西老革命根据地上杭以及厦门海防前线。在闽西革命根据地，我们搜集了一些第二次国内革命战争时期的红色歌谣，又在厦门海防前线和福州搜集了一批战士歌谣，以《福建前线战士歌谣》为题撰文整理发表在《民间文学》1959 年 1 月号上；后编成一本《海防战士歌谣选》，交由上海文艺出版社于 1959 年出版了。在江西老苏区搜集红色歌谣时，我发现了一本当年中央苏区瑞金编印的《革命歌谣选集》("青年实话"丛书之一)，便把那里面的歌谣全部抄下来，在 1959 年第 3 期的《民间文学》上选发了一组，加了编者按，并撰写了一篇《读〈革命歌谣选〉的〈代序〉和〈编完以后〉》加以介绍。后又内部出版了《革命歌谣》一书。这本书属藏于南昌八一纪念馆的《革命歌谣选集》第一集，系中央革命根据地铅印本，1934 年出版。共选了当时革命根据地"民众爱唱的歌谣"65 首。因书皮脱落，无法辨其编者，仅从前言后记中知道是《青年实话》杂志的丛书之一。可惜我们当时看到的只是第一集，当时是否出过第二集尚未可知。我在文章中这样写道：

1931年中央苏区出版的《革命歌谣选集》（"青年实话"丛书之一）《代序》中有这样一段记载："1933年的广州暴动纪念节，代英县芦丰、太拔两区的少年先锋队，举行以区为单位的总检阅，并举行游艺晚会。在晚会上，太拔的妇女山歌队，突击了太拔全体出席检阅的队员加入红军。芦丰的妇女突击队，亦突击了七个队员加入红军。因为她们是指着名字来唱，所以格外动人……"

群众用山歌宣传党的政策和鼓动完成党的任务，是当时的传统。据记载，军队和干部常常和群众开联欢晚会，大家总是即席编唱，指名道姓，作用很大，且有风趣。这段文字恰恰生动地描绘了革命歌谣的影响群众的力量和在革命斗争中的作用。也有许多歌谣本身就十分形象地描述了革命歌谣对人民群众的革命的影响，其中有一首这样写道：

阿哥受苦当长工，饿肚犁田头发晕，

忽然听到革命歌，背起锄头当红军。

中国民间文艺研究会翻印的《革命歌谣选集》封面

由于革命歌谣表现了进步的、革命的思想，反映了革命群众的政治情绪，所以它们成为无产阶级在进行阶级斗争时的锐利的武器。因此，我们党历来十分重视革命歌谣作为阶级斗争的武器的作用，号召全党全军收集、改编乃至制作革命的歌谣，教育人民自己，打击敌人。最早提出收集、改编和制作革命歌谣的党的决议，是

1929 年的古田会议决议，即《中国共产党红军第四军第九次代表大会决议案》。

受白茆民歌和民歌手陆瑞英的激发，我对民间歌手产生了浓厚的兴趣，于是从福建直驱安徽省肥东县定光乡山王村去访问当时已是童养媳，但已经有点名气的女农民歌手殷光兰，回京后写了一篇《民间歌手殷光兰》，发表在研究部主编的《向民歌学习》（民间文学论丛之二）一书中，交由作家出版社于 1958 年 7 月出版。那个时代，向民歌和民间歌手学习，是文艺界特别是诗歌界提出的一个响亮的口号并形成风气。中国民间文艺研究会主编的"大规模地收集全国民歌"丛书（作家出版社 1958 年）和"向民歌学习"丛书相继出版后，中国民间文艺研究会和《诗刊》编辑部联合召开了座谈会。殷光兰所唱的"门歌"（有些地方称"锣鼓歌"）这种本来只流行于皖中地区的民间演唱形式，一下子知名于全国，殷光兰也被中国民间文艺研究会所看重，邀她参加了 1958 年 7 月 16 日在北京举行的全国民间文学工作者大会，并和全体代表一起到中南海接受了毛泽东主席的接见。我虽然是工作人员，但没有被允许和代表们一起到中南海参加毛主席的接见，因会里有规定，随队参加接见的必须是 17 级以上的干部。

20 世纪五六十年代，民间文学的搜集整理问题引发过激烈的争论，首先起因于人民教育出版社整理的《牛郎织女》和李岳南的评论，刘守华对这种做法提出异议；其次，时在莫斯科大学学习的刘魁立，撰文对著名搜集者董均伦搜集整理的民间故事及其搜集整理的方法，提出商榷，引发了争论。刘魁立因而成为"一字不移"论的代表。关于搜集整理问题的论争持续了很长的时间，发表文章的不止《民间文学》一家刊物，云南的《边疆文艺》也发表过不少这类文章。到 1962 年，在研究部主任路工的领导下，由我编辑了以中国民间文艺研究会署名编的《民间文学搜集整理问题》（第一集），收集了当时一些有代表性的文章。书中署名蔚钢的，是《民间文学》编辑部歌谣组张文；署名星火的，是丛书组的吉星。我在《民间文学》1959 年第 7 期上以刘波的笔名发表的《谈谈民间故事的记录、整理及其他》一文也收入书中。我从认定民间文学的文学价值和科学价值及其相互关系的角度，谈了"搜集记录要忠实""整理要慎重"这二者的辩证关系。我在文中写道：

> 民间文学有文学方面和科学方面的价值，这一点前人早已指出。我们知道，科学共产主义的创始人马克思和恩格斯是十分重视民间文学的艺术价值的（如 1860 年 6 月 20 日恩格斯致马克思的信），但是，他们对民间文学的其他的科学研究方面的价值也从未轻视。恩格斯在《家庭、私有制和国家的起源》一书中，曾引用了大量的民间故事、传说、歌谣论证了一般社会历史，特别是原始公社制度的发展与衰亡，就是一个很好的例证。
>
> 列宁曾经提醒研究者注意：民间文学中不仅有值得文学史家注意的东西，而且是"研究我们时代的人民心理的非常必需而重要的材料"。列宁说："要知道，这（指民间文学——引者）比起我们许多许多的资产阶级知识分子出身的哲学家的所谓'哲学的'胡说八道，要有趣得多。难道在马克思主义的哲学家之中竟找不到一个愿意研究这一切和对这一切写出有系统的论文的人吗？这件事必须要做。因为许多世纪以来人民的创作反映了各个时代他们的世界观。"列宁仔细地研读了巴尔索夫搜集的《出征兵士的哭述》一书，激昂慷慨地向他的战友邦奇-布鲁耶维奇说："我聚精会神地读完了它，这是极好的描写尼古拉军警统治时代、描写过去该死的穷兵黩武、描写毁人的野蛮练兵方法的最珍贵的材料。……我们的古典作家无疑常从这些人民创作中汲取创作的灵感。为什么不写一篇研究论文，研究军警统治时代的

黩武主义对于农民造成了什么后果，可以用这些对服兵役的'哭述'来和那些农民的歌曲——即那些逃亡开地主的庄园，逃避兵役，从兵营逃走，组织所为'下游自由逃民'，在伏尔加、顿河、诺沃露西亚、乌拉尔以及在草原上结成特殊的伙伴、义勇军、队伍，结成自由民的自由团体的农民的歌曲作比较。同样的人民然而却有不同的、充满骁勇和豪迈精神的民歌，有大胆的行为，有大胆的想法；他们经常准备举行起义来反对贵族僧侣、显贵、沙皇、官吏、商人。是什么使他们变成这样的？他们努力追求的是什么？而这一切在民歌中都能找到解答。"

民间文学的理论研究工作应当把民间文学在艺术方面和科学方面的价值一起来研究，因为这两方面的价值都是客观存在着的。从上面引用的列宁的话中可以清楚地看出，他要求民间文学工作者不仅要从文学史的角度研究民间文学，而且要从中研究"各个时代人们的世界观""人民心理"，他说，必须把民间文学的材料从社会政治的角度加以审视。

如同任何一门科学一样，要建立民间文学的学科，首先要积累大量可靠的材料作为学科研究的对象。因此，搜集材料时的根本原则，是尽可能忠实准确地、照作品讲述者讲述时的原貌记录下来。

1958 年，我国民间文学战线的形势发展很快，普通老百姓的民间文学受到了包括作家在内的文化界的普遍重视。但我们的理论研究大大落在了创作的后头，跟不上形势的发展和现实的需要。引进苏联的民间文学理论就显得很迫切了。这时，我陆续翻译了一些苏联民间文学界的文章和消息报道。1959 年 6 月，与我有联系的苏联学者给我寄来了一些他们尚未发表的文章，我把它翻译出来，打印了一份《苏联科学院俄罗斯文学研究所（普希金之家）全苏民间文学工作者会议文件》，分发给我们的理论界学习和参考，因为是尚未发表的会议文件，故而我在封皮上标明了"内部参考资料 不得发表引用"的字样。我在"编者说明"中写道：
"这里打印的资料是 1958 年苏联科学院俄罗斯文学研究所召开的全苏民
间文学工作者会议的三个报告及关于这次会议的综合报道。这几个报告
的全文在苏联还没有正式发表，翻译所根据的底本，是报告人寄来的大
会文件。关于会议的报道发表在今年的《文学问题》杂志第 3 期上。//
这次会议的准备是很充分的。会议之前，特别是 1953—1954 年间，苏
联民间文学科学工作者提出了许多重要的理论问题，展开了广泛而深入
的讨论。前年去世的齐切罗夫教授给这次讨论做了总结（译文载中国民
间文艺研究会编的《苏联民间文学论文集》，作家出版社 1958 年）。他在
报告中发表了许多精辟的见解。去年，在莫斯科召开了国际斯拉夫学者
会议，苏联学者在会上做了关于比较研究斯拉夫民间文学等专题的发言。
这一系列活动及苏联民间文学科学的具体成就，为这次会议做了准备。//
这三个报告提出了不少新的问题，其中有些问题引起了激烈的争论。由
于译者对某些问题缺乏应有的知识，以及外文水平的限制，不能正确无
误地将原文翻译出来，错误一定很多，只是作为草稿印给从事民间文学
研究工作的同志们参考，希望同志们切勿引用，并希望得到指正。"这三
个报告是：古雪夫的《民间文学理论诸问题》，普齐洛夫的《俄罗斯民间
文学史的研究问题》，还有瑞尔蒙斯基的《民间文学的比较历史研究》。
苏联科学院俄罗斯文学研究所讨论的问题，实际上也是我们遇到的和关
注的问题。

我在中国民间文艺研究会研究部，除了翻译和组织翻译一些苏联和
世界各国的理论材料，以及编辑几本民间文学理论书，还担任了《民间
文学参考资料》的编辑工作。

1962—1963 年，我负责编的（署名中国民间文艺研究会研究部编）
《民间文学参考资料》共出了 9 辑，发表了包括苏联、日本、意大利、
美国、英国等国学者写的外国民间文学理论和资料，内容丰富，数量可

观。第一辑，？页，1962年；第二辑，152页，1962年7月；第三辑，316页，1962年；第四辑，216页，1962年12月；第五辑，272页，1963年4月；第六辑，176页，1963年8月；第七辑，346页，1963年9月；第八辑，365页，1963年11月；第九辑，161页，1964年11月。

第四辑重点发表了苏联学者关于英雄史诗的论文、李福清的《万里长城的传说与中国民间文学的体裁问题》、日本村山孚的《中国民间故事的解说》等。

第五辑编发的主要是意大利学者朱泽佩·科基维拉的《欧洲民俗学史》一书中的一章《泰勒和原始文化》，还有苏联学者古雪夫的《美学问题与民间文学》、英国学者K. M. 伯利格斯的《编写一部民间故事词典》等文。

第八辑全文翻译了《美国民俗学杂志》组织的世界各国民俗学历史和现状的专题研究，包括英国、德国、芬兰、挪威、西班牙、意大利、土耳其、俄罗斯、加拿大、墨西哥、日本、玻利维亚、澳大利亚、非洲等，共15篇，还有蒙古学者好尔劳的专著《论蒙古民间故事》的全文。

第九辑是史诗研究专集，包括苏联的瑞尔蒙斯基、麦列丁斯基、普罗普等学者关于史诗的研究论文。

除了《民间文学参考资料》，会里还出了《民间文学情况》（供领导参阅的一本内刊），简要报道外国民间文学的发展情况。

由中国民间文艺研究会研究部（由我负责编辑），

1963年出版的《民间文学工作动态》（内刊）

中国科学院文学研究所民间文学组现状小组编印的《民间文学工作动态》（内刊）第1号于1963年3月2日出版。这一期文章如下：〔苏〕B.古雪夫《斯大林的个人迷信对苏联民间文学研究工作的危害》（马昌仪译）、《契斯托夫谈现代苏联民间文艺学的任务》（刘锡诚）、《麦列丁斯基主张用结构主义方法研究民间文学理论问题》（马昌仪）、《关于高尔基的〈个性的毁灭〉》（马昌仪）。

《民间文学工作动态》第2号于4月22日出版。收录文章有：《关于鬼的故事》（牟钟秀）、《关于民间文学搜集整理中的几个问题》（夷齐）、《民间文学教学中的问题》（张帆）、《关于"宗教与文学关系问题"的讨论》（云帆）、《关于历史研究如何利用歌谣传说问题》（云帆）。

《民间文学工作动态》第3号于5月10日出版。收录文章有：《美印第安那大学欧埃那斯著文谈斯大林去世前苏民间文学界反对西方影响》、《美民俗学家多逊评民俗学作为政治宣传工具》（王雪明）、《拉甫洛夫谈苏共22大对民间文艺工作的影响》（马昌仪）、《英国民俗学界每况愈下，在牛津、剑桥、伦敦大学得不到承认》、《阿尔涅—汤普逊〈民间故事类型〉的现况》（里林）、《民俗学领域中的"社会人类学派"》（里林）、《苏联对南斯拉夫民间文学情况的介绍》（马昌仪）、《西班牙法西斯长枪党在抓民俗研究工作》（里林）、《美出版世界民间故事丛书》（王雪明）。

《民间文学工作动态》第4号于10月5日出版。收录文章有：《资料简介：关于比较历史研究法》（刘锡诚）、《第五届斯拉夫学者大会上苏联代表的报告中广泛采用了比较法》（刘锡诚）、《第七届国际人类学和民族学大户民间艺术创作组讨论题》、《罗马尼亚的民间文艺工作情况》（马昌仪）、《〈苏联民族学〉介绍南斯拉夫反法西斯民间文学的研究》（马昌仪）、《丹麦开始出版〈普通民族学概论〉辞典》（刘波）。

《民间文学工作动态》第5号于12月出版。收录文章有：《美国民俗学家为帝国主义统治效劳》（此文披露了理查·多逊在《美国民俗学杂志》1962年第75卷第296期上发表的《民俗学和国防教育法案——致美国参议员韦恩·莫尔斯的一封信》，王雪明译）、《（加纳）马可姆布·巴姆布特谈非洲文学与民俗》（里林摘译）、〔南〕克拉甫卓夫《现代南斯拉夫民间文艺学》（马维摘译）、《英国〈民俗〉杂志著文谈民俗学的对象》（吕薇芬）。

翻译和编辑的苏联民间文学理论文章和著作，最重要且具有代表性的是：克鲁宾斯卡娅、希捷里尼可夫著《民间文学工作者必读》（马昌仪译，作家出版社1958年1月）、中国民间文艺研究会编《苏联民间文学论文集》（作家出版社1958年7月）和索科洛娃等著《苏联民间文艺学四十年》（刘锡诚、马昌仪译，科学出版社1959年5月）。

我个人翻译的单篇文章有：（1）《谜语、笑话、仪式歌》（苏联大百科全书选译），《民间文学》1957年2月号（总第23期）。（2）《故事》（苏联大百科全书选译），《民间文学》1957年7月号（总第28期）。（3）波米兰才娃《苏维埃民间文艺学》，《民间文学》1957年11月号（总第32期）。（4）В.И.契切罗夫著《民间文艺学》（苏联大百科全书选辑）第二版第四十五卷，《民间文学》1958年2月号（总第35期）。（5）В.Ю.克鲁宾斯卡娅、В.М.希捷里尼可夫《记录民间文学的技术》，马昌仪译，《民间文学》1958年4月号（总第37期）。（6）诺维可夫、索伊蒙诺夫著《苏联召开民间文学工作者会议》（1958年年底召开），《民间文学》1959年7月号（总第51期）。（7）高尔基著《谈〈文学小组纲要草案〉》，《民间文学》1963年第2期。（8）高尔基著《论民间文学》，《民间文学》1963年第3期。（9）高尔基著《论民间故事——〈一千零一夜〉俄译本序》，刘锡诚、马昌仪译，《光明日报》1962年2月20日。

因受所能接触到的原文材料的限制，加上为配合工作，我们当年所翻译的苏联民间文学理论并不是人家的精深的理论，只不过是一些最基础的东西和在当时苏联期刊上发表的文章。至于苏联民间文学理论研究中的一些有代表性著作，我们都没有介绍过来。比如当时在苏联被指责为形式主义理论的普罗普的一些著作，虽然我们在60年代初就从李福清那里得到过，但是直到今天也没有人翻译出来。在我国是"文革"后受到美国学界重视，我们才从英文材料间接地翻译过来几篇文章，他的代表作《民间故事形态学》和《魔幻故事的历史根源》等，至今没有译本。1964年，连树声翻译的苏联开也夫的《俄罗斯人民口头创作》，是在我的主持下由中国民间文艺研究会内部付印的，这本书在苏联并不是什么重要的著作，只不过是一所师范学院的文科教材，选择这本书，自然有很大的偶然性。而莫斯科大学的民间文学教材，我们有书，可是也并没有翻译过来。

与研究部并列的一个机构是丛书组，在文联大楼的三层（记得是329房间）。工作人员有陶建基、李大钊的女儿李星华、陈国华（陈波儿的弟弟）等。他们的任务是从1950年民研会成立以来积累起来的大量自然来稿中，挑选出有价值的来稿作为"留参稿"，收藏起来。这批留参稿是中国民研会成立以来按照科学性原则所做的一件学科建设的基础性工作，贡献极大。这批资料开始阶段放在329的内室里，后来转移到文联大楼地下室的一间仓库里，不知什么时候流散了。可惜啊！那是多少人的心血和智慧啊！他们还从1958年新民歌运动以来积累的来稿中编选了一部《红旗歌谣》。初编工作就是陶建基和吉星两人做的。

为向新中国成立十周年献礼，民研会成立了献礼办公室，调集人马，并对原有的"丛书组"做了调整。陶建基先生被委任为献礼办公室的副主任，我被调去当秘书。除了我，还有那年刚毕业的大学毕业生牟钟秀（北师大）、陈建瑜（复旦大学）、郦苏元（北大）等。陶先生是民主党派，新中国成立前就在国统区用曼斯的笔名翻译过苏联作家伊凡·柯鲁包夫的长篇小说《鼓风炉旁四十年》，我上中学时就读过的，新中国成立后曾在人民文学出版社供职。那时他在中国民主促进会里的职位，是北京市委宣传部部长。他学识渊博，又有编辑出版工作经验，而且为人谦和厚道，严于自律，从不剑拔弩张。

由中国民间文艺研究会主持，共青团中央委托中国少年儿童出版社编选《中国儿歌选》资料本（中国少年儿童出版社 1959 年），《中国歌谣选》五卷资料本，古代卷聘请魏建功、杨晦主持终审（作家出版社1959 年），由兰州艺术学院文学系 55 级民间文学小组编《中国谚语资料》三卷本（上海文艺出版社 1961 年）。开始编辑出版"中国各地民间故事集""中国各地歌谣集"和"中国民间叙事诗"丛书三套丛书，以及当时认为水平较高的"中国民间文学"丛书，统由人民文学出版社出版。编入"中国各地民间故事集"中的有：《吉林民间故事》（1960），《湖南民间故事》（1960），《安徽民间故事》（1960），《义和团民间故事》（1960）等。"中国各地歌谣集"出版得较多，除山东省和宁夏回族自治区两省区没有出版外，其他各省市均已出版。编入"中国民间叙事诗丛书"中的有：云南省人民文工团圭山工作组搜集整理、中国作家协会昆明分会重新整理本彝族撒尼人叙事诗《阿诗玛》（1960），云南省民族民间文学红河调查队搜集翻译整理的阿细人叙事诗《阿细的先基》（1960），云南省民族民间文学楚雄调查队搜集翻译整理的彝族叙事诗《梅葛》（1960），云南省民族民间文学德宏调查队搜集翻译整理的傣族叙事诗《娥并与桑洛》《召树屯》和《葫芦信》（1960）等。编入"中国民间文学丛书"的有：中国作家协会昆明分会编《云南省各族民间故事选》（1962），贵州省民间文学工作组编《苗族民间故事选》（1962），董均伦、江源记录整理的《找姑鸟》（汉族民间故事集，1963），陈石峻整理《泽玛姬》（藏族民间故事集，1963）等。

1958 年之后，中国民间文艺研究会及其研究部，以及地方分会，开始有意识地强调按照"忠实记录，慎重整理"的原则进行有组织的科学的采集。同年，研究部派路工和我到福州和厦门海防前线搜集战士歌谣，出版了《海防战士歌谣选》，发表了调查报告（《民间文学》1959 年第 1

期）。之后，1959 年 5 月研究部组织了到江苏省常熟县白茆公社进行的民歌调查，参加调查者有路工、张紫晨，江苏的周正良、钟兆锦、陆瑞英，这次调查采录的成果是整理出版了《白茆公社新民歌调查》（上海文艺出版社 1960 年）。1962 年夏，中国民间文艺研究会派李星华、董森和我到河北省乐亭县沿渤海地区调查搜集渔民的民间故事；同年冬，又派陶建基、潜明兹等到湖南江华瑶族自治县进行的民间文学调查，调查报告《湘西采风杂记》和搜集的作品发表在《民间文学》（1964 年第 2 期）上。1965 年 8—10 月，董森和我与当地学人才旺冬久、洛布到西藏的山南藏族聚居地区和错那县门巴族聚居地区进行民间文学调查，搜集的部分作品整理为《西藏藏族民歌》和《西藏门巴族民歌》发表在《民间文学》（1965 年第 6 期）上。特别值得记下一笔的是 1964—1966 年中国民间文艺研究会派员参加的柯尔克孜族英雄史诗《玛纳斯》的采录，这是一次中国民间文学发展史上重要的科学搜集采录工作。这部史诗的正式记录工作开始于 1960 年，中央民族学院的师生在新疆乌恰县根据"玛纳斯奇"铁木尔的演唱记录了《玛纳斯》第二部《赛麦台依》，并发表于《天山》（汉文）和《塔里木》（维文）上。1961 年中国民间文艺研究会、新疆文联、新疆文学研究所、克孜勒苏柯尔克孜自治州州委和中央民族学院，抽调人员组成史诗《玛纳斯》工作组，记录了 25 万行，其中居素甫·玛玛依演唱 11.7 万行，曾印为《玛纳斯》上、下两册。（见胡振华《柯尔克孜族英雄史诗〈玛纳斯〉的搜集、翻译、整理工作应当尽快上马》，《民间文学工作通讯》1979 年第 4 期。中国民间文艺研究会筹备恢复小组、中国社会科学院文研所民间文学组编。）1964 年，中国民间文艺研究会、中国作家协会新疆分会、中共克孜勒苏柯尔克孜自治州州委宣传部组成《玛纳斯》工作组，并邀请中央民族学院语文系参加，深入柯族地区进行补充调查。参加这次调查的人员有：中国民间文艺研究会的陶阳（组长）、郎樱，新疆作协的刘发俊（副组长）、赵秀珍；柯尔克孜自治州的玉山阿里、帕孜力、阿不都卡德尔、尚锡静；中央民族学院语文系的沙坎·玉买尔和赵潜德。进入翻译阶段后，人员还有增加。这次补充调查，又搜集了294200行。通过补记和新记，基本上把著名"玛纳斯奇"居素甫·玛玛依演唱的《玛纳斯》六部全部记录下来，并译成汉文。保存在中国民间文艺研究会资料室中的全部手稿，"文革"中在转运外地过程中，不幸遗失。"文革"后，曾在中国文联资料室中堆积的资料中找回大部分。（陶阳《英雄史诗〈玛纳斯〉工作回忆录》，见钟敬文主编《中国民间文艺学的新时代》第261—270页，敦煌文艺出版社1991年。）

少数民族史诗的搜集出版，从1958年7月起就纳入了中国作协、中国民研会和文学研究所的工作日程。其时蒙古史诗已先后有两种版本问世，边垣著的《洪古尔》1950年由商务印书馆出版初版后，1958年作家出版社又印行了第2版；琶杰演唱的《英雄格斯尔可汗》也在这1959年问世。规模最为宏伟的藏族英雄史诗《格萨尔》的搜集翻译工作，便显得特别紧迫和突出起来。为了促进《格萨尔》的搜集工作，经中央宣传部批准由青海省担纲开始全面搜集，组织上派我赴青海与省文联联系落实。

我要去的西宁，那时还不通火车。在一般人的观念中，西宁离北京是那样的遥不可及。常常叫人想起大唐的文成公主远嫁吐蕃王松赞干布，在唐蕃古道上骑马乘轿的苍凉。从甘肃的柳园到西宁的铁路，国庆节要通车，实现兰州到西宁的铁路全线贯通。对我来说，这可是个好消息。我买到了从柳园到西宁的火车票，登上了第一趟去西宁的试通车的旅程。

我到西宁出差的使命是落实中宣部转发的文件，尽快组织对藏族史诗《格萨尔》开展实地调查采录和资料搜集。青海省被指定为西藏、青海、甘肃、四川、云南、新疆、内蒙古七个《格萨尔》流传省区的首选地。我拜访了省委宣传部副部长兼文联副主席、作协主席程秀山同志。

他被誉为青海文学的开创者和奠基者。接待我的是他的两个部下:《青海湖》编辑部的左可国和王歌行。还有刚从中国民研会下放到这里的徐国琼。同年12月18日,程秀山带着他们编印的60多本《格萨尔》内部资料本来京汇报工作。北京召开了《格萨尔》工作座谈会。在老舍先生主持下,会议讨论和部署了藏族史诗的抢救和搜集工作。我们把他带来的这套青海文联编印的《格萨尔》资料本,收藏在王府井大街当时中国文联的地下室的一间库房里。在"文革"中,库房的门紧锁着,这批珍贵的民族文学资料本得以幸免于难。中国文联及各协会宣布解散时,所有重要的文件物品,都在军工宣队的指挥下装进战备箱,运去了"三线"湖北省丹江口水利枢纽工程的山洞里保存。而另一批保存在青海文联的《格萨尔》资料本,却在"文革"一开始就被红卫兵投入了火中,幸得徐国琼同志奋不顾身地从大火中抢救出来,为藏族文化事业立了一大奇功!当年我从西宁带回来的两本格萨尔内部印本,一本是根据英文翻译过来的,一本是根据蒙古文翻译过来的,无疑成了珍品。关于这段历史,我曾在《丝绸之路》杂志2013年第7期上写过一篇《遥望西宁》。

刘锡诚保存的青海民间文学研究会编印的《格萨尔传奇》

二、编《民间文学》杂志始末

《民间文学》创刊于 1955 年 4 月。1958 年春天之前，编辑部的负责人（当时的领导对干部一般不作正式任命）是汪曾祺，秘书是吴超；吴又兼负责评论稿件的处理。下分故事组、歌谣组。《民间文学》每期都有"编后记"，1958 年之前多由汪曾祺执笔。1957 年调来一个新的编辑部主任江樵。记得这个领导人曾任江西文联主席、中国人民大学文学系主任。他是怎么来的，不清楚。到 1958 年春天"反右"补课时，汪被补划为"右派"，江也受到批判，两人都被发送到张家口劳动。之后，一段时间里编辑部由陶建基负责了。

《民间文学》在编刊中，过去主要靠自然来稿，从底层涌现出来的搜集者能提供大量传统的可读性强的民间文学作品，像山东的董均伦、江源夫妇，河北的张士杰等民间文学家。作为刊物的编者，为了突出阶级斗争观念，我陆续发现和发表了一些反映农民起义的民间作品，如水浒传说、义和团传说、捻军的传说、抗英传说等。这就开启和促进了刊物对新创作的民间故事——新故事的提倡。提倡新故事，获取新材料，体现为人民服务的方针，要到群众中去发现。20 世纪五六十年代，民研会和《民间文学》进行过多次民间文学的调查活动。据不完全统计，相关调查活动包括以下几次：

（1）1958 年春，路工、刘锡诚在福建厦门海防前线进行的战士歌谣调查，成果为《海防战士歌谣选》一书，上海文艺出版社出版。

（2）1958 年，由路工带队，张紫晨和江苏文学研究所的同志参加，到江苏省常熟县白茆公社做过民歌调查，出版专著《白茆公社新民歌调查》，（上海文艺出版社，1960 年版）。

（3）1959 年，由张紫晨、李岳南负责组织和领导，在北京西郊门头沟进行的故事调查，也有成果出版，编印成三册资料本。

（4）1963 年，李星华、董森和我到河北乐亭县月坨岛采风。其成果，除了出版了内部打印的册，还在《民间文学》上发表过几篇故事。

（5）1964 年，陶建基带队，潜明兹参加，到湖南省南端的江华瑶族自治县采风。在《民间文学》1964 年第 2 期发表了《湘西采风杂记》（二则）。

（6）1965 年 9—10 月，我和董森到西藏山南、日喀则萨迦藏族，错那勒布门巴族采风，在《民间文学》上发表了一组采录的故事和歌谣。

我于 1960 年 3 月—1961 年 1 月，到内蒙古达拉特旗下放劳动锻炼一年，又于 1964 年 11 月—1965 年 7 月，到山东省曲阜县孔村公社罗汉村大队搞"四清"（任工作队队长）。经历过一系列政治活动回京后，1965 年 8 月，我接手主持《民间文学》编辑部的工作，任编辑部评论组代组长并负责编辑部的日常工作。这个阶段实际上只有一年的时间，刊物出到 1966 年第 3 期（双月刊）即总第 108 期就停刊了。第 3 期的出版日期是 1966 年 6 月 4 日。

我主持《民间文学》编辑工作的前后，正是文艺界极左思想盛行的时期，连 1962 年纪念《歌谣》周刊的活动、1961—1962 年举办的系列专家学术讲座、1963 年第 6 期发表的带有反战情绪的长诗《仁钦·梅尔庚》都遭到了否定，中国民间文艺研究会成立以来大力提倡的传统民间故事的社会价值和思想意蕴也被无端低估或抹杀，当时极力提倡的是反映新现实的民间故事创作、反映农民起义甚至英雄人物的革命故事。1965 年第 1 期《民间文学》发表了宁泛的《发展社会主义新畲歌　福建》、莎红的《新琵琶记——在三江侗族自治县听新歌》；第 2 期发表了李学鳌等的《工农兵谈少数民族新民歌》、覃绍宽的《革命歌声世代传——记东兰县巴学公社的山歌宣传活动（僮族）》；第 3 期发表了岱楠的《新故事赞》；第 6 期发表了赵国强的《在斗争中学会了讲革命故事》、刘成义的《放开喉咙唱新歌》、靳尚明的《占领阵地唱新"花儿"》；1966 年第 2 期发表了史掌元的《听毛主席的话，为革命而创作》，李济胜的《毛泽东思想是我创作的灵魂》，等等。刊物的主要内容本应是民间故事和民间歌谣，此时也发生了根本性的变化，仅以 1965 年第 6 期为例，这期刊物主要的版面是红军故事、抗日故事、杨运的故事三大板块。

在这样的思想指导下，1966 年"五·一六"通知——"文化大革命"爆发的标志——发布没几天，5 月 30 日，我就带着编辑郑再新同志赴上海和浙江嘉善去开革命故事创作座谈会并约稿；上海方面向我们推荐了一组新故事。即日，评论编辑王雪明在给我的信中说：按照商定的第 4 期计划，评论方面在北京我准备约：（1）采编部张帆、董森二位写一篇批判邓拓利用民间文学反党的文章；（2）文研所同志写两篇关于海瑞罢官的文章；（3）小潜已选出四篇故事请亮才审查中，准备据此约二三篇较深入的评论文章。即使这样安排，也还是招来了单位里群众性的争议和对我的批评。作为当年极左思想的一个见证，我保留下了"文革"开始阶段群众对我批判和斗争时，我所做的检讨：

今年五月三十日我由上海市青浦县乘船到浙江嘉善县，按照计划去那里组稿和开一个革命故事怎样塑造英雄人物的座谈会。

当天中午到达，住在县人委机关招待所。下午上班就到县委宣传部联系，说明来意。在这之先，我们从上海给县委宣传部写了一信，说明时间仓促，现寄去八套《民间文学》（一、二期）、八本《新人新作选》（5），请先代为分发参加座谈会的业余故事员。宣传部一位女同志接待了我，并问我几日出来的，是否知道了当前"文化大革命"的精神（指"五月十六日通知"）。我说 20 日出来的，学习了江青同志召开部队文艺工作者座谈会的《纪要》，五月十六日关于五人小组提纲的通知，姚文元的文章也已发表后出来的。然后提出了我们的要求：（一）想举行一个小型的座谈会，请农村业余故事员同志们讨论一下革命故事怎样塑造英雄人物的问题。《解放军报》4 月 18 日社论指出，当前"文化大革命"，一是要打掉黑线，一是工农兵在文艺方面的广泛活动。这就包括我们的革命故事活动。塑造无产阶级英雄人物是社会主义文学的首要职责，革命故事也要塑造英雄人物。（二）在今年 4 月浙江省俱乐部代表会议上约到县文化馆关于怎样开展革命故事活动的总结文章，感到文中只写了组织工作及过程，突出整治不够，材料不丰富，想同文化馆同志们一起修改修改。宣传部这位同志，对第一件工作表示支持。至于第二件工作，文化馆长是非党人士，在路线上可能有问题，县委不同意发。由于 6 月 1 日他们要召开全县少年儿童故事座谈会，商定 6 月 2 日请故事员来报到开会。我提出在座谈会之前，先请他们阅读《解放军报》4 月 18 日关于"文化大革命"的社论，准备发言。我提出四个方面的问题作为讨论的参考：（1）怎样认识英雄人物，革命故事塑造无产阶级英雄人物的重大意义，批驳资产阶级的"中间人物"论；（2）怎样在写敌我矛盾中表现英雄人物；（3）怎样在写人民内部矛盾中表现英雄人物；（4）写真人真事与写典型问题。

刘锡诚保存的 1966 年第 3 期
《民间文学》封面

从我的检讨中可以看出，作为编者，我们已经完全抹杀了传统民间文学作品的社会价值和思想教化意义，而把创作新时代的英雄人物的故事当成了新时代的民间文学。

"五·一六"通知颁布，"文革"全面爆发，《民间文学》1966 年第 3 期是最后一期。这一期的封面选用了傅作仁的剪纸《向阳花开》，背景为向阳花，一农妇手托毛主席的"红宝书"，但剪纸是黑白的，四边框是黑色的，被冲进文联大楼里来的红卫兵指斥为是对毛主席的污蔑，作为编辑部负责人的我当时已被揪斗，美编黄勤同志被红卫兵用皮带打死在家里。我不得不决定将这一期刊物全部送造纸厂化为纸浆。但我偷偷留下了几本作为出版凭证和纪念。故《民间文学》杂志在"文革"前出版至第 108 期，而不是有文章所说的第 107 期。

我主持《民间文学》编辑部工作时，还编辑了两期普及版的《民间文学增刊》（人民文学出版社，第 1 期出版时间是 1965 年 10 月 4 日，第 2 期出版时间是 1966 年 2 月 4 日）。

我在研究部工作时，研究部一共只有三个人，路工、张紫晨和我，我是新手，任务主要是编书和内刊。1958—1959 年我编了（署名为中国民间文艺研究会编）"民间文学论丛"三本：《大规模地收集全国民歌》《向民歌学习》《民歌作者谈民歌创作》，交由作家出版社出版。论丛之一《大规模地收集全国民歌》（1958 年 7 月）书名采用了《人民日报》1958 年 4 月发表的社论的题目，采用了郭沫若的《为今天的新国风、明天的新楚辞欢呼》为"代序"，宣告了一个民歌发展的新时代的到来。论丛之二《向民歌学习》（1958 年 7 月），主要选录了作家论民间文学的文章，包括柯仲平、袁水拍、郭小川、臧克家、路工、李岳南、毕革飞、贾芝、林山、天鹰、赵景深、江橹、毛星等关于民歌的论文，如路工的《拜民歌为师》、李岳南的《挖掘诗歌的大地》、毕革飞的《漫谈快板》刘黎光和汤泽民的《苗歌今昔谈》等；也选录了几个专题介绍，有龙岩县《山歌大王洪兴柏》、肥东县《民间歌手殷光兰》、《昔阳县文艺能手郭扣维》、《建德县大洲乡红色歌手王海兴》、湘乡县《农民作家刘勇》、《古蔺县民歌手罗怀英》等，我写的那篇《民间歌手殷光兰》也收入其中。论丛之三《民歌作者谈民歌创作》（1960 年 4 月）收录了王老九、黄声孝、李根宝、康朗甩、殷光兰、李希文等全国知名的工人歌手、农民歌手的文章。

1959 年是国庆十周年，国庆前夕，我被调到献礼办公室做秘书。在献礼办公室，我全程参加了"中国各地民间故事集""中国各地歌谣集"这两套丛书的编辑工作，这是我们国家出版最早的"民间文学丛书"。

这个时期，我还以"中国民间文艺研究会编"的名义编辑出版过一本《民间文学搜集整理问题》（第一集），（上海文艺出版社，1962 年版）。尽管有 1958 年全国第一次民间文学代表大会制定的"全面搜集、重点整理、大力推广、加强研究"的十六字方针和"全面搜集、忠实记录、慎重整理、适当加工"的搜集整理原则，搜集者和研究者的理解是很不一样的，因此自然就存在着争议。这本书中收录了我以刘波之名写的《谈谈民间故事的记录、整理及其他》一文。此文也在《民间文学》1959 年 7 月号刊登过。我写道：

> 现在，民间文学工作者中间有不少人把民间文学的整理理解为对所搜集到的某一篇作品或某一母题的作品进行艺术加工或改写。我以为这样的理解是不恰当的。
>
> 有些同志搜集了一些民间故事，或者根据童年时代听到的故事，经过回忆写下来，就拿去（全部或部分地）发表。这些同志的用意也许是好的，但他们是把它们当作真正的民间故事读物发表的，因此不能不考虑到教育意义和美学意义等方面，然而他们掌握的材料又很少，不但在思想内容方面不合心意，甚至感到"语言杂芜、细节重复累赘或缺漏"，于是不得不动手修改。有的人认为，既然要忠实记录，

那么"语言必须跟口述者一样",什么"从前,从前"之类"老是叙述,怎么生动"!"必须勇敢地跃进一步,从内容到形式、风格,要创造些新的来"。有些人认为,绝大多数民间的讲述者文化水平很低,艺术修养很差,真正的艺术大师少见,他们讲述的作品大半不完整,有的头好,有的尾好,有的粗鄙得不能发表,如果要发表,定要经过这些同志加一番"整理"之功夫。

在这些人的做法中,所谓整理,不仅包括规整字句,注释方言,提供讲述者的情况和故事流传演变的情况,而且包括更动重大情节,改变故事结局,增删人物,以致根据若干故事拼凑成一个故事等工作。

劳动群众中确实有许多杰出的、天才的人物,他们能讲述完美动人的传说故事。他们口述的作品中,有不少是具有个性的比较完美的作品,可以不用修改(而且若干年来就是这样在口头上流传的)就能与读者(这样的读者是与口头讲述时的听众没有多大区别的)见面的。遗憾的是,这些同志不承认,或理论上承认而事实上不承认有比较天才的人物和比较完整的作品,他们不相信世世代代的劳动群众的艺术创造力,似乎任何口述者都不如整理者的思想与艺术技巧高超,必须经过他们"整理"一下,民间文学的光彩才能放射出来。殊不知,劳动人民的口头创作世世代代流传在民间,保存到今天的,多是优秀的东西(当然也有艺术性粗劣、思想不健康的东西)。难道这些东西一经他们记录就变得粗鄙不堪、芜杂啰唆了吗?不,绝不是这样。

在我们读到的一些集子中,就有不少这样的例子:经过"整理"之后,原来朴实无华(朴实并非简单)的故事,成了矫揉造作的东西,失掉了丰富的民间口语和讲述者的个性。一件民间的作品,忠实准确地记录下来之后带着原讲述者的个性特点、语言风格特点,渗透着他的(以及他所代表的)世界观。经整理者整理之后,其中必然注入了整理者(现代的或古代的)的观点和思想。研究者根据这些伪造品进行研究，必然会得出非常错误的结论。这样的东西，怎么和忠实的记录有同等的价值呢？

有的人主张：整理者也属于劳动人民的范畴，应当是民间故事创作者的一员。或者：传统的民间文学经旧文人整理以后，就面目全非了，因为他们是属于统治阶层的人物，思想观点与劳动者格格不入，而今天，知识分子劳动化了，思想上与劳动者一致了，所以整理者可以是创作者的一员。……

我以为，像有些搜集整理者所做的那种整理，即改变或删除某些情节，甚至按照现代小说的写作方法，把人物典型化，把若干母题相同或相近的故事综合、拼凑成一个故事的做法，显然属于改写，或在民间故事的基础上再创作的范畴，而不属于民间文学的范畴。因此，我认为，在民间文学领域里不应允许这种近乎改写的"整理"的存在。

这里所说的改写，虽然不属于民间文学的范畴，却应属于民间文学科学研究的对象。所谓改写，就是在原民间故事传统的基础上，进行改造和编写，经过改写者的取舍和创造，便产生了一种新的艺术作品。这样的作品本质上已不再是民间文学作品，而是注入了作者的创造性劳动的文学作品。当然，这种工作也是有意义的。阿·托尔斯泰改写的《俄罗斯民间故事》，便是一个颇典型的例子。

民间文学的搜集整理问题，是中国民间文学研究中的一个重要问题。比如对山东省的董均伦、江源夫妇、河北省的张士杰搜集整理的民间故事，尽管他们在中国民间文艺学史上贡献很大，在研究者中却存在着争议。1957 年在莫斯科留学的刘魁立曾在《民间文学》上撰文提出商榷和质疑，一石激起千层浪，引起了一场争论，被土生土长的学人讥为"一字不动论者"。

1960 年，世界学界在莫斯科发起第一届非洲学家会议，并且于 1962 年在加纳大学召开，研究非洲、拉美第三世界的民间文学成为重要课题。我接受领导布置的任务，1962 年 1 月完成了《非洲民间文学的一些情况的研究报告》发表在《民间文学参考资料》上。我摘编出一篇非洲的蜘蛛故事，发表在《民间文学》第一期上。同时，《民间文学参考资料》上刊发了一个非洲民间文学和民俗专集。我还和马昌仪合作，翻译出版过一本印第安人的神奇故事。我也写过马克思、恩格斯与民间文学的文章，但那时候还是很业余的。

从 1963 年起我负责和（中国科学院哲学社会科学部）学部的文学所民间室合作编辑《民间文学工作动态》。

三、编辑《民间文学论坛》

《民间文学论坛（季刊）》创刊于 1982 年 5 月，贾芝的《发刊词》说办刊宗旨是："发展马克思主义的民间文学理论，发表对我国众多的民族的各种形式的民间文学作品的研究成果，期望对马克思主义的中国民间文艺学有所建树，为繁荣社会主义新文艺创作、发展马克思主义的社会科学研究、促进我国社会主义的精神文明建设做出贡献。"

第一任主编贾芝，副主编刘魁立和陶阳，没有设编委会。由于贾芝没有精力顾及《民间文学论坛》（简称《论坛》），实际工作是陶阳在做。出到 1983 年第 4 期（总第 7 期）。

第二任主编陶阳，从 1984 年第 1 期到 1987 年第 6 期。总共编了 21 期。

第三任主编是我（刘锡诚），从 1988 年第 1 期到 1991 年第 2 期，也没有设编委会。

第四任主编空缺，1990 年我调到文联去了，这一段时间就没有人。

1991 年第 3 期到第 6 期没有设编委会。

第五任主编是冯君义，1992 年第 1 期到 1994 年第 1 期没有设编委会。

第六任主编是刘魁立、贺嘉，没有设编委会，编到 1998 年第 4 期。1999 年第 1 期刊名改为《民间文化》，从一个学术性刊物改编成普通的读者阅读的杂志。

第七任主编是贺嘉，1999 年第 1 期到 2000 年第 3 期，2000 年第 1 期开始改为月刊。

第八任主编向云驹，2000 年第 4 期到 2003（2005？）年第 4 期，也没有设编委会。

第九任总编辑是白庚胜、孟白，副总编辑是向云驹，主编是王善民、王锦强。2004 年 6 月 20 日复刊《民间文化论坛》，中国民间文艺家协会与学苑出版社合办，设顾问、编委会。因为没有经费，就跟学苑出版社合办，学苑出版社出钱，出了 2007 年第 3 期（总第 155 期）后停刊。

第十任社长是高育武，主编是刘德伟。2008 年 12 月 20 日复刊，刊名《民间文化论坛》，双月刊，编到 2008 年第 4 期。

第十一任社长是高育武，主编是刘晓路。编辑了 2009 年第 1 期到第 6 期。设立了学术委员会，冯骥才任主任，白庚胜、罗杨任副主任。

第十二任社长高育武，主编刘德伟。编辑了 2010 年第 1 期到 2013 年第 6 期，设立了学术委员会，冯骥才任学术委员会主任，白庚胜、罗杨任副主任。从 2011 年第 4 期起，刘德伟任社长兼主编，取消了学术委员会，设特约编委王锦强、侯仰军。2012 年第 3 期（总第 241 期）起聘任我（刘锡诚）和陶立璠为特约主编。2012 年第 4 期，冯骥才为名誉主编。

第十三任主编是安德明，副主编冯莉，特约主编刘锡诚、陶立璠。我做《论坛》的特约主编，是协会驻会副主席、党组书记罗杨同志亲自出面聘请的，后来他的任期届满，就要去职了，我意识到不能让下届协会主政者感到困难，立即提出辞去《论坛》特约主编这个荣誉职务。

《民间文学（化）论坛》前后38年，一共换了13任主编。作为民间文学（化）界唯一的理论学术刊物，在提升学科水平和培养队伍素质两方面起了一定的积极作用，但由于主编水平不一和社会思潮发展两方面的原因，也导致了刊物发展不平衡、学术质量起伏等历史变迁。

我于1983年调到中国民间文艺研究会担任驻会副主席和分党组书记，到1990年去职这段漫长的时间里，除了正式担任《民间文学论坛》主编时期，也曾对《论坛》的编辑思想和编辑队伍的素质，陆续提出过一些主导性的意见，起过一定的作用。我很看重《论坛》在民间文学界的影响和作用，要办好《论坛》，关键是提高编辑的文化素质和学术水平，提倡编辑学者化。为了培养队伍、提高编稿能力，于1985年办了刊授大学，举办了两届"银河奖"的评选。办刊授大学，是我提出和操办的，目的是培养和提高民间文学队伍的素质。所用的教材有我的《原始艺术论纲》、谢选骏的《神话学》、吴超的《歌谣学与民俗学》、刘守华的《故事学纲要》、乌丙安的《民俗学与民俗调查》和《民间文学概理》、段宝林的《中国俗文学概要》、屈育德的《中国民间文学史略》、张振犁的《中原民俗丛书》序、张紫晨的《民俗调查与研究》等。此外，还有《民族学概论》《文化人类学》《美学概论》等专著。刊授大学培养了不少人才，像云南的章虹宇、广西的过竹等。《论坛》主办的"银河奖"一共进行了两次，第一次是1985年，一等奖有杨堃的《论神话的起源与发展》，乌丙安的《论中国风物传说圈》，林河、杨进飞的《马王堆汉墓飞衣帛画与楚辞神话南方民族神话比较研究》；二等奖有袁珂的《古代神话的发展及其流传演变》，张振犁的《中原古典神话流变初议》，龙海清的《盘瓠神话的始作者》，汪玢玲的《天鹅处女型故事研究概观》，刘守华的《佛本生故事与傣族阿銮故事》，车锡伦的《八仙故事的传播和上中下八仙》，陈建宪的《从信息革命看资料工作的紧迫性》，王晓华的《论民间文学的本质特征》，段宝林的《论民间文学的立体性特征》。第二次"银河奖"评选是在1989年，有16名得奖者：刘尧汉、叶舒宪、马昌仪、宋兆麟、阎云翔、杨堃、吴超、靳玮、张振犁、杨宏海、刘守华、刘魁立、刘晔原、富育光、毕尔刚、张紫晨。30多年来，刊物上发表了许多好文章，仅两届"银河奖"就评出了49篇优秀文章，培养了好多优秀的作者，有些人如今已经成为国内外知名的学者。

从《民间文学论坛》到《民间文化论坛》，经历了漫长的时间。《论坛》是民间文学界和民间文化界的一个公共的学术园地，是几代人苦心经营起来的，要坚定不移地守住学术品格，为发展和提升中国特色的民间文艺学和民间文化理论体系做出应有的贡献。《论坛》不是工作刊物，不是通俗文艺刊物，而是一个国家级的民间文学和民间文化方面的学术刊物，是这一学术领域的一个标志。民间文学或曰民间文艺，属于文学艺术；而对民间文学或民间文艺的搜集和研究，则属于社会科学。也就是说，研究民间文学或民间文艺的学科，是人文社会科学领域里的一员。刊物的任务，是要参与建设和发展中国特色的民间文艺学，努力将其办成学界的"龙门"。

《论坛》的一项重要工作就是做调查。我举几个最有代表性的例子。第一个是渔村民俗调查，叫庙岛—岠嵎渔民调查。1988年6月8日启动，内容是到山东省的庙岛调查妈祖文化，这次的调查成果整理成《历史变革中的渔村文化》，发表在台湾《汉声》杂志中的《民间文化简帖》1992年5月号。在国内发表于济南出版的《走向世界》1993年1月第1期。这个渔村调查，其中有一篇是请彭文新写的。

第二个值得一提的调查是天津葛沽皇会调查，时间是1990年2月，农历正月。参加这次调查的人有吴超、贺嘉、李凌燕、李亚沙、金辉、刘晓路，最后的成果《葛沽皇会有遗韵》，发表在台北的《民俗曲艺》1990年10月的第67、68期合刊，也发表在《民间文学论坛》

2005 年第 3 期。

第三个调查是丝绸之路调查。

1990 年 6 月 15 日我写了《丝绸之路民俗文化考察计划》，经中国民协主席办公会议批准，纳入《民间文学论坛》杂志 1990 年工作计划。作为从长安到地中海东岸的古代商路，丝绸之路是一条曾经对中外经济文化交流起过伟大作用的国际通道，是中西文化交会之地。我国地处丝路东端，丝路经中国境内长达四千余公里，沿途的石窟寺庙、长城、关隘、城堡、驿站、渡口、通路，以及地名、逸闻、典故、志物、文物都与丝路有一定联系，汇集成特殊的民俗文化。在历史的沧桑之中，沿海环太平洋文化圈内的民俗文化几经变迁的情况下，地处中国西部商路一带的民俗文化积淀却在民间相对完好，在社区中保存下来，成为研究中华民族传统文化的极重要的材料。这些埋藏在山野民俗中的文化财富亟待抢救，否则将在社会剧变中淹没殆尽，成为历史憾事。有鉴于此，特进行一次有限的小规模的丝路民俗文化考察。这次考察的目的是收集采录丝路沿线的民俗事项和民间文物，考察沿线群众的信仰、礼仪、史传、典故、逸闻等民俗文化，所得的资料编辑成册出版，并根据调查撰写调查报告或者专辑著作，通过考察培养和锻炼干部的田野作业能力和著述研究水平。

1990 年 7 月到 8 月是调查活动的第一阶段，考察自兰州到敦煌一段；第二阶段由敦煌至兰州收集材料，暂时不安排。考察的专线选点兰州、皋兰、武威、山丹、张掖、酒泉、嘉峪关、安西、敦煌。特别要说一下的就是山丹，新西兰的文化名人路易·艾黎在山丹待过，他把自己的材料全部交给了山丹县，他自己也留在山丹县。我为此专门去了一趟山丹，并写了文章材料。敦煌我们也去看过，考察方针是秉持实事求是的科学态度，艰苦奋斗的工作作风，依靠地方领导，密切群众关系，遵守工作纪律，尊重民族习惯。考察经费自筹，实际上是我搞来的，不足部分向协会和文联申请支援。所得的资料作为公共财产由《论坛》保存，适当时候上交协会资料馆，出版时版权属于搜集记录者与作者，其他人不得侵犯。

新疆阜康少数民族文学研讨会结束启程调查时留影（1985 年 8 月）

1990 年 8 月，在新疆阜康天池开完少数民族文学研讨会后，考察队员们从阜康启程，到伊宁的尼勒克县去做调查。这次参加的人，除了我，还有刘士毅、李路阳、金辉、彭文新、周燕屏、扬之水。扬之水原来在资料室工作，当时我们的名单上没有她，她自己跑到哈萨克地区找到我们，参加进来。这次尼勒克调查的成果，有我写的《唐布拉采风手记》（《中国西部文学》1992 年 10 月号、《中国民族博览》1992 年第 2 期）和《伊宁情思》，还有到错那县勒布门巴族居住区调查后写的《勒布采风手记》。

1990 年 8 月 24 日。我们来到了新疆尼勒克县唐布拉草原的夏牧场。神奇的草原景色，史诗般的牧民生活，一直像磁石一样吸引着我。在乌鲁木齐开完了少数民族文学讨论会，终于能实现到哈萨克草原去的计划了。车子一早从伊宁出发，在尼勒克县城稍事停留后，很快来到唐布拉草原上一个牧民的放牧营地，当时已经是夕阳西下了。虽然没有精确统计，但我们颠颠簸簸地应该跑了不下三四百公里！

这里就是闻名遐迩的唐布拉草原，哈萨克族同胞的一处水草肥美的夏牧场！绿茵茵的草场，点缀着各色的野花，从白皑皑的山顶下面那一大片原始森林带起，一直延伸到对面的那座雪线以下的山峦的顶部。一群群伊犁马、细毛羊在草滩上星罗棋布。一条清澈的溪流，沿着自然地貌形成的河床，滔滔地流向远方，时而暴怒，时而嬉闹，穿过一丛丛蓊茸翠绿的次生林，切割开广袤的牧场——这就是从天山西部群山中夺路而出的喀什河，一条牧民们赖以生息繁衍的生命之河啊。我被这美丽奇异的自然景色吸引着，深深地陶醉了。

在这夏牧场的营地上，散落着七座白色的圆形毡房。我们一行包括四个从北京来此地考察的民俗学家和陪同我们的锡伯族作家忠禄先生，我们要下榻的毡房，是其中最大的一座，就坐落在河岸边的草地上。

1985 年 8 月，刘锡诚在新疆尼勒克草原做调查

刘锡诚摄于尼勒克哈萨克草原夏牧场（1985 年 8 月）

调查队员与锡伯族干部合影于当年锡伯族西迁时的路口

夜幕初降的时刻，炊烟送来了地锅子里煮羊肉的香味。我们被一位老年的哈萨克牧民邀进毡房里用晚餐。哈萨克人待客的礼仪是热情而隆重的。我曾在蒙古人的毡房里生活过大半年，也曾到过不少少数民族同胞的村寨里做客，从来没有像这一次在哈萨克人的毡房里所受到的接待这样郑重和神圣。在我们五个人中，我是长者，因此我被安置在正座上。所谓正座，不是通常宴席桌上的那种主宾席，而是在正对着门口的位置，在地毯上席地而坐。在我的两旁就座的，是我的三个同伴和忠禄，再次是主人家和邻居们，依次坐成一个扇形。我们的面前铺了一床干净的床单，上面摆满了从城里买来的糖果和妇女们自己烤制的馕，一只只小磁碗里盛着上等的高山蜂蜜。守候在门口马奶桶旁边的女主人，盛上一碗马奶酒，递给她的家长，这位家长再把它传递给客人们。马奶酒是马奶经过发酵制成的，酸中带着甜味，喝起来味道很好，但也有一定的酒精含量，因而喝多了要醉人的。主人十分热情，你喝完了第一碗，第二碗接着就递过来了。酒是用海碗盛的，不多一会儿，我就感到肚子胀了。W是四川人，曾经有过在白马藏族地区进行民俗调查的经验。他也有酒量，几天前在察布查尔采风时，锡伯族的朋友们请我们吃饭，轮流敬上白干，他不仅镇定自若，而且还为我代杯。今晚他却留有余地，不显山不露水，不露一点声色。他的任务是录音，他不想因喝酒而误了差事。M的分工是拍照，她性格文静柔韧，办起事来却充满热情，不辱职责，尝了半碗酒后，就察言观色，轻手轻脚地寻找时机给大家拍起照来。Z过去曾经和我们在一个单位共事，她和M是要好的朋友，如今是一家出版社的民俗方面的编辑，因此大家是互相了解的。她是个性和事业心很强而又内向的人，今晚更是沉默寡言，低着头只管掰馕蘸着蜂蜜吃，似乎根本就没有旁的人在场一样。

在哈萨克人的毡房里，女主人的角色是十分重要的。转眼女主人已经用一个搪瓷盘把地锅子里煮好的羊头端了上来，盘子上放着一把锋利的英吉沙猎刀。她把盘子交到男主人的手上，男主人又将盘子端到我的跟前，把刀子递到我的手上。根据哈萨克人的习惯，我毫不犹豫地把羊头颧骨上的肉削下来一片，送给席中的老者吃，又将一只耳朵削下来，送给席中的最幼者——这家的小孙子吃，然后才为自己削了一片。在哈萨克的习俗中，这是尊老爱幼的意思。接着，把盛着羊头和英吉沙刀的盘子传给了坐在我身旁的忠禄先生。招待最尊贵的客人，要用全羊，而吃羊头肉，又要让最尊贵的客人先动刀，这也是哈萨克的古俗。这一套礼仪结束之后，羊肉才端上席来。但此后大家就不再是那样文质彬彬地用刀子割着吃，而是改用手撕着吃了。用手撕吃羊肉，俗称"手把羊肉"，这在城市的餐馆里也是一道名菜。但这无疑是狩猎部族的一种遗俗。原始先民常常用羊作为祭祀神灵的牺牲，祭祀完毕之后，族人就将其分而食之。用地锅子煮熟后，用手撕扯着羊肉吞吃，完全是往昔那种记忆的一种重演，人们在重新体验着那种早已逝去的狩猎胜利的欢乐。毡房里的空气骤然活跃起来了。羊肉味道之鲜美，绝对不是北京新疆餐厅的出品可比拟的，不仅没有膻味，而且香嫩可口。我的两位女同伴吃得那样津津有味，甚至不顾吃相是否有伤她们俊丽端庄的形象。

　　世界发展到了现代化的今日，可是在我们驻足的唐布拉草原毡房里，却仍然不靠钟表来计时。待收拾餐具时，大概已经是子夜时分了。毡房外面，十几个来自远近毡房的哈萨克小伙子和姑娘，已经在寒风里等了我们很长时间了。他们是应邀来我们所住的毡房，给我们唱哈萨克民歌的。主人没有通报，我们哪里知道？

　　歌声在毡房里轻轻回荡。姑娘和小伙子们对唱，唱的是情歌。嬉戏，挑逗，倾诉衷肠，依依别情。起初双方都显得拘谨，声音低回，渐渐地，变得热烈而高亢。我得到忠禄先生的帮助，他将歌词逐句翻译给我听，译得很有诗意，他真不愧是锡伯族的才子。但到了唱得情意绵绵的时候，这位才子也不得不告饶了。有哪位大作家曾经说过，民歌是不能翻译的，这话一点儿也不错。歌手们唱的调子是固定不变的，歌词却是即兴编出来的。男队唱一段，女队根据男队的唱词赠答。歌词无拘无束地在冬卜拉的伴奏下自由地续唱着，调子悠扬、抒情。这大概就是民歌的规律，任何口头的作品都是依客观的环境而存在、而变异的，很难说哪句就是定稿，也很难说什么时候就是定稿。连那些长篇的史诗都是这样编创出来的。

夜深了。歌声像断了的丝弦一样戛然而止。草原上的男女歌手们散去了。草原变得异常静谧，静得如同死去了一般。我们县里随我们来的人士，以及这家的老少三代人，都留宿于这顶宽大的牧民毡房里。大家并排躺在厚厚的地毡上，主人还特意为我们铺了崭新的褥子。一盏马灯高悬在毡房的立柱上，昏黄的灯光抖动着，照着每一个远方来客的脸庞。那灯芯燃烧发出的咝咝声，在静得可怕的草原之夜里，令人烦恼，令人焦急。我和W共盖着一条棉被，和衣直挺挺地躺着，眼睛盯着毡房顶部的那个圆洞，但那圆洞到了夜间是盖上的，无法看到外面的情景。我一动也不敢动，生怕惊动了别人。W发出了轻轻的呼吸声，好像是睡着了，我感觉到了。而M不断地翻着身，有时睁开眼睛看看那盏半明半灭的马灯，很快又安静地闭上了眼睛。对于她来说，这晚与牧民挤睡在一个毡房里的经历，着实太新鲜、太离奇、太陌生了，唯其陌生，大概才在心底里激起了一种很不平常的波澜。Z翻动得更频繁，床铺底下有小虫子钻出来骚扰她，咬得她心神不宁。第二天她露出小腿来要我们看，的确布满了一连串红斑。

越是强迫自己入睡，越是清醒起来，我思绪万端，决定到毡房外面去领略草原之夜的神秘。白昼那勃勃的生机都到哪里去了？一切都隐遁到了黑暗之中。只有星星眨着眼睛，显出一种特有的生气。风刮得很大，草株瑟瑟抖动着，我周身感到寒意料峭。露水很大，沾湿了鞋子和半截裤脚管。身子不由得打了一个寒战。草原之夜，竟然是这般寒冷！

伙伴们大概都已经入睡了，轻微的鼾声合着虫鸣的节奏，整个草原都笼罩在一片无边无际的静谧之中。

结束了尼勒克草原的调查后，我们直驱伊犁哈萨克自治州的首府伊宁。我们一行被安排在军分区招待所下榻。对于我们这些长途旅行者来说，这真是一个十分整洁、十分幽静、十分舒适，再称心不过的住处了。四周的花墙上爬满了绿藤，一簇簇不知道叫什么名字的花儿，颇有点儿艺术性地点缀其间。最使我感到愉快的，也许还不是这个叫人顿生"宾至如归"之感的客舍，而是听说有一位我所熟识的作家朋友武玉笑也住在这儿。不是文人的自作多情，倒真生出了一点儿他乡遇故知的感触。

记得是在 1978 年，作家们刚刚从"文革"浩劫中苏醒过来，武玉笑便以知识分子的悲惨遭遇为主题创作了题为《大雁北去》的话剧，交由北京青年艺术剧院上演。他在北京给我看了剧本，我激动不已，提笔在一夜之间写出了一篇（也是唯一的一篇）很长的戏剧评论文章《道德理想的呐喊——评武玉笑的〈大雁北去〉》，发表于《甘肃文艺》1979 年第 8 期。从此我们之间建立了友谊。我每次到兰州出差，他总来看望我，与我说古谈今，问寒道暖。印象最深的一次，是我应邀到东乡族诗人汪玉良家里做客，作陪的有音乐家易炎、小说家杨文林、评论家谢昌余，武玉笑也来了。他们都是甘肃文艺界的名流。由于我在《文艺报》担任过一个时期的编辑部主任，又写过一些文学评论文章，与他们有过不少交往。当然我也在谢昌余主持的《当代文艺思潮》和杨文林主持的《飞天》上发表过文章，我的文艺观点他们都是熟悉的。所以谈起话来，大家都无所顾忌，真可以说是海阔天空，无所不及。

在伊宁时，我们一行从军分区招待所出来，要到州政府去拜访秘书长赛比哈孜同志的路上，在一家烤羊肉串的小摊旁，猛然间发现了武玉笑。他蹲在墙边，正在津津有味地吃着一串羊肉串，手里还拿着几串，样子哪里像个斯文的作家？倒像一个乡下来的农民，那样的不修边幅，那样的无拘无束，旁若无人。呵，这就是武玉笑的本色！当我高声地、同样也是旁若无人地喊着他的名字时，他惊异地瞪大了眼睛望着我，半晌也没有醒过神来。他哪里想到，在这个边陲小城，能遇上我这个久未见面的北京朋友。他扎撒开散发着羊膻味的手，意思是要同我握手，我没有握住他的手，而是迅疾地抱住了他。我的同行者们也都用吃惊的眼神盯着我，不明白发生了什么事情。他们虽然很了解我的脾性，但大概还没有见我与什么人如此热烈地拥抱过。也难怪，在此之前，我压根儿没有向他们透露过我有朋友在这个边陲小镇上。

招待所里的客人不多。武玉笑早就住在一楼的一个房间里。他在这里体验生活和写作，招待所是他的活动基地，除了出门采访，就是在房间里接待客人。为了聊天方便，我、W君和忠禄同志，也被安排住在一楼，与老武隔壁。M君则住在二楼，商量事情时到我们房间里来。Z君别出心裁，撇开我们，自己到一家陌生的哈萨克人家里去投宿，既节省了开支，又体验了生活。她总是大清早趁服务员还没有开门的时候，就爬墙进到招待所里来。她的这些想法和做法，为我们的旅行平添了许多的情趣和谈资。

伊宁地处祖国西北部边陲，实际时差与北京相差几个小时，因此夜晚到来得很迟，天亮也相应地推迟了几小时。夜幕到来以后，宁静的招待所几乎成了我们几个来自不同地方的作家和评论家的天堂。我们聚在老武的房间里，旁若无人地神聊。当地文学刊物《伊犁河》的主编郭从远先生每晚必到，而且不管聊到夜里几点，他都陪伴始终。谈文坛的新闻逸事，谈作品的成败得失，谈深入生活的甘苦，谈哈萨克人的民俗风情。那时，我正起劲儿地研究文化人类学，此次来伊犁哈萨克族自治州旅行，也是为了增广对哈萨克族和锡伯族的深厚的民俗文化的了解。我深感新中国成立以来我国当代作家不大懂得文化人类学，留下了许多不该留下的遗憾。在描写生活时，由于过分地用"政治"这个筛子去过滤丰富的生活，让多彩的生活来适应自己所理解的狭隘的"政治"和所谓现实主义，其结果，大批作品变成了观念的图解，读者很少有兴趣在读过一遍之后再读第二遍。因此，我们漫无边际地神聊，大体并没有离开"说真话"和艺术的本质这两个题目。武玉笑长期在新疆少数民族中间深入生活，对这些民族的深层的民俗文化和心理状态、社会生活和人际关系，有着深入的观察和了解，给我们讲了很多有趣的事情，不仅使我们增加了知识，而且得到了某种精神的满足。如果那时有心把这些"天方夜谭"记录下来，不就是一部"艺术三家言"嘛。

在伊宁期间，只有一个晚上是例外，我们停止了闲谈。锡伯人是最热诚待客的民族，大概是忠禄这个锡伯人意识到，由于他没有安排好晚上的活动，冷落了我的朋友W、M和Z，于是决定领着我们到他的一个亲戚家串门，参加一对青年人的婚礼。婚礼是一个民族深层文化的重要而又重要的民俗事象，怎么能错过这个机会呢？听到这个消息，大家自然喜出望外。我们要造访的这一家是哈萨克族，住在伊宁市南部靠近郊区的位置。当给我们开车的那位乌鲁木齐司机转弯抹角找到他家，叫开大门的时候，婚礼已经结束了。忠禄也是几年不来走动了，他不仅突然出现，还带来了几个尊贵的北京客人，因此全家把我们的来访看成是一种吉祥的预兆，热情地接待着我们这些不速之客。

按照草原上哈萨克人的古俗，新郎要在三天前到新娘家里来接新娘，新娘由四个媳妇陪伴着，戴面纱，唱萨仁歌（即劝嫁歌）和怨嫁歌，进行一系列带有古代婚姻考验式的游戏，然后新娘才能驱马（或骆驼）前往夫家举行婚礼。在婚礼过程中，要举行揭面纱仪式，要欢宴亲朋，还要举行"姑娘追"等欢庆性的和象征性的活动。这一家住在城里，这些古老的民俗活动，大概都在外来文化的冲击下逐渐减免或淡化了。但他们家的新房里充满了喜庆的气氛，明亮的电灯照着那些崭新的陈设和挂着的、贴着的喜联和绘画，以及哈萨克家庭特有的、以红色为主、红黑相间、色彩鲜明的装饰图案。最富特色的是新娘的头饰。长长的白色面罩披巾，从新娘头部的两侧垂落下来，几乎拖到地上，有一种端庄的美感。披巾的下面，是一顶镶满了各种金银嵌花和珠链的彩色帽子，帽子顶端装有一个取意于变形的女性生殖器的三叉形装饰物，隐含着子孙繁盛的期望。这些新娘的服饰及其纹样的文化内涵，引起了女民俗学家们的浓厚兴趣。作为婚礼的一部分或补充，女主人热情地拿来哈密瓜、西瓜、馕、马奶和马肠等喜食招待我们。喜食是要分给到场祝贺的每一个人，让众人共享的。这一来，把我们作为婚礼研究者的思路给打断了。看来，如果早有准备，主人家定会像所有的哈萨克人家一样，慷慨地把酒设宴款待我们的。我注意到，女主人的眼神里透露出了一丝不易察觉的歉意。

夜深了。当我们告别这家沉浸在欢乐和幸福中的哈萨克人家时，我在朦胧夜色中偶然发现，他们宽敞的院子里种植着一棵如同伞盖一般的庭院绿化树，从那高大的黑影判断，这大概是一棵挂满了果实的石榴树。石榴原产西域，伊犁一定很适合它的生长。我想，石榴多子，不正是对这家新婚夫妇的最好祝愿吗！我们没有带去什么礼物，对此，M君几次提醒我，表示颇为内疚，就让这棵石榴树替我们默默地祝福他们吧。

以上所说，是三次田野调查的例子。因为我很强调编辑的学术修养和素质，一个学术刊物的编辑必须是一个学者化的编辑。如果我们编辑提不出新的问题，提不出新的观点，那么这个刊物就不可能站到读者的前面，你就不可能发出什么引领性、导论性的文章。应该讲，从《民间文学论坛》到《民间文化论坛》，这当中有一个变迁过程，其中走过弯路，但是到了最后，《民间文学论坛》变成《民间文化论坛》，就是说我们的转变从文学向文化、向整体研究扩展。过去《民间文化》阶段已经证明是失败的，但是从十三届主编权衡来看，这个缺点就是我们的编辑水平不够高。可以看到，中国文联、中国作协十几个刊物，他们的主编编委、副主编的专业水平都比较高，而且都是在社会上和文艺界有影响的人物，而我们这十三届主编大部分是默默无闻的。本来我们应该发挥更大的作用，但是我们做得不够好。主编、副主编、编辑部主任，应该是在文化界有贡献、有影响的人。从我们《论坛》走过来的历史看，就感觉到这是个问题，我们的社会地位不够高，我们的编辑团队人员在社会上没有影响。我的结论是：民间文学理论学术刊物所坚守的，应该是学者化的编辑。

四、退休之后

我退休之后，成为一个名副其实的"边缘人"。但我仍然在编纂出版了"中国民间信仰传说丛书"（6 册，花山文艺出版社，1994 年 5 月）、"中国民间故事精品文库丛书"（10 种，中国广播电视出版社，1996 年）之后，编纂了大约百种丛书，为传统民间文化的存续和发展做了一些有益的工作。

1993 年，我想编纂出版一套民俗学的丛书，从不同的角度和不同的层面系统地整理和正确地阐发生息和繁衍、劳作和创造于中国大地上的各民族老百姓中间蕴藏着的民间—民俗文化和乡土文化。这个设想如果能够实现，作为民俗文化学这一新学科的基础性的丛书，它的编撰出版有望弥补中国文化建设和国学研究中的薄弱领域，并向新一代的中国人展示自己民族的源远流长、色彩缤纷的民俗文化传统，增强读者的爱家爱国之心和民族的向心力。于是，我作为第一主编和策划者、组织者，与宋兆麟、马昌仪合作主编的"中华民俗文丛"20 种，于 1994 年由学苑出版社出版了。计有：

（1）《水与水神》（王孝廉）；

（2）《花与花神》（王孝廉）；

（3）《灶与灶神》（杨福泉）；

（4）《石与石神》（马昌仪、刘锡诚）；

（5）《观音信仰》（邢莉）；

（6）《妈祖信仰》（李露露）；

（7）《玉皇大帝信仰》（陈建宪）；

（8）《泰山娘娘信仰》（吕继祥）；

（9）《炎帝神农信仰》（钟宗宪）；

（10）《中国民间神像》（宋兆麟）；

（11）《神秘的关东奇俗》（曹保明）；

（12）《天神之谜》（邢莉）；

（13）《门与门神》（王树村）；

（14）《山与山神》（徐华龙、王有钧）；

（15）《八仙信仰》（山曼）；

（16）《财神信仰》（吕威）；

（17）《关公信仰》（郑土有）；

（18）《土地与城隍信仰》（王永谦）；

（19）《狐狸信仰之谜》（山民）；

（20）《花巫术之谜》（彭荣德）。

我为这套丛书写了总序：

　　中华民族是由许多民族组成而以汉民族为主体的多民族的共同体，同样，中华文化也是由包括多民族文化在内而以汉民族文化为主体组成的多元性文化。对于这一点，并不是学术界所有人都承认的。历来的统治者都习惯于用大一统的思想来看待中国，用中原文化来要求和衡量其他民族的文化，因而"胡""蛮""番""夷"一类带有贬义的词汇屡见于典籍，这些兄弟民族的文化的命运，也如同他们民族的命运一样长期受到排斥和贬抑。在汉民族文化中间，也有两种文化，或者说两层文化。一种是上层文化，这是社会的主流文化或习惯上说的传统文化，历来受到充分的重视。同时，在社会底层也还存在着根基十分深厚、源流十分久远、覆盖面十分广阔的民间文化，或者说下层文化、民俗文化；这种文化长期以来不受重视，甚至还受着来自各方面的压制与冲击，又由于这种文化多半是以口头的方式流传和承袭，因而常常处于自生自灭的状态。有学者还有另外的分类法，他们认为，中国文化有三层，即上层、中层和下层。所谓中层文化，系指市民文化；所谓下层文化，系指民俗乡土文化。其实，把中层文化归到下层文化或曰民间文化中也无不可。在广大社会成员中间滋生、保存和发展着的浩浩荡荡的民间—民俗文化，恰恰是民族精神和民族文化之根。当然，民间—民俗文化也有着自己的局限，这些是应该得到恰如其分的分析、批判和扬弃的。但我们总不能在泼洗澡水的时候连孩子也泼掉吧。一个民族，一个国家，如果没有对民间—民俗文化的深刻了解和充分重视，就谈不上发展完整而健全的民族文化。

五四新文化运动以前我国学术界兴起的国学研究，其致命的弱点，就是抱残守缺，固守尊孔读经的传统，既不接受西洋进步的学术和文化思想，也没有以宽容的胸怀把当时已经出现的民间文化研究思潮揽入自己的怀抱。五四新文化运动的精神是革命的。李大钊、蔡元培、胡适、鲁迅、钱玄同、刘半农等先驱，以凌厉的锋芒批判旧传统，提倡新的学术思想和方法，从而使中国文化研究的面貌发生了深刻的变化。民间文化的搜集研究在此后的几十年间取得了令人瞩目的成就。在近十多年来伴随着改革开放浪潮兴起的文化研究热潮中，主流文化或传统文化的研究和民间文化的研究虽然都取得了长足的进展，但仍然形同两条道上的马车，特别值得注意的是，下层文化研究所取得的大量资料和成果，并没有被纳入整个文化研究之中。虽然有一些年轻的学者把外国文化人类学的方法和理论移植进来，希望在传统文化的研究和民间—民俗文化的研究中间建立一个纽带，但这两股研究潮流似乎还没有得到理想的沟通和整合。相反，我们还常常听到这样的消息：有些长期致力于正统文化研究的学者甚至仍然把一些越出传统的轨道而把二者结合起来的研究者讥笑为不务正业或没有学问。现在，新的国学研究的浪潮已经重新涌起于华夏大地，这种自觉不自觉地排斥民间—民俗文化的状况似乎不可以再继续下去了。时代的前进脚步是从不停息的，更不能倒退，民间—民俗文化的研究所取得的成就，越来越受到国内外学术界的重视。民间—民俗文化是一个永不干涸的海洋，它博大精深，正等待着有志的学人去开掘；它所保留着和蕴藏着的一些文化遗迹和丰富信息，也许正是解决主流文化中的那些长期悬而未决的难题的钥匙哩。

有鉴于此，我们很想组织和编辑一套"中华民俗文丛"，从不同的角度和不同的层面系统地整理和正确地阐发生息和繁衍、劳作和创造于中国大地上的各民族老百姓中间蕴藏着的民间—民俗文化和乡土文化。这个设想如果能够实现，作为民俗文化学这一个新学科的基础性的丛书，我们期望通过它的编撰出版，来弥补中国文化建设和国学研究中的薄弱领域，并向新一代的中国人展示自己民族的源远流长、色彩缤纷的民俗文化传统，增强读者的爱家爱国之心和民族的向心力。

我们的设想是：

第一，希望这套丛书的作者着眼于知识的积累和正确的阐发，在正确阐发的基础上求新求深，从而扎扎实实地为推进学科的建设做点事情，哪怕仅仅是资料的系统化也好。

第二，希望选题小些，以小见大，作者们在自己的选题范围内，尽其可能地融汇当代田野调查的实证材料（亲历的和间接的）和典籍材料，从丰富而翔实的材料中得出应有的结论，力戒那种令人生厌的玄学空论学风。

第三，希望行文尽量做到深入浅出，雅俗共赏，通过生动鲜明、通俗易懂的语言把一个个神奇而陌生的世界展现给读者。也希望作者们搜集并选择一定数量的珍贵图片，充分发挥图片在民俗文化图书中的不可替代的作用。

"中华民俗文丛"由刘锡诚、宋兆麟、马昌仪主编，学苑出版社出版（1994 年第 1 版第 1 次印刷，印数为 7000 册）。两年后，1996 年 2 月第 2 次印刷，发行 7000—12 000 册。影响很大。

2010 年，古吴轩出版社副总编辑陈雪春策划的"中国非物质文化遗产图文藏典"丛书正式出版，这套丛书是以第一批国家级非物质文化遗产名录和分类为依据，"选取最具代表性和表现力的项目作图文展开，全景式地反映中国非物质文化遗产古往今来之概貌"。希望这套丛书尽可能做到熔知识性、学术性、可读性、欣赏性于一炉，既满足当代读者了解"非遗"的阅读需求，又经得起时间的检验，把 21 世纪之初流传于中国老百姓中间的"非遗"的概貌传达给后世。——这就是我们编纂这套丛书的初衷。我应邀作为丛书的主编，经过一年多的组稿、撰著、选图、编辑，终于由古吴轩出版社出版。这套丛书包括：（1）《中国传奇》，田兆元、范长风主编；（2）《中国歌乐》，孟凡玉、朱洁璋著；（3）《中国民舞》，马盛德、金娟著；（4）《中国戏剧》，王学锋、刘文锋编著；（5）《中国说唱》，蔡源莉编著；（6）《中国女红》，贺琛编著；（7）《中国百工》，华觉明、李劲松主编；（8）《中国功夫》，吕韶钧编著；（9）《中国医道》，王凤兰主编；（10）《中国风俗》，杨秀编著。

非物质文化遗产，在我国文化界还是新问题，而这套丛书规模庞大，内容丰富复杂，而我被文化部聘请为"非遗"保护和国家项目评审的委员，故而总序也就当然地由我这个主编来写了。总序全文如下：

进入 21 世纪以来，保护人类非物质文化遗产，保持文化的多样性和可持续发展，与保护环境、保护生物多样性一样，逐渐成为国际社会，同时也成为中国社会普遍关注的热点。

文化是由物质文化和非物质文化两部分构成的。由历史上的文物古迹和现代物质文化创新而构成的物质文化，是读者大众所熟悉的。而非物质文化遗产是指哪些文化形态呢？2005 年 12 月 22 日国务院下达的《关于加强文化遗产保护工作的通知》（国发 42 号）做了如下阐明："非物质文化遗产是指各种以非物质形态存在的与群众生活密切相关、世代相承的传统文化表现形式，包括口头传统、传统表演艺术、民俗活动和礼仪与节庆、有关自然界和宇宙的民间传统知识和实践、传统手工艺技能等，以及与上述传统文化表现形式相关的文化空间。"联合国教科文组织于 2003 年 10 月 17 日举行的第 32 届会议通过的《保护非物质文化遗产公约》中胪列了五项内容："1. 口头传统和表现形式，包括作为非物质文化遗产媒介的语言；2. 表演艺术；3. 社会实践、礼仪、节庆活动；4. 有关自然界和宇宙的知识和实践；5. 传统手工艺。"归纳起来，简单地说，非物质文化遗产是指那些以民众口传心授的方式而代代相传、绵延不绝的文化。在民众（一定群体）中流传、口传心授、代代相传、绵延不绝是非物质文化遗产的特点。非物质文化遗产是与以文字为载体的"精英文化"（或曰"主流文化"，或旧称"上层文化"，或西方文化人类称的"大传统"）相对举的广大下层老百姓所传承和流传的文化。

"非物质文化遗产"（the Intangible Cultural Heritage），无论对国际

还是对我国来说，都是一个新的术语。最早出现在上面提到的联合国教科文组织的《保护非物质文化遗产公约》这一国际文件中，引进我国的历史只有区区几年的时间。2004 年 8 月 28 日全国人民代表大会常务委员会批准联合国教科文组织的《保护非物质文化遗产公约》之前，我国学界和官方一直沿用"民间文化"（或"民族民间文化"）这一本土的术语。其实，"非物质文化遗产"也好，"民间文化"也好，在范围和内涵上大体是一样的，我国所以要改用"非物质文化遗产"来代替"民间文化"，只是为了与国际对话的需要和方便，即通常所说的"与国际接轨"。顺便要说的是，译名的确定是一件非常严肃、非常重要的事情，因为一个译名一旦确定之后可能影响到实际工作的开展。有学者对"遗产"二字的翻译存有异议，他们指出，英文里的 Heritage，可以译为"遗产"，也可以译为"传承"和"传递"，而译为"传承"也许可能更接近原意，因为非物质文化或民间文化是活态的、流动的、变化的，而不是僵死的。

非物质文化遗产，是民族文化传统的"基因库"，是民族认同、维系、凝聚、绵延的基本因素。不论出于何种原因，暴力的或和平的，一个民族的非物质文化遗产断流了、湮没了、消失了，那就意味着这个民族的文化，甚至这个民族本身，或被同化了，或被灭亡了，或被打散了，最终变成了人类的记忆。这样的事情，在中外历史上不乏先例。以我国而论，我们至今还不大清楚大凌河流域的红山文化先民所传承的非物质文化遗产、长江流域良渚文化先民所传承的非物质文化遗产、岷江流域三星堆先民所传承的非物质文化遗产，以及比这些文化晚得多的一些消逝了的民族、族群或邦国的非物质文化遗产是什么样子。诸如，显赫一时的齐国文化、越国文化的文物遗存多有发现，而他们的非物质文化遗产是什么样子，却湮没无闻了。又如，被明王朝军队剿灭、驱赶而隐匿和融入于边远地区和族群中的夷人，除了在川南的珙县留下的数量有限的岩壁画和悬棺葬外，这个民族（或族群）的非物质文化遗产，连同这个民族或族群本身一起，消失得无影无踪了。

我们当今所处的时代，是一个经济全球化、信息化的时代。在我国，现代化、信息化、城镇化、市场化的急速步伐，无时无刻不在影响着和改变着人们的生活方式和思维方式，摧毁着代代相传的非物质文化遗产，即使那些地处边远的、封闭的地区和民族，也不例外。非物质文化遗产的传承和延续，处在急剧衰微的趋势之中。世界各国处于弱势地位的民族的代表人物，率先呼吁保护自己民族的非物质文化遗产。自1972年玻利维亚政府向联合国教科文组织提出建议制定保护民间创作法案以来，许多国家的政府和学者日益认识到对本民族的非物质文化遗产进行有效保护的重要性和迫切性。经过30多年来的酝酿、宣传、研讨、磋商，世界各国政界和学界对世界"文化多样性"、可持续发展理念和民族文化自觉的认识大为提高，特别是世界进入文化引领的时代，美国学者提出的文化是国家"软实力"的概念被广泛接受，非物质文化遗产的抢救和保护，已经成为21世纪一个世界性的文化潮流。而非物质文化遗产的保护，在我国，不仅是中国国家"软实力"的重要构成因素，也是中华文化复兴、东方文化复兴的不可或缺的方面。

在我国，自"五四"以降，民间文化的保护和调查记录工作，一向是由学术界、文化界的一些人士在做，但由于时局、思潮、人事等方面的原因，时断时续，时起时伏，其调查所得的资料，除了前中央研究院的资料保存在台湾、解放区的一些资料保存在中央音乐学院外，其他大量调查资料尽皆流散无存了。中华人民共和国成立以来的50年间，由于体制、分工等原因，民间文化的调查与保护，主要是由社会团体、研究机构和高等院校相关系科做的，虽然做了大量艰苦的调查采录工作，但由于各自为战，政治运动频仍，前后领导人缺乏一以贯之的学科理念以及科学管理等原因，所得资料流散严重。真正由政府出面保护民间文化，主要有两次：第一次，是1955—1956年为了民族识别由国家民委组织专家进行的民族调查；第二次，是文化部、国家民委和中国文联有关协会进行的"十部文艺集成志书"的调查编纂工作。这些工作为21世纪在"政府主导"下开展的非物质文化遗产保护工作奠定了坚实的基础。2003年中国民间文艺家协会在中共中央宣传部和国家社会科学规划办公室的支持下，启动了国家社会科学基金特别委托项目"中国民间文化遗产抢救工程"。2004年文化部、财政部颁发《关于实施中国民族民间文化保护工程的通知》（2004年4月8日）以及配套文件《中国民族民间文化保护工程实施方案》，启动了"中国民族民间文化保护工程"；同年全国人大常委会批准《保护非物质文化遗产公约》，我国成为缔约国之后，国务院办公厅发布《关于加强我国非物质文化遗产保护工作的意见》（2005年3月26日），从此改称"中国非物质文化遗产保护工作"。

非物质文化遗产是民众口传心授、世代相传的文化，对其进行保护，可能采取多种方式，但不论采取何种方式，其最终目的，是使其在创造和享受这种文化的老百姓中间得到继续传承和发展延续，至于有些因时代变迁、生存条件改变等原因而不能继续传承和发展的项目，则应收集记录起来编辑成书籍，制成光碟、录像片、录音带等，或以收藏与陈列于博物馆的方式，使其以"第二生命"继续传播。对于至今仍葆有传承生命活力，或虽然呈现程度不一的衰微趋势而仍能通过保护措施被激活的项目，建立国家级非物质文化遗产名录，将其保护工作纳入国家体制、在国家干预和管理下进行有效保护，无疑是一项重要措施。

在短短的几年间，我国已陆续公布了两批"国家级非物质文化遗产名录"，初步建立起了国家级、省市级、区县级三级（有的地方是四级）非物质文化遗产名录；认定了国家级和地方的非物质文化遗产项目代表性传承人名单，取得了令人瞩目的成绩。国务院国发［2006］18号《通知》公布的第一批"国家级非物质文化遗产名录"计有518项；国发［2008］19号《通知》公布的第二批"国家级非物质文化遗产名录"计有510项，第一批"国家级非物质文化遗产扩展项目名录"计有147项。两批三个名录加起来，共计1175项。《国家级非物质文化遗产名录》将我国非物质文化遗产划分为十个大类：（1）民间文学类，共计89项；（2）传统音乐类，共计156项；（3）传统舞蹈（民间舞蹈）类，共计119项；（4）传统戏剧类，共计171项；（五）曲艺类，共计111项；（六）传统体育、游艺与杂技（杂技与竞技）类，共计59项；（七）民间美术类，共计112项；（八）传统手工技艺（传统技艺）类，共计210项；（九）传统医药类，共计22项；（十）民俗类，共计146项。"非遗"名录的申报和评审工作，还会继续做下去，以期建立起一套完备的非物质文化遗产名录体系，作为"非遗"保护工作的基础。传承人的认定和保护，是"非遗"保护的核心，也得到了相应的重视。2007年、2008年分两批公布的"国家级非物质文化遗产项目代表性传承人"，共计有777名入选名录。这项工作也会继续下去。

温家宝总理用民族"文象"和"文脉"来指称我们的非物质文化遗产。我们正在进行的非物质文化遗产保护工作，正是在保护和传承我们中华民族的"文脉"——我们民族的根脉，保护和传承我们中华民族的民族精神，保护我们中华民族的"文化基因"。这件事的重要意义，已在上起各级领导和官员、下至普通百姓中有了初步的认识，而这种初步的认识，是提高官员和百姓全民"文化自觉"的起点。谁都晓得，一个没有或缺乏"文化自觉"的民族是多么的可悲！

通过各种方式对以往"不登大雅之堂"的非物质文化遗产进行宣

传、阐释、解读、弘扬，是落在各级政府、社会团体、文化界、出版界、媒体人、学术界肩上的时代重任。以编纂出版适合于各种不同文化背景的读者的"非遗"书籍，不唯是对其进行保护的有效方式之一，而且也是对中华文化进行积累的有效工作。古吴轩出版社副总编辑陈雪春同志策划的"中国非物质文化遗产图文藏典"丛书，其宗旨就是以第一批国家级名录和分类为依据，"选取最具代表性和表现力的项目作图文展开，全景式地反映中国非物质文化遗产古往今来之概貌"。希望这套丛书尽可能做到熔知识性、学术性、可读性、欣赏性于一炉，既满足当代读者了解"非遗"的阅读需求，又经得起时间的检验，把 21 世纪之初流传于中国老百姓中间的"非遗"的概貌传达给后世。——这就是我们编纂这套丛书的初衷。要向读者说明的是，本丛书的写作，是以第一批国家名录所载项目为依据的，而申报评审非物质文化遗产名录是一个递进的、积累的过程，而不是一蹴而就、一次完成的，第一批国家名录中所载项目，是在各地各单位申报的基础上评审认定的，而不是由专家在全面权衡的基础上提名而认定的，故而与相关学科的构架相较，则显然留下了若干空白（第二批名录的公布，已在一定程度上得到了一些补充和完善），这些项目的空白在本"丛书"中也就只好暂付阙如，或稍作提及而不作展开。（2009 年 3 月 1 日）

下面再谈谈中国民间艺术节的创办。

中国民间艺术节是我创办的。1988 年 8 月，我和单位里的翻译冯伟受中国文联对外联络部的派遣，代表中国到意大利的戈里齐亚出席国际民间艺术组织的理事会，并参加在那里举行的民间艺术节。会后，我又到西西里岛的墨西拿去参观访问，在那里也观摩了他们的非政府组织举办的民间艺术节活动。这些经历和观摩，启发了我。所以才有稍后创办我国自己的民间艺术节的动议。

1989 年 9 月第一届中国民间艺术节所以能在大连举行，还得感谢曲协（中国曲艺家协会）的赵亦吾同志。他的大连小朋友徐连元是曲协的会员，下海经商，手头有钱，又认识大连的各方人士。于是，在赵的家里达成协议，由他承办。地点就在大连经济开发区。各地来的专家和演出团队都住在大连湾的扬帆宾馆。同时在此举行了民间文艺家协会秘书长廖东凡主持下的民间文学作品第二届评奖的颁奖仪式，钟敬文和马学良都来参加并主持。各地的民间文学研究负责人、老专家，如萧崇素、王沂暖、林河等，济济一堂。我在学术会议上宣布：这是我在中国民协所做的最后一件事情了。

吉星、王沂暖、萧崇素、刘锡诚摄于大连棒棰岛（1989 年 9 月 24 日）

中国民间艺术节闭幕后，我就归隐山林，不再视事，直到 1991 年 1 月调至中国文联理论研究室，在那里挂名领工资。在此贴上一张艺术节期间在棒棰岛照的照片。两位老前辈此后再也没有见过面，如今他们都已仙逝，想起来真是悲伤！中国民间艺术节自 1989 年 9 月 20 日创办以来，一届一届地继续举办下去，现在已经举办了十一届了。

如今，我已到了耄耋之年，还能思考并写点东西，但我深感自己作为中国文联退休下来的人，既没有老师、没有朋友，也没有学生，非常悲哀。我现在进入文联离退休干部的支部，跟其他人就没有任何业务上的交流。

现在中国处于一个社会转型的时期，民间文学、民间文化编的不再受到文化人的重视。民间文学、民间文化研究也趋向衰微。回想 1958 年前后，因为有毛泽东关于"搜集些新旧民歌"的号召，那是一个民间文艺在社会上非常红火的时代。人民文学出版社有民间文学编辑室，作家出版社有民间文学编辑室。中国民研会成立了中国民间文艺出版社，先后出了不少好书，后来合并到大众文艺出版社。各方面的问题使得民间文学现在处于一个比较消停、比较低落的时期。我可以大胆地说：目前这个状况甚至不及于民国时期。我写过一篇文章，提到上海过去是民间文学的中心，不光是有大量的研究、有组织，而且出版过大量的民间文学的作品。所以，不久前，华东师范大学民俗学研究中心搞了一个"'非遗'研究成果发布暨民间文艺学学科建设与古镇文化传承研讨会"，我也很支持，写了一篇《抗战时期上海大夏大学的民间文学研究》，大夏大学就是华东师范大学的前身，该校学者吴泽霖提出中国神话跟世界神话有两个不一样的地方。第一，中国神话不同于亚当夏娃神话这个范式；第二，原始取火方式上，西方是摩擦取火，中国是撞击取火。我们现在的神话学家都没有懂吴泽霖提的这两点的深意，没有一个人写过引申性的论述文章。

现在高校的一些博士基本上都是学院派，没有从民间文学这个土壤当中提取问题，从根文化提出问题，完全是在做文章，《民间文化论坛》应该少发这种文章，要提倡从民间文化生态提出问题。从文化生态、从文化土壤当中提取出问题，归纳出问题，现在基本上没有。我希望我们的学者们研究一下"现在为什么民间文学衰落了"。我们在文联十几个协会中越来越没有地位，现在《文艺报》《中国艺术报》都有美术的、戏剧的专刊，但是民间文学的刊物得自己出钱去办。所以，搞的人很少，而且没有系统。除了《论坛》以外还应该搞一个副刊，想一想新中国成立初期在《光明日报》最早一个副刊就是民间文学的，叫《民间文艺》，是钟敬文搞的。现在我们的民间文艺家协会应当到《光明日报》或者《中国艺术报》搞一个副刊，《中国艺术报》跟《文艺报》每期都有美术、剪纸这些东西，但是没有人搞民间文学。民间文学越来越不受重视，也没有学者了。我在《丝绸之路》2013年第7期上发表一篇《遥望西宁》的随笔，讲到我从青海拿到两本中国第一批藏族和蒙古族史诗《格萨尔》印本，一本是从英文翻译过来的，一本是从蒙古文翻译过来的，是当年在监狱中服刑的国民党县长、文化局长翻译的，他们懂外文。我在手机上发表了文字和文本图样，史诗研究专家学家、中国社会科学院荣誉学部委员郎樱先生批道："最早《格萨尔》与《玛纳斯》都曾由中国民协前身（民间文艺研究会）主导的，后与地方合作进行的。现在都放弃了。"事实正是这样，现在这些都被放弃了！这种状况不应该尽快得到改变吗？

我与非物质文化遗产保护 ①

一、抢救中国民间文化

刘勍：2002 年春，在京 85 位人文学者联合发表了《抢救中国民间文化遗产呼吁书》，随即中国民间文艺家协会发起"中国民间文化遗产抢救工程"。请您结合您的亲身经历，谈谈发起这项工程的初衷及目的和意义？

刘锡诚：关于人类口头和非物质文化遗产面临损坏以致消亡的问题，从 20 世纪 80 年代以来已引起了世界各国政府和联合国教科文组织的严重关切。多年来，联合国教科文组织通过了一系列相关文件，这些文件的条款以及所阐明的思想，得到了包括我国在内的世界大多数国家学者和政府的认同。

在我国，1999 年 9 月 18 日，在昆明 / 丽江召开了"云南民间文化、生态环境及经济协调发展高级国际研讨会"，我应邀到会做了题为《社会经济发展与民间文化的保护》的报告，提出了三点建议：第一，在小学生中加强传统民间文化的教育，包括在课本中加进这方面的内容，以增进学生的民族文化和乡土文化观念与知识。在有条件的少数民族地区，

---

① 编撰整理者：刘勍，中国民间文艺家协会副编审。原文收录于刘锡诚口述、刘勍编撰整理：《非物质文化遗产亲历者口述史——刘锡诚口述史》，北京：中国文联出版社，2020 年。收入本书时有较大改动。

开展双语教学，防止少数民族学生忘掉自己民族的语言和文化传统。第二，在有条件的地区，特别是少数民族聚居地区建立民间文化博物馆，在全国建立中国民间文化博物馆。第三，要充分估价民间文化在民族发展中的巨大作用、对民族文化的贡献和所处的地位，反对那些由于无知或故意低估民间文化价值的观点。在做保护工作的时候，既不能坚持"凡是存在的都是合理的"，也不能回到极"左"的"越是精华越要批判"的思路上去，要坚持历史唯物主义的观点。这个报告发表于《民间文化》1999 年第 4 期和美国纽约的华文杂志《中外论坛》2000 年第 2 期上。这说明，保护民间文化已成为大家关心的热门话题。

2002 年春，在中国民间文艺家协会主席冯骥才的倡导下，发起实施"中国民间文化遗产抢救工程"，85 位人文学者在北京发表了《抢救中国民间文化遗产呼吁书》。接着，以政府（文化部）为主导的"中国民族民间文化保护工程"在全国各省有选择地开始试点，有序地付诸实施，可望成为 21 世纪最能经得起时间检验的文化项目。

作为国家哲学社会科学基金特别委托项目，由中国民间文艺家协会实施的"中国民间文化遗产抢救工程"，是我国"非遗"保护的另一条战线，经过调查，于 2007 年 6 月 3 日认定了 166 位"中国民间文化杰出传承人"。多年来我们在杰出传承人的研究、传记的写作等方面，做出了可喜的贡献，从 2009 年起陆续出版的"中国民间文化杰出传承人丛书"，涵盖民间文学、民间艺术、手工技艺和民俗 4 个"非遗"类别，成为"中国民间文化杰出传承人"领域里至今唯一一套口述史性兼评传性的丛书。

刘勍：据我了解，中国民间文化遗产抢救工程，是在以往民族民间文化保护工作成果的基础上开展的，您能为我们具体介绍一下"中国民族民间文化保护工程"以及您在其中的角色和作用吗？

刘锡诚：新中国成立 50 多年来，在民族民间文化领域里，我国文化、民族、社科、文博等部门及多所高校主持进行过多次全国性、地方性、专题性调查采录工作，搜集和积累了大量可贵的资料。这些调查或普查中所得民族民间文化资料，对于认识中华民族的民族精神和研究民族民间文化的性质、特点、嬗变、作用，增强我们的民族自尊心和自信心，增强人民大众爱国家、爱家乡的意识以及国家和民族的凝聚力，起过重要的历史作用。在我的记忆里，全国范围的、有组织有领导的大规模调查有两次：

第一次，是 1955—1962 年间的全国民族调查，对各少数民族的民间文化做了有史以来第一次全面详尽的学科调查和记录，除了文字材料后来编纂为"国家民委民族问题五种丛书"和"中国少数民族社会历史调查资料丛刊"，还拍摄了大量照片、摄制了新闻资料片。那次调查的珍贵之处，在于记录下了各民族在进入新民主主义社会初期的包括民间文化在内的社会人文状况。这些民族民间文艺或民族民间文化普查或调查，不仅为我们保留下来了民族民间文化在 20 世纪 50—60 年代到 80 年代的生存状态，更重要的是，为 21 世纪之初将要全面开展的"中国民族民间文化保护工程"的全面普查打下了坚实的基础。

第二次，是自 1979—2000 年间由文化部、国家民委和中国文联有关文艺家协会联合主办的"中国十部民族民间文艺集成志书"的编纂及其普查和研究工作。这次普查及编纂的十部文艺集成志书，被称为"中华民族文化的万里长城"。它涵盖了戏曲、民间音乐、民间舞蹈、民间美术、曲艺、民间文学等 5 个艺术门类的 10 个领域，这次普查所搜集采录的民间作品是 20 世纪最后 20 年间还"活"在民间社会中的民间文艺，各类资料的丰富与搜集记录的科学，为 20 世纪百年所仅见。这次普查所搜集的资料，陆续以省卷本为单位，编纂为《中国民间歌曲集成》《中国戏曲音乐集成》《中国民族民间器乐曲集成》《中国曲艺音乐集成》《中国民族民间舞蹈集成》《中国戏曲志》《中国民间故事集成》《中国歌谣集成》《中国谚语集成》《中国曲艺志》等 10 套大型丛书。参加这次长达约 25

年的民间文艺普查和编纂的学者、基层文化干部总计约有 10 万人。

这次调查虽然刚刚过去了不到十年的时间，但在这个时段中，社会所发生的变革是异常剧烈的，特别是商品经济渗透到了社会的每个阶层每个角落，对民族民间文化的影响也是非常显著的，甚至是百年不遇的。故而此次民族民间文化的普查，除了对那些过去没有调查过的几大领域——民俗生活、手工技艺、民间美术等，要做重点的、全面的、科学的调查，还要对过去曾经调查过的民间文艺形式做重复和全面的调查与采录，以便积累自上次调查以来新发掘的资料和嬗变中的材料，从而对社会发展对文化变迁的影响进行比较研究。

2003 年，中国民族民间文化保护工程启动。后在文化部社会文化图书馆司的指导下，中国民族民间文化保护工程国家中心策划与组织、我参与起草和编辑的《中国民族民间文化保护工程普查工作手册》(简称《手册》)，经过许多专家大半年的努力，于 2005 年 5 月由文化艺术出版社出版。在即将全面铺开的全国民族民间文化的普查工作中，这本《手册》不仅在传授以田野调查为主要内容的普查知识方面，而且在不同民族、不同地区普查工作的科学化和规范化方面，作为一种重要的参考读物发挥了指导规范、统一步调的作用。也许因为我是《手册》的撰稿人之一和全书统稿人的关系吧，《手册》定稿和出版后，中国民族民间文化保护工程国家中心于 2005 年 5 月 20 日在京举办了"国家级非物质文化遗产代表作名录申报培训班"，国家中心的负责同志要我向培训班的朋友们做了讲座，我讲的题目是《关于民间文化的普查与分类问题》，其核心内容就是对《手册》的内容——主要是普查和分类——做简要的阐释。

在编写《手册》的过程中，经过多学科的专家多次讨论，权衡利弊，几易其稿，最后确定把我国民族民间文化分为 16 大类：1. 民族语言；2. 民间文学口头文学；3. 民间美术；4. 民间音乐；5. 民间舞蹈；6. 戏曲；7. 曲艺；8. 民间杂技；9. 民间手工技艺；10. 生产商贸习俗；11. 消费习俗；12. 人生礼仪；13. 岁时节令；14. 民间信仰；15. 民间知识；16. 游艺、传统体育与竞技。

这样的分类，显然与教科书上的分类法不同，相对比较细化。之所以这么做，主要考虑既要符合科学性，又要满足在普查时的可操作性，也便于普查所得资料信息化处理。可以说，可操作性成为我们的第一选择。"意识形态类"民间文化，即以往我们习惯称的民间文学（口头文学）、民间艺术（音乐、舞蹈、戏曲、曲艺、美术等），在普查中要记录文本，同时也要记录或附加有关民俗生存环境背景，即非语言因素的材料。"生活形态类"的民间文化，即以往我们习惯称的民俗（既有生产商贸习俗、消费习俗，也有岁时节令、人生礼仪等），则要求在调查中采用文字记录和录音录像等手段做全面的记述（描述）。二者的共同点，是强调调查记录的综合性、立体性，避免调查记录的单一性和片面性。如舞蹈，民众中固然有纯粹为娱乐而创编的舞蹈，但大多数是与神话传说、信仰或祭典仪式结合在一起的。

二、"民间文化"与"非物质文化遗产"的关系

刘勍：2003 年，为全面地保护民族民间文化，我国文化部又发起了"非物质文化遗产保护"活动。那么，您能谈谈"非物质文化遗产保护"与"中国民族民间文化保护工程"这两项工作之间的区别和联系吗？

刘锡诚：以往，我国学术界和官方文件中一向使用"民间文化"（或"民族民间文化"）这个术语。《中国民族民间文化保护工程普查手册》里所用的就是"民族民间文化"。这个专有名词是我们国内学界约定俗成的一个称谓，意谓由民众以口传心授的方式集体创作出来、传承下去，又为民众所享受的传统文化。联合国教科文组织 2003 年 10 月 17 日通过

《保护非物质文化遗产公约》之后，我国全国人大常委会已批准了这个
国际公约，我国政府随之成为这个公约的缔约国。于是，为与国际文件
接轨，在我国的法定文件中，开始采用"非物质文化遗产"来代替"民
间文化"一词。在《中国民族民间文化保护工程普查手册》里，"民族民
间文化"与"非物质文化遗产"这两个名词在不同的语境下交替出现，
也许更多的地方沿用习惯的称谓"民族民间文化"或"民间文化"，其实，
其含义都是一样的。但要特别说明的是，"中国民族民间文化遗产保护工
程"作为一项为期20年的国家文化工程，是"非物质文化遗产"保护工
作的一个部分。

对照联合国教科文组织《保护非物质文化遗产公约》(简称《公约》)，
不难发现我们学界惯用的"民间文化"("民族民间文化")，与联合国教
科文组织所创立、我国已采用的"非物质文化遗产"这两个术语及其含
义之间，并不能完全画等号，二者之间是有差异的。

从"民间文化"与"非物质文化遗产"异同的视角看，以往我们的学
术界和国家文件中所指称的"民间文化"，主要是指那些为不识字的下层
民众以口传心授的方式所集体创作、世代传承和集体享用的文化，是与贵
族文化、上层文化、精英文化等这类概念相对立的。而"非物质文化遗产"
这个新的概念，则不重视其创作者和传承者是否为下层民众，而只注重"世
代相传"的创作和传承方式，以及在社区和群体中的被创造、再创造和认
同感。

根据我个人的理解，"非物质文化遗产"概念所包括的内容范畴，要
比"民间文化"宽和大。比如我国申报并已列入《世界非物质遗产名录》
的维吾尔族木卡姆和蒙古族长调，属于过去我们所理解的"民间文化"，
因为这些项目不但其作者属于下层民众，传承方式是世代口传心授，并
在群体传承中"被不断地再创造"；而另外两个项目，古琴和昆曲，以及
已经列入我国第一批国家级非物质文化遗产名录的京剧、西安鼓乐、智

化寺京乐、景泰蓝、象牙雕刻等手工技艺等，就并非出自下层民众之手的"民间文化"，要么是有文人参与才广为流传，要么是自宫廷中下降或流落到民间的，要么是由寺院保存下来的宗教文化（音乐），但它们符合联合国教科文组织《公约》中所规定的"世代相传"和在社区、群体中传承（"被不断地再创造"）和有"持续的认同感"。可见"世代相传"———传承——是理解"非物质文化遗产"和"民间文化"的共同性的一个关键。

我们换一个视角，如果从文化的视角来看，联合国教科文《公约》中规定的"非物质文化遗产"的类别中，还有一些门类或项目，是我们过去多数人所理解的"文化"概念中未包括进来的，如第三项"社会实践、礼仪、节庆活动"，第四项"有关自然界和宇宙的知识和实践"，第五项"传统手工艺"。对我国基层的文化工作者来说，这些项目和类别都是陌生的领域。其实，这些领域本来就是文化的题中应有之义，是一个民族文化的重要组成部分，不过因为我们过去的理解过于狭窄，把许多本属于文化范畴的内容给忽略掉或排挤掉了。

三、我的非物质文化遗产保护实践

刘勍：近些年来，非物质文化遗产保护活动进行得轰轰烈烈，您也参与到非物质文化遗产保护领域的研究中，而且您本身也是国家非物质文化遗产保护专家委员会委员。可以说，从"非遗"保护工作刚刚起步开始，您就参与其中，目睹了我国"非遗"保护发展到今天的全过程，经常到各地考察，而且您参与了很多"非遗"保护文件的制定、项目和传承人评审，对"非遗"保护领域的研究有自己相当独到的见解。请结合您的经历，讲讲您所做的工作都有哪些？在此过程中，有没有您最难忘、印象最深刻的事或者最遗憾的事情？

刘锡诚：非物质文化遗产保护工程开展以来，我主要参加了三方面的工作：一、开展讲座和宣传，并到文化部或各省文化厅主办的各种培训班讲课，培训干部；二、参加"非遗"名录和传承人的评审（主要是民间文学类，我是召集人）；三、在文化部非物质文化遗产司的组织下，到各省区督查。

我所做的最早一次关于"非遗"保护的讲座是 2005 年 5 月 20 日，在中国民族民间文化保护工程国家中心举办的"国家级非物质文化遗产代表作名录申报培训班"上，题目是《关于民族民间文化的普查与分类问题》。

接下来，在中国艺术研究院民族民间文化保护国家中心主办的全国普查培训班，2006 年在山东省文化干部培训班，同年 3 月 14 日在河南省文化干部培训班、4 月 25 日江苏省文化干部培训班分别做了题为《非物质文化遗产普查的思路和实施》的讲座报告。在这些讲座中，我的一个重要观点是把非物质文化遗产分为两大类：一个部类是意识形态类；一个部类是民俗生活类学（口头文学）、表演艺术、具象艺术（如民间美术）。后者除了平常所讲的风俗习惯、人生礼仪、节令岁时、生产商贸、民间信仰等，还有一些综合性的民俗文化活动，如庙会、节庆、祭仪祭典、歌会等。

2006 年 6 月 9 日，我在首都博物馆举办了读者讲座，讲题是《非物质文化遗产的若干理论问题》。在这个讲稿的基础上，我在《中国非物质文化遗产》辑刊第 1 辑（文化艺术出版社 2006 年 5 月）上发表了《关于民间信仰和神秘思维问题——兼谈非物质文化遗产的理论问题》一文，旗帜鲜明地提出了一个口号："民间信仰不是烫手的山药。"

2006 年 7 月 15 日，我在贵州省雷山县西江千户苗寨吃新节开幕式上演讲，题为《芦笙响处，苗族吃新节》。2006 年 8 月 29 日，我在辽宁省非物质文化遗产保护培训班的讲座题目是《新世纪民间文学普查与保护的若干问题》。2006 年 11 月 15 日，我在中国艺术研究院研究生院非物质遗产保护培训班的讲题是：《新世纪民间文学普查与保护的若干问题》。2007 年 6 月 2—4 日我在由中国艺术研究院、中国台湾东吴大学主办，中国艺术研究院艺术人类学研究中心、中国艺术人类学学会承办的"2007'非物质文化遗产保护中的田野考察工作方法研讨会"上发言，题目是《民间文学调查的理念和方法》。2007 年 6 月 8 日我在北京湖广会馆发表演讲《关于非物质文化遗产的一些理论思考》。

　　2007 年 6 月 12 日，在上海民博论坛发表演讲，题目是《转变理念正当时——有关文化理念的再思考》。在这次演讲中，我对作为非物质文化遗产组成部分的民间信仰的文化性质和地位发表的意见，引起了"非遗"理论界的重视，如邢莉教授曾在《西北民族研究》（2016 年第 4 期）发表文章《民间信仰与非物质文化遗产——兼论刘锡诚对于民间信仰的文化思考》予以肯定和评论。我在这次演讲中说：

　　　　从政府的层面说，我们接受了联合国教科文组织的《公约》及其理念，但从两年来我们的实践来看，却又并没有完全转变理念，或者说，我们的保护实践与联合国的理念之间，还有一段不小的距离。譬如，我们比较重视非物质文化遗产中的"表演艺术形式"部分，而对第三项（如属于民俗的礼仪和节庆活动）、第四项（如图腾信仰、民间信仰）以及文化空间（如庙会祭典中俗神崇拜）等涉及意识形态的领域，则更多地持否定性态度，这不仅与联合国教科文组织的《公约》的理念不符，而且仍然在坚持一种非唯物史观的文化观。在第一批国家"非遗"名录的评审工作接近尾声时，曾经发生过一件令人震惊，也引为教训的事情：一个经由省级专家组签字通过、由省文化厅报到文化部和国家专家评审组并得以通过评审的民族民间叙事诗项目，却突然被一位省级领导干部出面干预，这个讴歌民族起源和民族图腾的民族长篇叙事诗项目因此被拉了下来，从此湮没无闻。也许这位领导干部是出于好心，但他却没有办好事，这件事所显示的实质，是在一些领导干部中，共产党人所崇尚的唯物史观并没有真正树立起来。重视表演艺术形式而忽视或轻视民俗生活和礼仪、忽视或轻视有关自然和宇宙的知识等领域的非物质文化遗产，是我们长期以来固守的文化理念，这种狭窄的、多少有些误谬的文化理念，还多多少少残存在于许多主持文化工作的领导干部的头脑之中。我们的祖先留给我们的丰富而珍贵的"民间知识"，如天象、农耕、田猎、游牧、航海、历算、风水、强身、祖先崇拜及民俗仪礼等，曾经养育了我们一代代中华子孙，积累和丰富了中华传统文化，培育了被称为"礼仪之邦"的中华民族，但遗憾的是，这些领域却很少得到各级文化部门的关注和发掘。

同年 7 月 4 日，我在贵州省黔东南州举办的"原生态民族文化高峰论坛"和中国民间文艺家协会、浙江省文联、嘉兴市人民政府主办的"第二届江南民间文化保护与发展（嘉兴海盐）论坛"的演讲中，提出和阐述了"非遗"的"整体性、原生态保护"思想，特别是提出了"民间信仰是非物质文化遗产的重要组成部分，也是建设和谐社会的重要组成部分"的思想。这篇文稿后来发表在《凯里学院学报》2008 年第 1 期上。

2008 年 6 月 28 日，我在苏州市非物质文化遗产普查工作培训班上发言，讲题是《新世纪民间文学普查与保护的若干问题》。同年 10 月 8 日，我又在中国非物质文化遗产保护中心主办的"非物质文化遗产项目保护暨传承人培训班"上发表讲演，题为《民间文学的基本特征与资源调查》。

2010 年 12 月 12 日，在亚太地区非物质文化遗产国际培训中心在贵阳举办的"非遗"传承人培训班上发言，我的讲题是《论"非遗"传承人的保护方式》。同年 12 月 21 日在中国艺术研究院研究生院主办的新疆班的讲演是《"非遗"背景下的民间文学调查搜集》。

2011 年 9 月 16 日，我在新疆师范大学举办的"第一届中国西北地区民间文化遗产保护与传承研究高级培训营"做讲座，2012 年 4 月 16、23日在中国艺术研究院研究生院等单位做讲座，讲题都是《非遗十题——我国非遗保护若干理论问题的探讨》。

2012 年 6 月 8 日，我在中国艺术研究院艺术人类学研究中心讲演，讲题是《及戏及怪 无侵于儒——走进巴渝文化》。同年 8 月 7 日，在绍兴市古香榧传说调查队调查人员培训班上讲的是《关于香榧传说调查及相关问题的一些思考》。

2013 年 2 月 21 日，我在文化部和中国非物质文化遗产保护中心召开的"传统节日文化论坛"上的讲题是《传统节日文化的继承与发展》。同年 6 月 25 日在"浙江省非物质文化遗产保护工作研讨班"的讲演题目是《非遗时代的民间文学及其保护问题》。同年 11 月 13 日，在中国非物质文化遗产保护中心于郑州主办的全国培训班上的讲演题目是《关于民间文学类非遗项目的申报和保护》。11 月 20 日上午，在中国艺术研究院非物质文化遗产数字化保护中心举办的"全国非遗数字化保护培训会"上的讲题是《民间文学数字化的学理探讨》。11 月 20 日下午在中国艺术研究院非物质文化遗产数字化保护中心举办的"全国非遗数字化保护培训会"上的讲题是《对民间文学类非遗数字化采集的一些理解》。12 月 18 日在第二批国家级非物质文化遗产保护研究基地命名颁牌仪式上的讲题是《理论与实践：保护的两翼》。

我先后参加了四批国家级"非遗"名录的评审和三批国家级"非遗"项目传承人的评审。不妨以第三批民间文学类传承人的评审为例，把2009 年 3 月 21 日所写的有关情况和体会胪列如下，作为历史的记录：

（1）第一批国家级"非遗"名录"民间文学类"31 项，第二批名录

53 项，第一批名录的扩展项目 5 项，共计 89 项。2007 年 6 月 5 日认定的第一批名录"民间文学类"项目代表性传承人 32 名（占国家级传承人 777 名的 7.9%）。这次申报的代表性传承人，包括第二批项目的传承人和第一批项目传承人的补充提名，共 71 人。评审结果，26 人入选，入选比例是申报人数的 36.6%。评审组一方面以申报材料为主，另一方面以专家们的相关知识作参照，按照文化部 2008 年 5 月 14 日发布的《国家级非物质文化遗产项目代表性传承人认定与管理暂行办法》的规定，进行了认真负责、一丝不苟的评审，无论是评审过程还是评审结果，我个人都感到满意。

（2）第一次评审时，经过专家组讨论研究，认为国家级传承人门槛应该高些，故曾提出过故事传承人以能讲述 500 个故事为底线。一些报上来能讲述 300 个或 200 个故事的故事家，均未能进入国家级项目代表性传承人的名录，列为"暂缓"。这次这些传承人再次申报了。在这次申报的传承人中，除了重庆走马镇的刘远扬能讲述 500 个故事外，其他都没有达到这个数字的。现在看来是太高了。这次，我们讨论修订了以前提出的以 500 个故事为底线的细则，放宽了尺度。十堰市丹江口市推荐的伍家沟村的罗成贵能讲述 300 个故事，宜昌夷陵区推荐的陈代金能讲 130 个故事。这次都通过了。还有，已有传承人的项目从严掌握，但一些年龄很大的地区，从传承的角度考虑，这次我们又增批了一位。如走马镇的魏显德已年届 85 岁，再也难以履行传承义务，所以同意增设刘远扬为传承人。

（3）广大以汉民族为主体的省区的申报材料中，有的材料写得较好，如辽宁省北票申报的陈永春的材料，湖北省宜昌都镇湾的孙家香的材料，不但提供了传承人能够传承（讲述）作品的数量，重要的是写出了该传承人个人的讲述特点和风格。但这样的材料数量不多。少数民族地区的申报材料，普遍要比汉族地区的申报材料写得认真，对传承人的情况把握得全面准确。省级的专家委员会构成是多学科的人员，对于某一项目或某一领域里的传承人而言，可能只有一个人比较了解，而多数专家成员是外行，故而专家组的结论显得粗疏、不到位、缺乏科学精神，有的甚至把一个写好的结论普遍地"拷贝"到所有的申报材料中。

（4）这次代表性传承人的认定工作，是在全国"非遗"普查已经或即将结束的时机进行申报和评审的，申报单位和省、自治区、直辖市非物质文化遗产保护中心理应对申报的传承人进行了基本的调查或做了口述史记录，但从申报的材料（表格）看，多数极其简略，文件所述，大体是重复项目基本材料，或由申报人自己填写，而没有对传承人的个性特点做出陈述。更有的是把其他人的材料和描述"拷贝"过来，文字甚至具体作品都一字不差。这样就大大减少了传承人的可信度和入选率。

（5）有些省、自治区、直辖市申报材料的基本观点与"民间文学"的基本特点相悖，把自己的创作与"口传心授、世代相传"的民间文学混为一谈，显示了这些地方的"非遗"保护中心对"非遗"基本理念认识上的误区。如江苏省靖江申报的宝卷传承人王国良，他创作了16部宝卷，收集了21部宝卷，已经由江苏文艺出版社出版的《中国·靖江宝卷》两巨册中收入了他所创作的15部宝卷。这种现象，在其他地方也有。专家组对此感到忧虑。

2009年11月以来，我先后参加了文化部非物质文化遗产司组织的督查组，到山西、陕西、江苏等省进行"非遗"保护工作的督查，并分别写有督查报告。

四、我的"非遗"理论探索

刘勃：您还有一个重要的成就，就是对我国非物质文化遗产保护理论所做出的贡献。近年来您在"非遗"方面写了不少的文章和专著，出版了《非物质文化遗产：理论与实践》等著作，对我国非物质文化遗产保护的理论建设做出了非常重要的贡献。您能谈谈您写作"非遗"理论书籍的目的、写作理念及方法吗？

刘锡诚：几年下来，我陆续写作了几十篇有关非物质文化遗产的文章和讲演稿。这些文稿都在各类报刊上发表过，有些还被文化界和学术界关注过。这些文章的特点，是应"非遗"保护工作的需要而撰，在一定程度上摆脱了"坐而论道"的学院式的风格，具有较强的针对性和现实性。这部《非物质文化遗产：理论与实践》里的文稿，就是从我的这类文章中遴选出来的。这本书的出版，也许会对各地正在如火如荼地开展的非物质文化遗产保护、普查、建档、数据库建设、传承人认定、干部培训，以及似乎还未被提上议事日程的非物质文化遗产的学科建设工作，多少有些参考作用。

此后，我又跟随着我国"非遗"保护的步伐，发表了不少有关"非遗"理论建设方面的文章和讲演，其中最值得注意的，莫过于《非遗十题——我国"非遗"保护若干理论问题的探讨》一文。其中所触及的一些理论问题，如"非遗"是国学，"非遗"的文化属性、价值判断、基本特点，"非遗"的文化渊源、民间信仰，文化区、文化圈、文化飞地，"非遗"保护的中国模式、学科建设，等等，做了一些思考和阐释。这许多理论问题，归结起来，就是我国的"非遗"保护已经形成了由名录建设、传承人保护、文化生态保护实验区等一系列举措构成的"中国模式"。2015年5月文化艺术出版社在编选一套十卷本的"非物质文化遗产保护理论与方法"丛书，不仅把拙著纳入其中，而且由编者为拙著定名为《非物质文化遗产保护的中国道路》（文化艺术出版社，2016年5月第1版）。从写作时间上说，这部选集所收最后一篇文章《探索城镇化进程中"非遗"保护新途径》，是2014年6月18日在文化部非物质文化遗产司和中国保护中心举办的"城镇化进程中的非物质文化遗产保护论坛"上的发言，发表在 2015 年 3 月 20 日的《中国艺术报》上。

刘勍：从整体保护情况上，已持续十多年的"非遗"保护工程对民族传统文化的保护发挥了积极的作用。这项工程最早是由学界发起的，那么对于现在的"非遗"保护，学界应有的态度和作用是什么？还应有哪些作为？除了参与编写论文、开展理论研究、直接参与保护之外，您认为学者们怎样做才算不忘初心？您能谈谈您对此事的看法，以及您的意见和建议吗？

刘锡诚：非物质文化遗产保护，在我国，最早是一大批学者签名呼吁加以保护的。但保护工程开展起来后，有一段时间我们的"非遗"理论研究却相对滞后，而理论研究的滞后，将在一定条件下不可避免地对"非遗"保护工作的开展造成制约。在大形势下，保护非物质文化遗产这样一桩涉及中华文化的延续、复兴、弘扬和繁荣的伟大事业，没有先进科学的理论和学者的支撑，是很难想象的。

我国启动"非遗"保护工程已经 15 年了，"非遗"理论的研究工作和学术水平，也有了长足的发展和提升。除了在各级文化主管机构建立了国家的和省、自治区、直辖市的非物质文化遗产保护中心外，文化主管部门原有的艺术研究院所、许多高校和社科院等的研究机构大多先后成立了非物质文化遗产研究的专门机构，"非遗"方向的博士生和硕士生陆续走出校门，充实到"非遗"保护和研究队伍中来。包括许多国家重大课题项目在内的"非遗"研究项目，获得了全国社科规划办和单列项目艺术规划办以及教育部、国家民委等部委的学术基金的批准和支持，大大推动了"非遗"研究的进展。陆续出版了许多有一定学术质量的"非遗"研究著作，学术水平也有了可喜的提升。理论研究滞后的局面得到了初步的扭转。

2006 年 10 月，我国第一部概论式的非物质文化遗产著作《非物质文化遗产概论》（王文章主编）由文化艺术出版社出版，在"非遗"理论研究领域，第一次创立了自己的学术框架，对保护工作中提出的一些实践问题和理论问题做出了回答，具有一定的开拓性意义。此后十余年来，除了一些有关"非遗"保护的学术会议论文集，又陆续出版了好几套由不同学术领域的学者撰写的非物质文化遗产丛书。学者撰写的"非遗"论文集和专题著作也陆续得到出版。诸如顾军和苑利的《文化遗产报告——世界文化遗产保护运动的理论与实践》（社会科学文献出版社，2005 年 7 月）、郑培凯主编的《口传心授与文化传承——非物质文化遗产：文献、现状与讨论》（广西师范大学出版社，2006 年 7 月）、傅谨的《薪火相传：非物质文化遗产保护的理论与实践》（中国社会科学出版社，2008 年 6 月）、向云驹的《解读非物质文化遗产》（宁夏人民出版社，2009 年 5 月）、刘锡诚的《非物质文化遗产：理论与实践》（学苑出版社，2009 年 6 月）、乌丙安的《非物质文化遗产保护理论与方法》（文化艺术出版社，2010 年 7 月）等。

即使从这些很不完全的研究成果资料中也可以看出，我国的"非遗"理论研究已经呈现出了初步繁荣的局面，昭示了值得重视的新趋势：第一，"非遗"的理论研究虽然起步较迟，而且局限于"非遗"保护工作的研究，资料的丰富和分类的研究毕竟为学科的建设打下了坚实的基础；第二，学术研究的重点，逐步由"非遗"保护研究向着非遗本体研究转移和过渡，而"非遗"本体研究的深度开展和成果的积累，乃是非遗学科走向成熟，同时也是"非遗"保护工作提升和可持续发展所必需的。

刘勍：在我国，高校中的"非遗"研究常放置于人类学、民俗学和民间文学等专业；在"非遗"保护刚提出的时候，并没有设置专门的专业。经历十几年，不少学者提出了"非遗"学科化建议的方案，有的大学已经开始开设"非遗"专业，对此您是怎么认为的？

刘锡诚：世界范围内的非物质文化遗产保护潮流，促使中国"文化自觉"有了很大的提高，"文化"理念发生了重大的更新，非物质文化遗产被提升到中华民族精神的基因、国家和民族凝聚力的重要因素，同时，我国的文化政策也出现了重大的调整。实践证明，"非遗"保护工作每前进一步，都离不开专家学者的参与和指导，而保护工作的顺利进展又反过来呼唤加强理论研究、提升学术水平。各类"非遗"研究课题的立项和结项、理论学术丛书和个人著作的出版，以及各种相关研究机构的建立、研究队伍的增量和素质的提高，有力地推动了"非遗"的学科建设。非遗保护和理论研究业已成为"非遗"保护事业的两翼。

对于我们这样一个文化传统悠久和多民族非物质文化遗产积累异常深厚的大国而言，如果没有一个学术水平一流的、成熟的非遗学科的支撑，仅仅把非物质文化遗产的保护当成一项行政工作任务和考核执政能力的科目来对待，"非遗"保护是难以做到"可持续发展"的。

我认为，急需从两个方面做出努力：一是建议由国务院文化主管部门制定一个推进学术研究的规划，在规划的指导下扶植和催生出一批体现 21 世纪第一个十年的生存状况的、符合学术规范的、资料完备的各省、自治区、直辖市分类"非遗"大典（全国"非遗"普查的结果，至今尚没有编纂出版）和一批学术水平较高的支柱性的学术著作；二是要在较为丰厚的学术积累下，博采众长，逐步建构和编制一个合理的学科框架，使保护研究和本体研究齐头并进。

几年前学界就有人发出了建立"非物质文化遗产学"的呼声。这种呼声，令人鼓舞，也令人期待。就我看到的材料，最早出现在正式出版物上印有"非遗学"这个名称的，是陶立璠和日本学者樱井龙彦主编的"国际亚细亚民俗学会理论文库"之一《非物质文化遗产学论集》（学苑出版社，2006 年 10 月）。接下来，2009 年 10 月 4 日，中国民间文艺家协会主席、天津大学冯骥才教授曾说："天津大学在'非物质文化遗产学'

的学科准备上做了大量工作，将力争在三年内将'非物质文化遗产学'列为国家学科。"（新华网天津频道，2009年10月4日讯）为了了解该校在学科准备上的进展，2010年2月，中国艺术研究院研究员、中国艺术研究院研究生院教授苑利的《非物质文化遗产学》出版。后来苑利撰写的一篇题为《呼唤非遗学》的文章在《人民日报》（海外版）上发表。苑利提出建立非遗学的两个条件，一是可能性，一是必要性。我想，这样的问题是不用回答的。现在，中山大学招收非物质文化遗产学研究生，湖北美术学院招收"非物质文化遗产研究"方向培养硕士研究生，在社会中有些非大学研究机构，比如中国艺术研究院也开始招收非物质文化遗产保护研究生。

在非物质文化遗产保护与传承规律的研究上，非物质文化遗产学的作用无人取代。综合各方面所得到的信息，建立非物质文化遗产学的构想，有的学校已经开始付诸行动了。当然，非物质文化遗产学学科的成立，可以整合不同类别的非遗的研究，成为一个严整的学术体系，这是众多从事这个新兴专业的人士，也是我所希望看到的。但现在我们所保护的非物质文化遗产，包括两个部分：一个部分是属于意识形态的；一部分是非意识形态的。要建立"非遗学"，就要找出它们之间共同的东西来，进行阐释和开掘。应该承认，距离"非物质文化遗产学"的最终确立和被承认，还有很长的一段路程要走。

刘勃：“非遗"学科化建设除了学理合法性的讨论，还有另一个问题是，“非遗"研究学术水平的建设和评价。您觉得应如何提高"非遗"的学术水平？如何才能更好地研究"非遗"的万千事项及其深厚的文化内涵？如何与民俗学、文化人类学、艺术学等学科进行学科交叉研究？

刘锡诚：“非遗"本身是多学科融汇的。以民俗为例，“非遗学"与民俗学的关系或异同，是近几年来媒体上、学术刊物上持续讨论的一个热门话题。有学者对"政府主导、社会参与"的非物质文化遗产保护的理念、分类，甚至保护模式提出了异议和批评，这在一定程度上引起了公众的注意，也促使人们对"非遗"和民俗二者的关系和异同做深入的思考。为了讨论，先引一小段论者的文字：

这样一比较（指国家级非遗名录的分类与钟敬文主编《民俗学概论》中所列民俗的类别——引者），我们很快发现，民俗学的对象，除了比非物质文化遗产保护的对象更为丰富一些外，所有的保护对象基本被民俗学的对象所囊括。民间文学、民间音乐舞蹈、民间戏曲、曲艺、民间美术、传统手工艺、传统医学等，这些无一不能从一般民俗学教程的分类中找到，它们都是民俗学研究的核心对象。……

有所不同的是，名录单列了"民俗"一类，共计70项，含节俗、祭典、庙会与礼仪服饰等，把民俗从民俗学学科中分离出来，颇令人意外。这些也是过去的民俗学的教材里的内容，为什么它们是民俗，而民间文学就不是呢？这点我们要注意。

中国的民俗学一开始就是以民间文学作为自己的主打目标，而外来的资源如班尼女士的《民俗学手册》一开头也是民间文学居前，就算民间文学独立出来，民间的戏曲表演、手工技艺总归是民俗吧，为什么它们就不是呢？单列出这样一款民俗，是怎么考虑的呢？这样的单列划分，给人造成的错觉是：民俗就那么一点东西。这不仅与钟敬文先生等主张的民众生活事项不符，也与以民间文艺取向为特色的经典民俗学大异其趣。

是不是我们有比民俗学成熟的理论范畴更适合非物质文化遗产保护这样一件实践活动呢？现在看来没有的。对于已经有的理论体系置之不顾，并错乱其体系，而保护作为一项实践活动，又要想另起炉灶搞理论建设，实在是一件不明智的事情。民俗学学科是一项以活态文化传统为研究对象的学科，它和文化遗产保护有矛盾吗？

我们是抛开民俗学这一学科的固有范畴来另立一个非物质文化遗产保护的学科，还是据此更进一步拓展民俗学学科本身的空间？显然，我们应该在已经有的民俗学的基础上进行理论探讨，因为没有基础的沙滩是没有办法建立起理论大厦来的。①

现在出现在"国家级非物质文化遗产代表性项目名录"上的十大类别，都在民俗的涵盖之下，统统都是民俗，而为什么要把民间文学、传统音乐、民间舞蹈、传统戏剧、传统曲艺、杂技、传统美术、传统手工技艺、传统医药等从民俗中单独独立出来，而在"民俗"类中仅剩下节日、祭典、仪式等寥寥几项呢？

现在的"国家级非物质文化遗产代表性项目名录"的分类，把民间文学、表演艺术、手工技艺等各自单列为一类，大体上是根据联合国教科文组织下属的政府专家委员会各国专家协商的结果，不是哪一个专家或哪一个国家的专家的一己之见。而《公约》中的（3）社会实践、礼仪、节庆活动以及（4）有关自然界和宇宙的知识和实践两类，包含了极其广泛的社会文化内容，在2003—2004年撰写的《中国民族民间文化保护工程普查工作手册》的《调查提纲》部分里，把调查对象分为（1）民间文学、（2）民间美术、（3）民间音乐、（4）民间舞蹈、（5）戏曲、（6）曲艺、（7）民间杂技、（8）民间手工艺、（9）生产商贸习俗、（10）消费习俗、（11）人生礼俗、（12）岁时节令、（13）民间信仰、（14）民间知识、（15）游艺、传统体育与竞技、（16）传统医药。在进入国家级名录申报和评审阶段时，文化部评审的决策机构可能认为（9）—（14）

① 引自田兆元：《关注非物质文化遗产保护背景下的民俗文化与民俗学学科的命运》，《河南社会科学》2009年第3期。

这 6 个类别，与联合国教科文组织的《公约》中的（3）、（4）相类，而且类别也嫌太多了，除了"民间知识"外，其他 5 个类别，都是民间的习俗，所以就统归在一起，名之曰"民俗"类了。这是我的想象，至今并没有人出来对此做出解释。我想，把联合国教科文组织的类别架构中国化，也是未尝不可接受的方案。在联合国教科文组织《公约》中的一些类别，如戏剧、音乐等，如若遵照论者所说的，归到民俗中去，怕是不仅会给人以有跑马圈地的感受，而且可能会陷入方法论的误区，给学科建设带来伤害。如昆曲、京剧、一些宫廷和寺院音乐等，如郑培凯指出的，已经充分人文化、精英化了，并非普通老百姓的口口相传的非物质文化了。而那些演绎帝王将相、才子佳人的剧目，尽管老百姓也欣赏，但它们毕竟不是普通老百姓的东西。民俗学把那些在村头地角撂场子演出的广场小戏纳入自己的版图，是题中应有之义；如果把那些已经充分人文化、程式化、精致化了的文人剧目也纳入自己的范围，难道是与民俗学的理念和规范相契合的吗？戏剧界通行的研究模式，即剧本、角色、唱腔、剧场等的研究，与民俗学的研究是一致的吗？回答自是否定的。有什么理由一定要把这类戏剧剧目等都纳入民俗学的版图？还有，传统技艺中的许多内容，民俗学可能有所涉猎，但绝非民俗学的本分，前面所引班尼（博尔尼）的话："民俗包括作为民众精神禀赋的组成部分的一切事物，而有别于他们的工艺技术……"手工技艺不是民俗学的研究对象，但却是建筑、冶炼、织造、酿造等不同领域的技艺类非物质文化遗产的保护和研究对象。有什么理由非要越俎代庖地、徒劳无益地把手工技艺、生产技艺这样的非物质文化遗产，混同于或纳入民俗学中来呢？至于民间文学（口述文学）单列一类的问题，既来自联合国教科文组织的《公约》，不仅体现了除没有参加《公约》的美国等西方的发达国家外所有签约国的学术理念，也是符合中国的国情和历史文化传统的。

五、"非遗"需要分类保护

刘勍：您在担任"非遗"评审工作民间文学小组的召集人期间，积极推动"非遗"申报文本的规范化，为民间文学类"非遗"项目进入国家名录做了大量工作。您认为民间文艺学以及艺术人类学研究对"非遗"保护的意义是什么？

刘锡诚：作为申报评审名录的专家组成员、民间文学组的召集人，前三批《国家级非物质文化遗产保护名录》的民间文学部分，都是在我主持的评审会议上通过的。2007 年 6 月 5 日公布的《第一批国家级非物质文化遗产项目代表性传承人名录》，认定了民间文学项目代表性传承人32 名。这是一个令人高兴的开端。2008 年 2 月 22 日公布的第二批名单中没有民间文学方面的传承人。接下来，2009 年 5 月 26 日公布的第三批民间文学项目代表性传承人 25 名。2012 年 12 月 20 日公布的第四批民间文学项目代表性传承人 20 名。至此，"民间文学"类"非遗"项目代表性传承人总数已有 77 人。

民间文学（口头文学）是人类与生俱来的一种口头语言艺术，它的生存、传播和延续，靠的是社会底层广大民众之间的口传心授。只要作为交流工具的语言被人类创造出来，人类就不断地创造出了民间文学（口头文学）；而民间文学（口头文学）之所以不断地被创造出来，是适应人类作为"社会人"之"表达意见"的需要。随着人类社会的递进，进入阶级社会，出现了社会分层和阶级对立，民间文学（口头文学）就成了被统治的下层劳动者、生产者专有的精神产品，作为他们的"心声"不断地被创造出来传承下去，并以其对社会的批判性与贵族文学、宫廷文学相区别、相对立。由于民间文学（口头文学）的传承和传播方式的口头性，任何民间文学（口头文学）作品，都是在不断地叠加和累积中完成的，即在传承和传递过程中，由群体和个人在不断地琢磨修改加工中有所增益，有所淘汰，不断完善。由于人类心理需求的增加和人类心智的提高，民间文学（口头文学）的体裁（形式）也日渐多样，由原初单一的神话，而形成神话、传说、故事、笑话、史诗、叙事诗、戏剧、说唱、谚语、俗语等多种体裁并存。

就其性质而言，民间文学（口头文学）是社会最广大的底层民众以幻想的、艺术的方式，反映客观世界、社会生活和心灵世界的一种文学作品，浸透着他们的价值判断、道德判断、伦理判断、是非判断等，故而具有鲜明的意识形态性。就其数量而言，民间文学（口头文学）在人类非物质文化遗产的所有门类中，不仅数量最为浩瀚宏富，而且也最为集中、最为直接地体现着民族精神或称作民族文化精神。民间文学（口头文学）在人类文化遗产中的重要性是不言而喻的。这也就是联合国教科文组织的《保护非物质文化遗产公约》为什么在"非物质文化遗产"的定义中将其列在 5 个门类之首的原因。

刘勍：您认为民间文学类"非遗"与其他类型"非遗"在保护模式上有何区别，应该注意问题的有哪些？

刘锡诚：我国各级保护名录是以十大类制建立起来的。以我个人观之，这十大类，虽然其共同的特点是以口传心授的方式世代相传，并在一定的地区（社区）和群体中传承和延续，但具体说来，却又各有其不同的表现形态和固有特点。以其表现形态论，至少可大略归并为四种情况：（1）口头演述方式的口头文学；（2）各种表演艺术形式，包括音乐、舞蹈、戏剧、曲艺、杂技等；（3）以物质为依托或与物质载体联系紧密的工艺美术和手工技艺；（4）与信仰和文化空间密切联系着的节庆、民俗等。

联合国教科文组织的《保护非物质文化遗产公约》中将其分为五大类，在我所归纳的四类之外，还把"有关自然界和宇宙的知识和实践"单列为一类。我以为，对于这四种表现形态不同的"非遗"项目，不要笼而统之地管理和保护，而要采取适合于各该表现形态的保护方式进行保护。也就是分类保护。

口头文学的保护，就显然与手工技艺的保护不同。我们无法开出一个"非遗"保护工作通用的济世良方，但我们不妨借鉴一些成熟的经验，提出一些建议供参考和选择。譬如，要为故事讲述人提供讲故事的环境和条件（譬如故事厅、故事室），有步骤地让讲故事、唱民歌的活动进校园、进幼儿园、进敬老院、进社区，建立和建设一定数量的非物质文化遗产教育基地和高校"非遗"研究基地，定期或不定期的在区一级、乡镇一级或街道一级，举办故事大赛，等等。由村落、街道自建，或由区里资助建立和建设这样的一个故事厅，并非难事。而对于已经进入国家级或市级名录的保护主体单位来说，办成一个这样的故事厅或歌厅，可谓易如反掌。

有些工作做得比较好或有条件的保护单位，如（北京市）凤凰岭传说、曹雪芹传说的保护单位，不妨举办有关风物传说、人物传说的全国性学术研讨会。这样的研讨会许多地方的市县已经做了，收到了很好的效果。

这样的举措和活动，一方面能提高老百姓对传说的认识的自觉性和自豪感，并因而扩大自己地区的影响；另一方面能借以深化本地文化人对传说的研究，吸引一些高校或研究所的学人对项目和资源进行更为深入的调查、探讨和研究，从而吸引有学术水准的中外学者参入其中，无论对传说的学理研究，还是对传说的长效保护，都是有益而无害的。

与学术机构合作进行保护，提升保护水平和文化自觉，是一种理想的保护模式。北京大学中文系的师生，在陈连山教授的带领下，在湖北省丹江口市官山镇和吕家河村建立了北大教学研究实习基地，每年都带领学生和研究生去做调查，搜集作品，写论文。一个小小的吕家河村，不仅受到了学界的广泛关注，而且也名扬四海。同样，北京大学中文系陈泳超教授在江苏省常熟市白茆建立了歌谣和故事研究基地，每年暑假都要到那里去做调查和研究，不仅写了论文，还搜集记录和编辑出版了一部 60 万字的《陆瑞英民间故事歌谣集》，并在北京大学举办了出版座谈会。这些都是很好的经验。

六、如何认识"非遗"保护中出现的问题

刘勍：虽然近年来"非遗"保护和传承已成为中国文化复兴运动的一个重要标志，各地方多种形式的"非遗"项目和活动进行得如火如荼。但相关问题也接踵而至，其中最为突出的是保护的理论准备严重不足，缺少在实地调查的基础上发展和深化的文化研究工作，造成了很多"非遗"项目的盲目上马和资源浪费。您能谈谈您对此类事件的看法以及意见吗？我们应该如何改善？

刘锡诚：前四批"非遗"国家级名录公布以来，有些地方的文化主管部门、项目申报主体和保护单位，并没有认真落实申报时承诺的保护措施，反而在利益和政绩的驱使下，形式主义、功利主义、经济主义膨胀，"重申报、轻保护""以开发代保护"的倾向愈演愈烈。以保护为名、行经济开发之实，实则破坏保护的事件层出不穷，由于一些地方的文化主管部门的不作为和措施不到位而得不到有效的制止。对于一些地方的领导来说，申报国家级、省市级、市县级名录，并不是为了保护，而是为了经济的利益，为了取得一时的政绩。开发商的介入可能为政府的保护提供一定的资金，但他们的出发点和落脚点都是为了赚钱，为了攫取更大的利润。在一些地方出现的表演性的演出，固然不能一概否定，但却也绝非保护的正途。据我所见，这种演出大体有两种情况：一种是一些文艺单位或公司，以"原生态"为名，把农村里的一些民俗艺术传承

者——歌者或舞者抽出来，对他们所演唱和表演的节目加以改造和"提高"，甚至让他们到城里的大舞台上演出。还有一种是出于增加经济收入的考虑，村寨把自己的民俗文艺当成商品，将其脱离开生存环境而为招徕游客而循环往复地表演。两种情况相比，后一种情况，村民的民俗艺术虽然脱离了其生存环境和其社会功能遭遇了异化，原本与生活和信仰紧密关联着的歌唱或舞蹈——民俗仪式，被赋予了商品的属性，参与演出的村民也因而发生了角色的转化或异化，但毕竟作为民俗艺术的形态还没有遭到很大的破坏；而前一种情况，则完全脱离了民众的日常生活和文化生态，不同程度地丧失了民俗艺术的朴真性，而完全变成了商品。我们在这一类的商业性和非商业性演出中不止一次地看到，为了讨好组织者和取悦观众，来自基层的"非遗"传承者们常常是盛装华服，浓妆艳抹，脱离和割断了自己民族的文化传统，甚至在编导的误导下，在"高雅""时尚"的诱惑下，做出种种曲解和有损民族文化原真性的表演，使民族和地区养成的非物质文化遗产瑰宝，迷失在通俗化、庸俗化、趋同化的浪潮中。凡此种种，当然不能都算到"遗产"译名的账上，但"传承"意义的"强制性"隐退，使得在保护方向上出现了普遍性的误导，与政府和学界保护非物质文化遗产的本意越来越远，却是无法否认的，也是急需下重药诊治的时代病。

刘勍：目前，我国大多数非物质文化遗产都面临着严峻的生存困境，保护措施力度相对较为薄弱，尤其是民间文学类，具有传承单一的特性导致其保护效果不佳。您认为现在民族民间文学类"非遗"面临的困境和问题是什么？以及有哪些主要原因？需要如何改善？

刘锡诚：这个问题要从民间文学本身的性质和特征来分析。民间文学（口头文学）总是要随着时代进展发生嬗变的，但这种嬗变是遵循着文化自身的变迁规律，而非人为的。我以为，民间文学（口头文学）的嬗变取决于三个因素：（1）生产生活方式的变迁，即自给自足的农耕生产生活方式的削弱，和逐渐为工业化、后工业化生产方式和现代化生活方式所取代；（2）血缘家族关系及其派生的礼俗制度和道德观伦理观的衰微；（3）城镇化运动的急速推行，使农村聚落的迅速消失。国家统计局公布，到2012年年底城镇人口已占到全国人口的52.57%，大量失去土地的农民住进了高楼，口头文学失去了传播的环境。失去了土地、失去了聚落环境，就是意味着失去了他们所熟知的传承文化。

多年来，关于非物质文化遗产的保护，政府和学界提出了种种保护方式，如整体性保护啦，生态性保护啦，生产性保护啦，展演展示啦，师傅带徒弟啦，建立传承基地啦，建立山歌馆、故事馆啦，"非遗"进校园啦，等等，无疑都是行之有效的，但也都是有一定限度的。至于民间文学（口头文学）的保护，虽然也提出了一些见解，但似乎并没有提出什么放之四海而皆准的、被政府认定的既定方式，还需要文化界和学术界同仁们继续根据民间文学的特点进行探索。

2011年《中华人民共和国非物质文化遗产法》（简称《非遗法》）开始实施。《非遗法》总则第三条规定："国家对非物质文化遗产采取认定、记录、建档等措施予以保存，对体现中华民族优秀传统文化，具有历史、文学、艺术、科学价值的非物质文化遗产采取传承、传播等措施予以保护。""保存"和"保护"并重的双轨保护理念和原则，得到越来越多的保护责任单位的重视和实施。"保护"的主要内涵，应是对活态的"非遗"项目进行整体性和生态性的保护。"保存"的主要内涵，应是对"非遗"项目，特别是那些逐渐走向衰落，甚至濒临消失的"非遗"项目进行记录保存。一个时期以来，以物质为依托、易于进行生产性保护的"非遗"项目，以及比较易于进入文化产业链的表演艺术类"非遗"项目，普遍受到重视，其保护力度相对较大，收效也令人瞩目；而对那些与底层老百姓日常生活休戚相关而又靠口口相传而得以延续的项目，其保护力度则显得相对薄弱乏力。后者以民间文学（口头文学）类为代表。

在全国"非遗"普查结束之后，有些责任保护单位在普查的基础上进行了更深入的调查，在调查的同时进行了科学的记录。最早编辑、出版了新世纪调查记录文本的，是列入第一批国家级非物质文化遗产名录的河北省藁城市耿村民间故事集——《耿村一千零一夜》。这部大型民间故事集收入了一千多篇民间故事，均为自 1987 年 5 月第一次普查 18 年后，于 21 世纪初进行的又一次调查记录的文本。接下来，第一批国家名录中的"牛郎织女传说"的责任保护单位山东沂源县，在山东大学民俗学研究所师生的合作和支持下，于 2006—2008 年先后进行了两次实地调查采录，其调查成果编辑出版了《中国牛郎织女传说·沂源卷》（除了调查报告《沂源卷》，还编辑了《中国牛郎织女传说·研究卷》《中国牛郎织女传说·民间文学卷》《中国牛郎织女传说·俗文学卷》《中国牛郎织女传说·图像卷》），并召开了"全国首届牛郎织女传说学术研讨会"。这两次调查，共采录了牛郎织女故事 56 个，发现了 5 个重要的故事传承人。陕西省西安市长安区在陕西师范大学文学院的支持下组织调查采录，傅功振主编的《长安斗门牛郎织女传说》，由陕西师范大学出版社于 2009 年出版。第二批国家级名录中的"八达岭长城传说"，责任保护单位北京市延庆县文化局也组织进行了调查采录，成书《八达岭长城传说》（上、下两册）由北京出版社于 2010 年出版。顺便说一句，万里长城横跨中国 10 个省区，是世界遗产，这些省区或多或少都有关于万里长城的传说流传于民间，但不知为何，除了北京市的延庆县外，其他 9 个省区都没有申请保护这个项目，更没有 21 世纪新搜集的传说作品奉献给广大读者。第二批国家级名录中的"满族民间故事"，其责任保护单位辽宁省民间文艺家协会在 2006 年全国普查的基础上，再次组织在校的硕士、博士对辽东六个满族县进行了深度的、科学的田野调查，记录了 800 则、总量达 200 万字的口头演述的民间故事，经过编选，辑成 120 万字的《满族民间故事·辽东卷》，已于 2010 年由辽宁民族出版社出版。第二批国家名录中的"刘伯温传说",其责任保护单位之一的浙江省青田县文联组织了调查采录,由曾娓阳主编《刘伯温传说》一书,由中国文联出版社于2008年出版。第三批国家级名录中的西部苗族英雄史诗《亚鲁王》,责任保护单位贵州省紫云县,从2009年起组织人力进行了浩繁艰苦的调查记录和汉文翻译工作,其汉文本第一部(两册,共12 000行)于2011年12月由中华书局出版,引起全国关注。第三批国家名录中的保护项目"曹雪芹(西山)传说"和"天坛传说",也由责任保护单位北京市海淀区的曹雪芹纪念馆和东城区非物质文化遗产保护中心相继组织了专项调查记录,其记录文本先后编辑出版了《曹雪芹西山传说》(中华书局,2009年)和《天坛传说》。第三批国家名录中的"锡伯族民间故事",责任保护单位沈阳市于洪区文化馆组织人力对其代表性传承人锡伯族老人何钧佑进行了现场采录,从口头讲述中记录下了60万字的锡伯族民间故事文本,编辑出版了《何钧佑锡伯族长篇故事》一书。遗憾的是,现在何钧佑已经辞世,这部记录文本为锡伯族留下了珍贵的民族作品。我这里所举的仅仅是我所知道的,大量的在新世纪调查采录的民间文学作品选集,还有待于权威部门发布全面可靠的统计,但仅仅这些在新世纪调查采录基础上编辑成书的民间文学选集,就已经证实了《非遗法》规定的"记录保存"原则的正确性:记录保存和保护,不失为民间文学类"非遗"保护可供采用的首选模式。

这些在新的社会条件下从田野中实地采录得来的民间文学作品,尽管数量还不够多,覆盖的面还不够广,但也多少能给我们认识现代条件下民间文学的嬗变提供了一个大致的面貌。我们从夏秋女士为《满族民间故事·辽东卷》写的后记里看到,当他们对20世纪80年代著名的讲述人进行回访时,他们所讲的故事与之前相比,就显得简化了,有些情节忘记了,语言也没有原来的生动了。

民间文学是语言艺术,叙述语言或歌唱语言是任何一个故事家或歌手的艺术生命和艺术风格的标志。我曾在一篇文章里比较研究过山东临沂女故事家胡怀梅和辽宁岫岩女故事家李马氏各自讲述的《蛤蟆儿》故事。她们几乎都是没有出过远门，但有过丰富人生阅历的老年女性故事家，她们所讲述的故事，各自都呈现出独特的风采。阅读记录文本尚且能体会到她们巧妙的艺术性构思、方言土语的魅力和无法复制的语言个性，如果真能按照美国学者理查德·鲍曼的"表演理论"，提供出她们讲述时的影像或描述，回到她们讲述时的临场情景中去，那将是多么好的艺术享受啊。

从全国来看，民间文学类"非遗"项目进入国家级名录前后，组织进行认真而科学的实地调查采录，并出版代表性传承人临场讲述和演唱的文本记录专册或当地还在以"活态"流行地区民间文学记录文本者，委实为数并不多，这些保护主体单位，显然并没有履行申报时的承诺。在这些地方，其载入国家名录中的项目形同空文，并没有得到很认真的保护。笔者寄希望于文化主管部门和媒体界的朋友给予关注，唤醒地方的"非遗"主管人员加强保护非物质文化遗产的责任感和文化自觉意识；同时也寄希望于高等院校和研究机构的专家学者和学生，要深入到基层田野中去，为老百姓中流传的民间文学（口头文学）做扎实的文本记录工作，使其以"第二生命"在更大范围内传播，使其传之久远。每个学校的民间文学教研室、各省社科院文学所的民间文学研究室，都应该有自己的体现学术理念的专有民间文学作品的选集。所幸的是，我们已经拥有了一批这样的民间文学作品经典选集。例如，辽宁大学江帆教授记录并编选的《谭振山故事精选》，江苏省文学研究所周正良研究员和北京大学陈泳超教授记录并合编的《陆瑞英民间故事歌谣集》，北京大学陈连山教授和湖北省民间文艺专家李征康先生主编的《武当山南神道民间叙事诗集》，黑龙江省文学研究所黄任远研究员主编的《黑龙江流域少数民族英雄叙事诗·赫哲卷》（记音和对译本，黑龙江人民出版社 2012 年），等等。我们常常为我们的源远流长而又没有断流过的中华文化感到自豪，我们也拥有不少民间文学的新老专家，但我们却始终没有编出一本可以与阿拉伯世界的《一千零一夜》、日耳曼民族的《格林童话》、丹麦的《安徒生童话》相提并论的、为全民族一代代人共享的民族民间故事集。上面我所提到的这几本由学者们在 21 世纪最初十年间从田野中采集来的民间作品选集，作为他们所在的学校和研究机构的代表性著作，无疑将会成为中国民间文艺和民间文艺学学科的经典留给读者和后人。建议文化部非物质文化遗产司和中国非物质文化遗产保护中心组织和主持编纂一套中国"非遗"民间文学类项目的大型丛书，为我们民族留下 21 世纪初民间文学活态讲（演）述文本的记录。

刘勍：当前我国的城镇化进程发展较快，对非物质文化遗产的生存土壤与文化空间产生了不小的冲击，您认为在这样的背景下"非遗"保护尤其是民间文学类"非遗"最应该做的是什么？面对城镇化，民间文学类"非遗"的前景如何？

刘锡诚：在新一轮的城镇化进程中，我国广大农村世世代代传承的包括非物质文化遗产在内的民间传统文化、乡土文化，面临着历史上再一次巨大的冲击，在许多地方出现了前所未有的衰微甚至灭绝的危局。

乡村城镇化的重要标志，是农村、农业、农民所谓"三农"生产方式和生活方式的转换，即相当数量的农民失去了或离开了祖祖辈辈赖以生存的土地，放弃了与农田耕作相适应的农耕生产方式和基本上自给自足的生活方式，代之而起的商品经济与工业化、人口迁移与人口聚集、城市社区取代传统乡村等，不可避免地改变了，甚至在一定程度上摧毁了非物质文化遗产依存的社会环境和物质条件。

要保护、传承和弘扬我国农耕文明条件下乡土社会中所葆有的传统文化（主要是广大农民、手工业者所创造和世代传承的非物质文化遗产以及包括以人伦道德为核心的乡土文化），首先要认清中国农耕社会的情况和特点。先贤蒋观云先生在 1902 年曾说过："中国进入耕稼时代最早，出于耕稼时代最迟。"其特点是具有凝聚性、内向性和封闭性，与自给自足的农耕生产生活方式、家族人伦制度相适宜的。而作为农耕文明的精神产物的非物质文化遗产和乡土文化，就是在聚落（村落）这一环境中产生并发育起来的。没有星罗棋布、遍布中华大地的聚落（村落），就不会有丰富多彩的非物质文化遗产和乡土文化的创造和传承。

乡村传承的非物质文化遗产，包括涉及面最广的民间文学，是最广大的民众以口传心授的方式世代传承下来的，其所以能够世代传承而不衰，就是因为它体现着广大民众的价值观、道德观、是非观，在不同时代都具有普适性，故而也理所当然地被称为中华民族文化精神和中华民族性格的载体。但中国的农民要逐步摆脱贫困，实现小康，富强起来，走工业化、现代化、农业现代化的道路，城镇化便成了规划中实现现代化的必由之路。而全面实现城镇化，改变以往城市和乡村"二元结构"的社会模式，那就意味着逐渐消灭以"差序格局"为特征的"乡土社会"及其人伦礼俗制度和乡民文化传统。显然，保护作为乡民文化传统之主体的非物质文化遗产（包括民间文学）和以人伦道德为核心的乡土文化，留住记忆，留住乡愁，与全面城镇化之间，就形成了当前中国社会变革的一对主要矛盾。中央关于城镇化的文件中已经提醒各级政府，"城镇化进程使传统的农村转型为城镇或城市，在转型中，要融入现代元素，更要保护和弘扬传统优秀文化，延续城市历史文脉。"

十多年来，保护非物质文化遗产和文化多样性已经成为世界各国有识之士的共识，我国的非物质文化遗产保护工作也取得了巨大成就，尽管还有一些文化界和学术界的人士没有转变他们轻视或蔑视非物质文化遗产的观点和立场，但毕竟让全社会认识了它作为民族文脉和文化宝库的社会历史的、人类知识系统的、文学艺术的、学术的、信仰的价值。我们已经初步建立起了国家级、省市级、地市级、区县级四级代表性"非遗"名录保护体系，传统文化保护区建设和传统村落保护也取得了可观的成绩，但由于东部沿海地区、中部中原地区、西部边远地区社会发展的不平衡，城镇化进程的不平衡，"非遗"类别和性质的差别，保护单位素质的差别和措施落实的不同，面对着城镇化进程带来的保护工作的矛盾和挑战是空前严峻的。

几年前，我在长三角地区看到过不少这样的村落：原来以务农为业的农民离开了熟悉的聚族而居的村落，搬进了成排的高楼单元房组成的新社区，他们失去的不仅是土地（我问过他们，他们连自留地都没有了），从根本上失去了世世代代所处身的"差序格局"的乡民社会环境，成了所谓"鸡犬之声相闻，老死不相往来"的"准"城市居民。北京的天通苑社区里，也有不少这样的因村落和农舍拆迁而搬来的老农民。他们虽然有了新居民的身份，但他们的内心却被孤独感所缠绕。这些昔日的农民、今日的居民，整日里显得无所事事，只好靠打牌或看电视打发日子。他们世代处身于其中的以家族和人伦道德为核心的乡土文化，曾经养育了他们的非物质文化遗产，耳熟能详的民间故事、民歌民谣，也随之远离了他们。

我们要探索在新的城镇化进程中传统的乡土文化、非物质文化遗产、民间文学保护的新途径。在我的视野中，北京石景山区古城村的秉心圣会，应该说是在大城市郊区城镇化进程中探索新的应对措施相对比较成功的一例。记得当时古城村向国家文化主管部门申报秉心圣会为国家级保护名录项目时，恰逢古城村根据北京市政府的城市规划启动拆迁，到会的评审专家们十分为难，一时委决不下，一方面因为秉心圣会包含了灵官旗、桃筐、钱粮筐、公议石锁、太平歌会、龙旗牌棍、中军、四执、娘娘驾、督旗等"花十档"，这一档文武兼备、形式多样、传承和流传了几百年之久的民间花会，已经成为京西文化的一个代表性符号；另一方面，已经履行过法律程序的市政府城市改造计划决定了古城村居民整体拆迁，改建为由 12 栋高层板楼组成的嘉园小区，这个显然缺乏传统文化保护意识的城市改造计划，不是石景山区文化委员会一个部门所能改变的。无奈中，评审专家们提出，为挽救秉心圣会这一"非遗"项目，在安置村民时，要相对集中在几栋楼里，同时，要求把开发商请到现场来当着专家们的面立下承诺，在楼群中间修建一个土质的大广场，以便秉心圣会的成员们在此举行演练活动。如今，新楼盖好了一部分，目前正准备在楼区的一条 200 米长、20 米宽的路段上建一座标志性的牌楼，作为每年走街的地点。同时，正在利用新楼的地下室筹建一个非物质文化遗产展室，包括存放古村的老物件。

无可否认，城镇化进程给"非遗"的生存传承和保护工作提出了挑战，带来了前所未有的冲击，需要新的思维和新的智慧，从而激活其传承和赓续的生命活力。这是我们这一代人的时代使命。

城镇化使我们的乡土文化和"非遗"保护工作遭遇了一个新的转型期，应该适时地做出调整。我以为，这些调整应该包括：

1. 应在遵循整体性、生态性、在生活中保护这三大保护原则下，分别按民族、地区（充分考虑到文化圈与行政区划的矛盾）、门类，探索和采取有个性、有针对性、行之有效的应对保护措施。

2. 对于"非遗"而言，农村与城市是有差别的。一般而言，农村的"非遗"大半是以农民劳动者为主的底层的乡民文化，城市的"非遗"大半是属于中层文化的市井文化，在价值观和审美观上有着显然的差别。建议不失时机地对全国农村葆有的"非遗"项目进行新一轮的普查并做出科学的评估。弄清近十年来已经消失了的和处于危机境遇中的村落，特别是古村落及其所属"非遗"和乡土文化的底数，做到心中有数。把力量更多地向农村倾斜，做扎扎实实的保护工作。尤其要改变目前普遍存在的、村子里的项目"非遗化"之后便走向"表演化"保护思路。

3. 加强和提升专家在"非遗"保护中的作用。现在，专家充当的大体是"咨询"的角色，基本不参与保护实践。建议拟定制度，强化其在"非遗"保护中的智囊和指导作用；专家也要提高责任意识和担当意识。

当今时代发生着巨大变化，我国这种千古未见的大移民，既改变着农村和城市人口的结构，同时也正在改变着他们的身份，促使中国的传统文化，发生了前所未有的移动和嬗变。中国的城镇化增长迅速。有许多研究者关注于此，比如蔡丰明先生的《城市语境中的民俗保护》（上海社会科学院出版社，2010年），以上海为例探索都市语境中的"非遗"保护，但也是当前我国非物质文化遗产及其保护和研究中遇到的一个备受关注的前沿课题。

城镇化是农村走向富裕、走向文明、走向现代化的必由之路，这一点可以肯定。但有人提出来一个"深度城镇化"口号，我对此表示怀疑。中国的村落与西方的社区有根本不同，现在有些文化人类学家拿西方的社区来套中国的村落，是不可取的。村落是以种姓、血缘为基础的，大姓望族往往主宰或主导着一个村落的礼俗取向。而礼俗的嬗变才是社会发生嬗变乃至转型的最重要、最深刻的标志。北京城镇化最突出的村落是古城，它原为一个明代就存在的村落。因为开发商征地建高楼，原住户在房屋被拆迁后，被安置到楼群里去了。原住民的生存环境发生了巨大变化，导致古城的传统文化发生了断裂。如今，昔日的古城，古商道上的古城，及其特殊的文化传统，大半已不复存在了。

江、浙、沪的好多地方，有的是城市郊区，如今已经基本上城镇化了。城镇化的结果直接影响到了传统文化的生存环境，也就是说，传统的"文脉"被割断了，传统的民俗文化在这些地区或者面临濒危，或者基本上断流了。而在人大和政协会议上一些代表或委员在论述城镇化问题的时候，主要的着眼点是经济发展和社会发展，完全没有顾及文化的传承与延续，即"文脉"的延续。文化压根儿被忽略不计了。文化传承对乡民社会的构成和发展的重要性，对乡民社会向城镇社会协调发展的重要性，是一个很大的、不可忽视的问题，否则将来要受到历史惩罚。

刘勍："非遗"保护和文物保护、古建筑保护等其他文化遗产保护有明显的区别。"非遗"除了要保护、记录，还要实现活态传承，在具体工作中还要准确界定传统知识和传统文化表达，以及如何恰当利用土著法和土著机构管理与保护当地文化遗产，都是亟待解决的难点。那么，您认为我国现在"非遗"保护工作最大的难点和问题是什么？您是如何看待这些问题的？我们应该如何克服和解决这些问题和难点？

刘锡诚：对于我国来说，导致非物质文化遗产渐趋式微的原因固多，也很复杂，但最重要的是：

第一，农耕文明生产方式的衰落以及宗法社会家庭和人伦制度的衰微。

农耕文明生产方式（包括狩猎经济）的衰落，以及宗法社会家庭和人伦制度的衰微，是导致非物质文化遗产衰微的根本原因。民间文化（非物质文化遗产），在史前时代就滥觞了，而大量产生和发展繁盛却是耕稼时代的事。中国处于农耕条件下的时间十分漫长，前后有几千年的时间。有学者说：中国进入耕稼时代最早，出于耕稼时代最迟。现代化的急速发展，把自给自足的农业也带入了市场。同时，依赖于农耕条件和与之相适应的宗法社会家族制度、上层建筑领域的人伦观念与价值观念，逐渐淡化，甚至被新的生产关系、社会关系、观念所代替，非物质文化遗产生存、传播、传承的基础逐渐变得十分脆弱。

第二，是居住和人际关系的问题。

农村聚落是非物质文化遗产传承传播的重要载体，村落在 20 世纪90 年代以来发生了天翻地覆的历史性变革。尽管有学者调查得出的结论认为，全球化的受益者并非大多数农村及其居民，农村受益者大约只有30%，全球化、现代化给予农村生产方式的改变以及家族和居民之间关系的变迁的影响无疑是历史性的。在大城市郊区，农民最先失去了土地，聚族而居的村落被封闭的大楼单元房所代替，农民变成了准市民，失去了茶余饭后相聚谈天交往的条件。现代化进程所给予农村的影响表现在：大量的青壮年外出打工谋生，村子里只剩下老年人、妇女和儿童，农村的人口结构发生了急剧的变化，非物质文化遗产的传承受众锐减；在传统父权社会、村落、家族的礼俗中，一向处于边缘地位或被排斥状态的妇女，一跃而成为支撑夫家生存掌门人和礼俗执掌者的主要代表者，使原来的宗法家庭的结构和人生礼俗的传承，发生了根本性的变化，而这一变化，从根本上动摇了或颠覆了传统的农业社会和父权家族的礼俗制度；电视、电话的普及，信息的快捷与多元，外国的和本国的通俗文化的入侵，改变着青年人的价值取向、知识结构、娱乐趣味，青年人宁愿坐在电视机前观看电视节目，也不再愿意听老奶奶讲故事，不愿意参加老爷爷和老奶奶们的仪式舞蹈。加之非物质文化遗产的文化保守性、区域封闭性等，使传承者得不到经济利益的满足，因而使大量的民众失去了传承的兴趣。

第三，外来文化的强力影响。

外来文化的强力影响，导致民族文化重构的步伐大大加快。特别是在一些民族地区。外来文化，既包括毗邻而居的和杂居的汉族和其他兄弟民族的文化，也包括外国的文化（最强势的是美国文化）。外来文化的影响，使以非物质文化遗产为主体的原生文化极大地削弱了，在削弱和牺牲本民族或本地区的非物质文化遗产的条件下，形成了多元文化格局。

保护"非遗"，保护传承人是关键。但掌握着非物质文化遗产的智者（如少数民族的寨老、师公等）、传承者，随着年龄的老化或自然死亡，使非物质文化遗产的传承和延续出现了后继乏人的局面。如今我们常听到某某故事讲述者、歌手、工艺大师或技艺大师不幸去世的噩耗，许多口头传统或技艺，还未及传授便消失无闻，许多著名的国家级代表性传承人先后去世，使他们所代表的"非遗"项目因而处于濒危状态或成为绝唱，使国家级非物质文化遗产项目的可持续发展受到了威胁。

生态性保护、整体性保护是政府部门和学者们的理想。但非物质文化遗产的衰微趋势应该说是不可遏制的。至少在民间文学和艺术表演领域里，传承已经遇到了很大的困难，现代生活方式、生活观念、信仰趋势、信息来源等的变化，使年轻人不再像他们的前辈那样，以听民间故事、看草台班子演出的小戏为满足了，即使传统意义上的"非遗"项目还在继续，如说听民间故事和表演艺术的项目，趋同化和简约化的趋势也在日渐加剧。我们痛感到已经无法再回到20世纪八九十年代"十部文艺集成志书"的年代了。事实教导我们，要赶紧抢救，用手中的笔和现代化工具记录下一切能够记录的非物质文化遗产，使其以"第二生命"流芳于后世。这无疑也是"非遗"理论工作者的责任之一。

对"非遗"的保护，要根据"非遗"项目的特点和性质而采取不同的、适合于该项目的保护方式，而不能照抄照搬，一个方子吃药。我们在保护工作中大致采取了四种保护方式：第一种方式，对传承人保护；第二种方式，抢救性保护；第三种方式，生产性保护；第四种方式，立体的、系统的、整体的生态保护，即建立文化生态保护区。但所有的项目，不论采取何种方式，都应是围绕着传承人的保护，最终都要落实到对传承人的保护上。我们要充分意识到，"非遗"项目是因传承人的存在而存在，没有了传承人，也就意味着传承链条中断了，传承链条中断了，再妄谈什么"非遗"，都是没有任何意义的。传承人的保护，除了给予现在的代表性传承人资助和提供必要的传承条件，还包括传承人的继承者的培养。

凡是有重要价值的"非遗"项目，即被列入各级保护名录的项目，就标志着这些项目受到国家层面的保护了，各级政府文化主管部门及由国家确认的保护主体，要分级把它保护好，使它能传承下去、延续下去、发展下去，保持文化的可持续发展和文化的多样性生态，从而惠及子孙后代，给后代留下灿烂的非物质的文化遗产。

进入各级非物质文化遗产名录，既是一种荣誉，也意味着是一份责任。无论是对政府主管部门及其办事机构来说，还是对经过政府批准的项目保护主体和项目传承人来说，都是一份责任。五年来，我国已初步建立起了四级非物质文化遗产名录体系。这四级名录，是国家级、省（市）级、地（市）级、县级。凡进入这四级名录的"非遗"项目，都受到各级政府的保护，从申报、到评审、到批准（准入），从经费到机制，保护体系和制度在逐渐完善。反过来，各级政府（主要是主管部门）的肩上，也加重了一份责任，要对得起民族、民众、民心，也要经得起历史的检验、经得起上级和民众的检查。我们说是初步建立，就是说，还要进一步完善。

七、"非遗"保护的关键是对传承人的保护

刘勍：您曾写过以传承或者以传承人为题的多篇文章，您为何对这个主题感兴趣？您觉得在当下的环境和氛围中，保护"非遗"传承人群的方式和方法是什么，应如何保护促进传承人进行传承活动？

刘锡诚：非物质文化遗产保护的关键和核心，是对传承人的保护。这个观念是在多年来的保护工作实践和理论研究中逐渐形成和逐渐被认同的。

非物质文化遗产的基本传承方式是口传心授，通过口传心授的方式在一定范围的群体（族群、社区、聚落）中得到传播和传承，绵延不绝，世代相传。现代人所掌握的非物质文化遗产，基本上都是通过口传心授而习得、而传递，并在社会群体中约定俗成的；也有些事象和项目，因受到历代文人学者关注，从而根据老百姓的口传而记录下来，为史籍所

载，如笔记小说中所记载的传说故事，髹漆、刺绣、风筝等手工技艺等，但那毕竟是很有限的。

非物质文化遗产主要是在农耕文明条件下，以口头和记忆的方式在民众群体中得到保存和传播，即所谓口传心授的方式，一传十十传百地传授给他人，传递给下一代，给民众带来知识的提升和补充、道德伦理的教育、社会秩序的规范、高尚精神的满足和审美的愉悦与快感。虽然一般说，非物质文化遗产是由个别杰出的传承人所传承和传递的，但要补充指出的是，有些非物质文化遗产，如前面提到的庙会、歌会、节庆、游艺等，其传播和传承，通常也许并非全由某一个传承人所为，而为群体所习得，群体所传承，甚至变成了集体潜意识行为。

所以研究"非遗"，就要研究其传承。非物质文化遗产传承有两种传承模式：群体传承和传承人传承。传承人的习得和传承，我在《论非物质文化遗产的传承与传承人》一文中已有论述，这里不赘。传承人是非物质文化遗产的重要传承者和传递者，他们掌握并承载着比常人更多、更丰富、更全面、更系统的非物质文化遗产的知识和技艺，既是非物质文化遗产的"活"的宝库，又是非物质文化遗产代代相传的代表性人物。对传承人的保护，是非物质文化遗产保护工作的关键所在。

自 2006 年起，我国开始着手建立非物质文化遗产名录，十余年来，已经初步建立起了由国家级、省市级、地市级、区县级四级名录构成的名录体系。通过各省申报、专家评审、评审委员会认定、社会公示、部际联席会议协商，2006 年 5 月 20 日，国务院批准公布了第一批国家级非物质文化遗产名录（518 项）；2008 年 6 月 14 日又公布了第二批国家级非物质文化遗产名录（510 项）。合计 1028 项，同时公布了"非遗"扩展项目名录 147 项（共 657 项）。2011 年 5 月 23 日，国务院公布了第三批国家级非物质文化遗产名录的公示名单（355 项），2014 年 12 月国务院公布了第四批国家级非物质文化遗产名录的名单（306 项）。进入各级名录的"非遗"项目，就成为在国家层面上受到保护的项目。

截至目前，我国已公布各类"非遗"项目代表性传承人 1986 名。前不久，国家刚刚公示了第五批传承人推荐名单，共 1113 人。（注：2018年 5 月 16 日公布的正式名单为 1082 人。）

文化部于 2006 年 11 月 2 日公布了一个专题性的文件——第 39 号部长令，颁发《国家级非物质文化遗产保护与管理暂行办法》，其中第十二条对国家级非物质文化遗产项目代表性传承人的认定标准、权利、义务及管理做出了具体规定；2008 年 5 月 14 日颁发的第 45 号中华人民共和国文化部令，公布了《国家级非物质文化遗产项目代表性传承人认定与管理暂行办法》，对如何保护传承人进行了规定。两项规定内容，是对国家认定的项目代表性传承人的基础性保护措施。

在管理和保护传承人方面，国家做了很多工作。首先是传承人的认定工作，至今一共推荐认定了五批。前四批已经得到确认，第五批现在还处于公示阶段。其次，是国家级传承人的抢救性记录工作，分批逐步对国家级传承人开展记录。此外还有"中国非物质文化遗产传承人群研培计划"，2015 年 11 月，文化部联合教育部印发了《关于实施中国非物质文化遗产传承人群研修研习培训计划的通知》，正式在全国范围实施。

政府主管部门和保护主体还应进一步加强这方面工作的倡导和开展。建议不妨有明确的规定，譬如，已被命名为国家级、省级项目代表性传承人的传承者，每年至少应参加多少次公益性的表演或传授活动，使他们的传播和传习活动融入社会、融入生活、适应时代。

开展和参与日常的传承活动，参加各种展演活动，也是传承者提高修养、锻炼业务能力的一种机会，因而也被视为是对传承人实行保护的措施之一。更要多关注"非遗"传承人的老龄化，每年都有老一辈的传承人告别人世，必须重新认定新的传承人来接替。

我国"非遗"保护的另一条战线，是作为国家哲学社会科学基金特别委托项目，由中国民间文艺家协会实施的"中国民间文化遗产抢救工程"，经过调查，于 2007 年 6 月 3 日认定了 166 位"中国民间文化杰出传承人"。几年来在杰出传承人的研究、传记的写作等方面，做出了可喜的贡献，从 2009 年起陆续出版的"中国民间文化杰出传承人丛书"，涵盖民间文学、民间艺术、手工技艺和民俗 4 个类别，成为"中国民间文化杰出传承人"领域里至今唯一一套口述史性兼评传性的丛书。

如果进一步要求，是否可以考虑根据能力和可能在传承人的保护方面加大力度，制定出一些必要的项目和可行的办法？我以为，内容至少应包括两个方面：首先，抢救性记录杰出传承人所掌握的"非遗"资源。20 世纪 80 年代到 20 世纪末，围绕着编纂"中国民间文学三套集成"所进行的全国民间文学普查已经过去 30 年了。在这 30 年里，中国社会发生了巨大的变化，包括民间文学在内的民间文化也在社会变迁与转型的影响下发生着或发生了历史性的变化，记录下当下形态的民间文学、民间文艺等"非遗"文本和影像，即 21 世纪最初 10 年的形态，作为时代的见证，而不是继续沉湎在 20 世纪 80 年代所记录下来的民间故事、民间歌谣及民间谚语等的遗梦之中。其次，走出狭隘的研究格局，为已经认定的传承人提供或创造条件，帮助他们向年轻一辈的人传授自己的知识和技艺。

刘勃：" 非遗"项目是靠千千万万的传承人发扬传承的，但是现在传承人高龄化、老龄化的现象十分严重，尤其是民间文学类、戏曲类、传统舞蹈类等项目的传承人。为了防止人走技失的情况，文化部在 2013 年 3 月 15 日出台了《国家级非物质文化遗产代表性传承人抢救性记录工程"十二五"时期实施方案》，您对这项工程的看法和观点是什么？针对民间文学类"非遗"，我们在运用的先进的现代化手段有什么？应该注意哪些方面？

刘锡诚：对于民间文学类"非遗"的保护方式，我个人的观点，第一是提倡记录保存（包括文字记录和影像记录）的保护方式，不仅符合《中华人民共和国非物质文化遗产法》的规定，而且也是世界各国普遍采用的有效的保护方式，只要把讲述演唱的文本记录下来了，头脑里储存了大量民间文学作品。而高龄的故事家、歌手、说唱艺人一旦过世，其记录文本就成为其生命和遗产延续的唯一根据。诚如鲁迅所说的："因为没有记录作品的东西，又很容易消灭，流布的范围也不能很广大，知道的人们也就很少了。"遗憾的是，这一点，至今并没有为所有地方的领导者所认同和推广。

采用录音录像的手段进行记录保存，把记录下来的"非遗"项目成数字化，标志着"非遗"保护模式的重大转变。文化部已经成立了中国非物质文化遗产数字化保护中心，负责国家"十二五"规划中已经做出规定的"非遗"传承人抢救工程的进行。民间文学（口头文学）类"非遗"的数字化保护，也已经选定了一个试点——吴歌，并制定了负有保护责任的苏州、无锡、常熟、张家港等八个地区和单位作为采录对象地。中国民间文艺家协会正在开展的"中国口头文学遗产数字化工程"，目的在建设一个以 20 世纪 80 年代到世纪末的"中国民间文学三套集成"县卷本为资源的数据库，迄今已经录入了县卷本 4852 本，字数据说过亿。这样，20 世纪 80 年代，即 20 世纪末还在中国各地老百姓中口头流传的民间文学（包括神话、传说、故事、歌谣、史诗、叙事诗、谚语谜语、民间小戏、民间说唱等九大类民间作品的文字资源），将被尽数囊括其中，使其成为世界上数据最多、库容最大的中国民间文学数据库。据悉，此数据库不日即将基本完成，交付使用。但这个数据库里的资源，还不包括 21 世纪第一个十年间在民间流传的活态的民间文学的样相，现代仍然在民间流传的民间文学的活态样相的数据，有待于正在进行的非物质文化遗产保护工程中实地采集来的鲜活数据。

第二方面，我提议将已立项的成果编辑成册。在这方面我们已经取得一定的成绩。中国非物质文化遗产保护工程是 21 世纪由中央政府文化主管部门启动的一项以非物质文化资源普查、保护、传承、弘扬为旨归的国家战略。建议编纂《中国非物质文化遗产·民间文学》公开出版。所有进入国家名录的传说项目的责任保护单位，都能编辑一套尽量完整的、能够体现 21 世纪我国收集与保护传说情况和理论学术水平的丛书，以此展示我们的收集与保护成果，同时可惠及后人。

八、"非遗"的数字化采录

刘勍：随着科技的进步，"非遗"在保护模式和手段上有了极大的提高和创新。比如，2011 年国家开始推行"非遗"数字化采集项目，请您结合您的工作经验感受，谈谈您对民间文学类"非遗"数字化采集的看法和观点？

刘锡诚：2010 年 1 月中国艺术研究院受文化部委托启动了"非物质文化遗产数字化保护工程"。2010 年 12 月 6 至 8 日在京召开了"非物质文化遗产数字化保护工程（十二五期间）建设规划论证会"，讨论并论证了领导小组下属起草组所起草的《国家重大信息化工程建设规划（2011—2015）·非物质文化遗产数字化保护工程项目建议书》（简称《建议书》）。《建议书》规定要建设一个包括普查资源数据库（包括名录、传承人）、项目资源数据库、专题资源数据库（包括保护区、抢救保护专题）、科研数据库、工作数据库、公众数据库 6 个分数据库组成的"非物质文化遗产资源数据库"。目的是"运用文字、录音、录像、数字化多媒体等各种方式，对非物质文化遗产进行真实、系统和全面的记录，建立普查档案和数据库"。其中的"普查数据库"，主要内容是 2005—2009 年进行的全国非物质文化遗产普查工作中获取的各种资料，而普查所获"民间文学"

类资料为 344 322 项，在非物质文化遗产普查十大类中是数量最多的，占 25.4%。（传统音乐 61 231 项，传统舞蹈 21 980 项，传统戏剧 14 774 项，曲艺 9292 项，传统体育、游艺与竞技 27 645 项，传统美术 34 023 项，传统技艺 73 998 项，传统医药 25 983 项，民俗 227 209 项，另有民间知识 29 890 项。）

概括地说，非物质文化遗产资源的数字化，主要可分三个方面：普查资料；名录（项目）资料；传承人（代表性）资料。《非物质文化遗产数字化管理专业采集规范》"民间文学门类特性要求"所述的内容，主要是"项目"的资源采集"规范"。一方面规定了资料采集的全面性，要求"原则上覆盖主要流布区域的主要类型作品""代表性人物的代表性作品"以及传承人不同时期的讲述作品、讲述中的相关信息、相关器具和图片等；另一方面又非常强调下列几种讲述文本采集的优先权，即普及率较高、影响较大的作品；突出体现项目特点的版本（异文）；有较高艺术价值和历史价值的作品；流传时间长、范围广的文本。没有全面性的资源采集和著录，将来建成的"非遗"数字化数据库的库容就会显得单调而贫乏，难以具备中国各民族非物质文化遗产总数据库的担当和最终做到资源共享的角色。既重视全面性，又重视代表性，应该是项目资源采集的方针。

在非物质文化遗产数字化的资源采集中，对民间文学作品的采集，又必须是当代正在口头流传的，即显示着鲜明的"当代性"特点的，而不是以往的岁月里记录下来的。在这里，传统性和当代性形成了一对悖论。今天所谓的"当代"，指的是 21 世纪初的近 20 年。不能拿 20 世纪 80 年代记录的作品文本来代替今天记录的作品。理由很简单，20 世纪 80 年代，中国的社会虽然已经开始步入了改革开放的新时期，但当时的中国社会还处在一种古老的农耕文明的延续期的比较稳定的社会形态下，而当下的社会，则已经处于急剧的转型之中，无论是经济形态（结构）、家族制度，还是更为深刻的社会礼俗和价值观念，都发生了剧烈而又深刻的变化，而这些变化给民间文学带来的影响是严重的。当下时代在民众口头上依然流传的民间文学，在内容上、在价值判断上，都发生了或隐或显的变易。所以，我们要强调，今天建设的非物质文化遗产数据库，所收的数据资源，必须是当代还在民众口头上流传的民间文学作品。过去搜集或出版的民间文学记录文本，也要尽情收录其中，但必须标明其讲述（演唱）者和采录者的姓名、身份、年龄、职业，采集记录的时间、地点，以及原始出处。因为民间文学是会随着时间的推移和社会的变迁而发生变易的，这种变易不仅表现在语言文字上、艺术形式上、艺术风格上、审美观点上，更重要的是，表现在作品所反映的社会样相，所体现出来的民众对社会的批评和群体诉求、宇宙观、价值观、道德观等方面。

"非遗"名录资料的数字化，几年来已有较大进展。我国的非物质文化遗产的数字化采集，是以"项目"为抓手开始的。而"民间文学"类的"项目"，是根据国家非物质文化遗产名录里的"民间文学"类的"项目"而定的。"民间文学"类的"非遗"，与其他门类的"非遗"相比，有自己的特点。从建设"非物质文化遗产数据库"的资源采集角度来看民间文学，其特点是：民间文学是广大民众世代相传的、集体性（群体性）的口传文学，是语言艺术，它的载体是语言（口语）。我们的任务是采集当代传承者讲述或演唱的民间文学作品的口述文本。只有记录的作品文本，才是非物质文化遗产数字化的基本资源和数据。这决定了我们所要进行的数字化采集是用笔录、录音、录像、数字化手段记录活态的民间文学作品。记录讲述（演唱）的口述文本是"民间文学"类"非遗"保护的最适宜的方式，也是世界各国普遍采用、行之有效的方式。除了文本的记录，还要收集或扫描流散于和保存在民间的各种民间文学手抄本、印本、照片图片以及其他相关的器物。

《非物质文化遗产数字化管理专业采集规范》对"民间文学"类"项

目"所做的规定和要求，即"民间文学作品的采集，原则上要覆盖项目的同一作品的各种异文"。原则上是对的，是要全国各地都遵守的，但这个规定也有缺陷，即没有考虑到"民间文学"名录项目的复杂性和多样性。"全覆盖"的思想，仅适用于某些作品或某些项目，而不适用于其他类型的项目。譬如史诗，项目资源"全覆盖"也应包括两个部分，即代表性传承人及其说唱的作品和其他非代表性传承人所说唱的作品的记录文本。因为一部作品在民间会有很多艺人会传唱，有能说唱整部作品的，也有只能说唱部分章节的，这些都在项目的采集之列。除了这些零散的艺人说唱的史诗文本（多数是片段），还有代表性传承人的说唱文本，而代表性传承人的代表性作品（版本），则是要全文记录下来的。数字化资源采集项目的"全覆盖"，我们可以理解为，在"民间文学"类某个"项目"概念下的、能够采集到的口传作品，包括在项目保护地区内的代表性传承人和非代表性传承人所讲述、传唱的作品，都在数字化采集之列。

非物质文化遗产国家名录中的"民间文学"类，包括:（1）神话;（2）"传说";（3）故事;（4）歌谣;（5）史诗;（6）长诗;（7）谚语;（8）谜语;（9）其他;共九个亚类。而"非遗"数据库的资源数字化采集，仅有这九个亚类还不够，还要对每个亚类再细分。

代表性传承人及其作品演述是"项目"的重要组成部分，是数字化采集的重要内容。一，对于代表性传承人讲述或演唱的作品，要记录文本与录音并重，忠实地记录下他们的语言，他们的形象化的语言、方言土语、谚语歇后语。他们的讲述和演唱绘声绘色，诙谐幽默，风格独具，往往是一般作家望尘莫及的。二，除了要将他们的代表性作品全文实录（录音或录像）并转写成普通话文本，还要把他会讲唱的作品的全部目录记录下来。

我认为，数字化资源的采集主要应采用实地考察的方式，而只有实地考察和现场采集的方式，才能获取现在进行时的民间文学数据资料。"现有资料"也是很珍贵的资料，应该同步进行收集。至于"现有资料的整理",则是输入数据库和进入研究阶段的事情。

九、"非遗"保护成败在于核心技艺和价值
是否得到完整保护

刘勍:现在"非遗"逐渐开始与文化创意产业、旅游业以及现代商
业结合,也引起了许多年轻学者的关注,但得出的结论不尽相同。您是
如何看待"非遗"与现代产业结合的?

刘锡诚:关于"非遗"与文化产业、旅游产业结合发展的方面,现
在还颇有些争议。"非遗"与其他产业融合发展,我们有成功案例,例如
被誉为"黄土地上的一朵奇葩"的甘肃庆阳香包的产业化就是一个成功
的例子。当地成立了庆阳香包产业集团公司,并在北京组建了庆阳香包
绣制品北京销售中心,把家家户户绣制的香包集中收购起来,通过代为
销售等商业运作传递到世界各地。香包既是工艺美术制品,又饱含着民
族文化象征隐喻,把祝福带给了祈求幸福的人们。

还有一个案例,我曾经读到《福建省非物质文化遗产工作简报》上
发表的《(福建)全省农村非物质文化遗产保护产业化发展研讨会在福州
召开》的简要报道,给我们提供了有趣的材料和信息。报道说:"会议指
出:合理利用非物质文化遗产,发展文化产业是非物质文化遗产生产性
保护的一个重要手段。在福建现有的省级非物质文化遗产名录中,一些
有条件的、有一定产业基础和市场规模的项目,已探索出一条适应市场
规律的经营机制,实现新型的传承发展。还有一部分已具备开发性利用
条件的农村非物质文化遗产项目的发展,面临经费投入不足、研发力量薄
弱等困难,陷于发展的瓶颈。"福建已经有较成熟经验的农村"非遗"项
目有寿山石雕、安溪铁观音、莆田木雕等 6 个项目;而福州软木画、宁德

霍童线狮、永春纸织画等虽有潜力，但遭遇发展瓶颈。所惜者，我们没有看到具体材料。

关于农村乡民社会"非遗"的生产性保护乃至产业化探索方面，我对于 2008 年对河北蔚县剪纸及剪纸企业曾做过一次调查，并撰写过一篇调查报告式的文章《"活态"保护的一种模式》，以蔚县，主要是以南留庄镇单堠村高佃亮、高佃新两兄弟的剪纸厂的兴衰为例，提出和阐述了"作为非物质文化遗产之一的传统剪纸（刻纸）艺术，如何在现代生活环境下增强自身适存性和可持续发展的问题"。剪纸 / 窗花在旧时代就依赖于民俗节庆和农村市场，这是有传统的。现在情况变了，不仅在当地有市场，还出现了外销的市场。因此，我肯定地提出"窗花 / 剪纸产业化是新时代的产物"。高氏兄弟依托该厂的人才和技艺优势，培养出了上百名剪纸技术人才，带动和辐射周边三个村成为剪纸专业村、120 户农民脱贫致富。我认为："把传统的个人创作模式转换为文化产业模式，是'活态'保护非物质文化遗产思路下的一种可供选择的模式，当然并不是唯一模式。"陕西省安塞县的剪纸和腰鼓同时列入国家级非物质文化遗产名录，"安塞劳动妇女创造的民间美术价值，远远超出了民间美术本身……已经成为县域经济的一个新的增长点。"

在与文化产业、文化创意产业结合方面，也有一个案例。有些以物质为依托的手工技艺类"非遗"项目，如北京市崇文区[①]的雕漆、玉器、珐琅、象牙雕刻、骨刻、料器、花丝镶嵌等，其制造过程本身就是生产，采取生产性保护方式是题中应有之义，同时，也必然要通过商业性运作而为民众所认同，从而产生利润。在这方面，截至目前，各地所取得的经验，并没有完全成熟，或者说，摆在我们面前的路还很长。我们不妨看看国家级"非遗"名录中一些项目目前的处境。

---

① 今属北京市东城区。

例如，作为第一批国家级"非遗"名录中的苏绣，在市场化道路上已有所开拓。过去，苏州刺绣研究所手工制作的苏绣，一直走的是纯艺术化的道路，只创作而基本不面向大众销售。2006 年，他们首次参加深圳的文博会，把参会当作进入市场的一次试探，结果出乎意料，现场订单如云。到 2007 年文博会，他们把展场扩大了 3 倍，达 720 平方米，并带去了最经典的作品。如今，又适应市场需求，推出了时尚服饰系列、床上用品系列等，走入寻常百姓家。同时苏绣也走出国门，到欧洲各国展览宣传，把市场越做越大。他们面向市场的服饰系列、床上用品的试水之举，是否成功，是否取得专家和百姓两方面的认同，还要假以时日。2009 年 11 月，我参加文化部组织的"非遗"督查组，在镇湖街道考察时，实地参观和访问了苏绣国家级传承人卢福英，看了她的刺绣艺术馆及展品。她的绣品成为国家和政府的外事礼品和外国的收藏品，基本上不存在销路的问题。

但是，同时我们要注意一个问题，就是在讨论"非遗"产业化的时候，我想，我们还不应该忘记历史上的一些教训。在 20 世纪五六十年代的社会主义改造大潮中，许多行业的手工艺作坊并入合作社，继而并入国营工厂，由于计划、市场、领导与被领导关系、劳资关系、资金和材料、人员和工艺等种种原因，使许多传之既久、独具特色、卓尔不群的手工技艺，在历史的烟尘中支离破碎了，传承人改行和技艺断档，有的甚至湮没无闻了。从计划经济体制转制以来，好多工厂破产倒闭，人员流散。例如，辉煌一时的北京花丝镶嵌，历史上曾经集中了 14 种传统手工技艺的北京工艺美术厂，于 2004 年 12 月宣布破产，四五百名从事花丝镶嵌制作技艺的人员流失，目前从事这个行业的仅剩下几十人。北京料器制品厂的命运也大体相似，于 1992 年宣布倒闭，如今"百工坊"只有邢兰香一个工作室。前面提到的北京雕漆行业，从 20 世纪 60 年代国有的北京雕漆厂，到 21 世纪之初的个人雕漆工作室，所走的其实就是从产业化退回到手工业作坊的道路。倒退不是耻辱，而是历史给予我们的一种聪明的选择。如今政府着手启动非物质文化遗产保护工作，不得不重新整合力量，有些甚至要从头做起，恢复早已失传了的项目和技艺，重新培养新的传人。

上面所谈，主要涉及非物质文化遗产的"传统技艺"类，部分是"民间美术"类，这两类"非遗"之外的其他类别，如民间文学、表演艺术、体育竞技、民俗等，没有涉及。没有提及，并不等于这些方面不存在值得探讨的问题。

在农村乡民社会"非遗"项目的"产业化"探索方面，各地不断传来一些成功的经验，既传承了传统的"非遗"技艺核心和文化蕴涵，又在文化内部规律允许的情况下有所发展。这类项目，大多是以传统技艺为核心的技艺类或民间美术类、而历史上就天然地与市场互为依存的项目，如年画、剪纸、玩具、泥塑、绣花鞋等。年画和剪纸的产业化发展，各地都传来好消息。其主要原因，一是这类"非遗"项目与民众信仰和心理诉求有着天然的、密不可分的血肉关系，二是历史上就因市场而得以生存、传播、传承和发展，在现代条件下，能够顺利进入市场，为其生存和发展提供驱动力。

对于"非遗"保护，在总结以往的经验教训之后，我们不能再"一窝蜂"地陷入盲目追逐产业化的浪潮，犯重复性的错误。"产业化"只是可供选择的方式之一，但不是全部；对某些类别和项目可能是最佳的选择，对另一些类别和项目，则可能不适用或不是最佳的方式。总之，在决定采用何种模式进行"非遗"保护的时候，要明确我们的最终目的是保护，而不是牺牲传统的技艺和文化蕴涵去获得利润的最大化，因此一定要逐一分析、逐一选择并进行学科论证，然后做出决策。这也许就是"非遗"保护产业化与其他经济项目不同的地方。

实践是检验真理的唯一和最终标准。我以为，"非遗"保护的成败，其标志是：不论采用何种方式，包括生产性方式和产业化方式，"非遗"项目的核心技艺（而不仅是技术）和核心价值（原本的文化蕴涵）得到完整性的保护为前提，而不是以牺牲其技艺的本真性、完整性和固有的文化蕴涵为代价。凡是以牺牲传统技艺及其文化蕴涵为代价的所谓产业化，都是不可取的，都是我们所坚决反对的。

十、让每个学生掌握"非遗"知识是国之大计

刘勍：您作为学贯中西的学术大家，参与过多部苏联著作的翻译工作。您认为国外的"非遗"保护经验是否值得借鉴，以及在借鉴国外"非遗"保护经验时，我们坚持的原则是什么？需要注意哪些方面？

刘锡诚：年轻时，我一度从事过翻译工作，对外国的民间文学及其研究比较注意，也多少翻译了一些东西。后来，随着工作重心的变动，对外国的民间文学以及现在联合国教科文组织提倡的非物质文化遗产保护，很少关注了。值得一提的是，1986年根据中国芬兰文化协定在广西三江侗族自治县六个点上进行的中芬民间文学联合考察及在南宁举行的学术研讨对我们这一界的影响。中芬民间文学联合考察及学术研讨，芬方帮助我们培养了干部，带给我们新的学术理念，即"田野调查"和"参与观察"这两个理念。在民间文学保护上，芬兰的民间文学专家劳里·航柯要求我们忠实地记录来自百姓口传的民间文学，让民间文学以"第二生命"代代传承下去。作为联合考察与学术研讨活动的秘书长，我受劳里·航柯的理论观念的影响较深，我不仅策划和参与了这次联合调查的全过程，而且写了《中芬民间文学联合考察暨学术交流总结》，编了《中芬民间文学搜集保管学术研讨会文集》（中国民间文艺出版社，1987年）。

在民间文化保护策略上，我以为，保护非物质文化遗产的核心不外两点：一是保持和守护住千百年来民众以口传心授的方式创造和传播的文化及其传统，从而弘扬和发展民族的文化；二是既要吸收外来文化优秀的东西，又要遏制外来的强势文化对本土文化的吞噬与覆盖。

我国民众所创造和传承的非物质文化遗产，反映了我国人民的宇宙观和价值观、历史观和审美观，是中华文化传统的珍贵财富。我们这一代人的使命就是，保护好我们所拥有的不同表现形式的非物质文化遗产，如此，既有利于以亚洲为主体的东方文化传统的复兴和传播，也有利于保持世界文化的多样性生态。在非物质文化遗产的保护上，除了各国政府强有力的举措，非政府组织也有很多事情可做，尤其是专家的作用。同时，亚洲各国和各地区携手合作，也是时代赋予我们这代人的使命。

跨境而居民族的"非遗"保护就是一种很好的保护模式。在这方面的国际合作，此前已有成功的例子。2005年12月，中国和蒙古国联合申报的"蒙古族长调民歌"被列入人类非物质文化遗产代表作名录。2008年至2009年，中蒙保护蒙古族长调民歌联合田野调查分别在蒙古国和中国境内展开，为联合保护工作做出了开拓性的努力。这样的合作，在亚洲其他地区，如东南亚和东亚也有。人所共知，在亚洲，有许多古老的非物质文化遗产"原型"或"母题"，以及如今还存世的"活态"非物质文化遗产项目，是跨境而居的民族不同支系所共有的。例如，居住在中国云南的哈尼族和居住在缅甸东北部、泰国及老挝北部的阿卡人，他们的迁徙史诗《雅尼雅嘎赞嘎》就是这个跨国而居的民族的不同支系所共有的非物质文化遗产。窃以为，如果相关各国的政府机构和学者们能就中国的哈尼族和缅甸、泰国与老挝的阿卡人的迁徙史诗项目合作进行一次全面的调查，帮助这些民族或地区制订比较完善的保护计划，将是一件造福于这个民族和挽救这个濒临失传的"非遗"项目的大好事。在这些方面，各国非物质文化遗产保护官员和学者之间合作的必要性与合作的空间，无疑是很广阔的。

2011 年 10 月 11 日，中国政府在重庆市主办了"亚洲文化论坛——10+3 主题会议"，笔者在会上做了题为《亚洲应携手合作保护东方文化传统》的发言，呼吁亚洲各相关国家对"同胞配偶型洪水神话"这个起源和流传于中国大陆南部诸民族及南亚诸岛国的同一母题的人类起源神话合作进行保护。亚洲是一片古老的大陆。在古代，亚洲人民就创造了灿烂的文化，对世界经济的发展做出了重要的贡献。只是 16 世纪以后，西方殖民主义和帝国主义相继侵入，许多国家和地区先后沦为殖民地和半殖民地，经济遭到了严重摧残，民族文化遭受到西方文化的冲击或侵蚀，致使许多国家和地区长期处于贫困落后的状态。20 世纪七八十年代后，亚洲走上了内部调整和外部合作的转型之路。然而对于任何民族来说，其根文化毕竟是强国之本，要守住亚洲文化的光辉传统，复兴和弘扬亚洲文化，增强亚洲文化的软实力，保护亚洲的非物质文化遗产应该是亚洲各国政府和民众的重要使命。

亚洲各国和各地区民众所创造和传承的非物质文化遗产，反映了亚洲人的宇宙观和价值观、历史观和审美观，是东方文化传统的珍贵财富。过往的情况是，亚洲国家和地区对其他亚洲国家、民族和地区的非物质文化遗产的了解，远远少于对西方，特别是欧洲非物质文化遗产的了解。其原因，无非是若干世纪以来西方殖民主义者的侵犯和占领，将其变成自己的殖民地和半殖民地，向亚洲国家宣传和推销西方文化，从而导致了亚洲各国对自己国家的非物质文化遗产的价值认识不足，保护和宣传不得力。所以，我们这一代人的使命就是，保护好我们所拥有的不同表现形式的非物质文化遗产，如此，既有利于以亚洲为主体的东方文化传统的复兴和传播，也有利于保持世界文化的多样性生态。在非物质文化遗产的保护上，除了各国政府强有力的举措，非政府组织也有很多事情可做，尤其是学者专家的作用。同时，亚洲各国和各地区携手合作，也是时代赋予我们这代人的使命。

刘勃：您阅历丰富，为我国的民间文学和"非遗"保护工作做出了突出贡献，可以说是我国民间文学保护工作、中国"非遗"保护工作资历最深的实施者和见证者。您能总结一下十几年间我国的"非遗"保护有哪些进步吗？"非遗"的抢救保护工作对国家文化的影响是什么？就当下而言，我们如何更好地对"非遗"进行传承？

刘锡诚：我国的非物质文化遗产保护取得了可喜的成绩。先后有31个"非遗"项目被选为世界人类非物质文化遗产代表作名录和急需保护的非物质文化遗产名录；建立起了国家、省、自治区、直辖市、市、县四级保护名录和项目代表性传承人名录；建立了21个文化生态保护实验区；实施了《中华人民共和国保护非物质文化遗产法（草案）》……"非物质文化遗产"可以说成了各类媒体的大众词语，堂堂正正地进入了中国文化的大雅之堂，"文化多样性"的理念，已在我国主流社会开始被广泛地认同和接受。

一方面，成绩斐然；另一方面，也有问题产生。如以过度开发为特点的破坏性保护倾向得不到遏制，一些生产性项目放弃手工技艺而转向机械化、系列化、规格化生产的势头愈演愈烈；如重生产性类别的保护、轻口传性类别的保护，使非物质文化遗产的保护工作总体失衡；如以改编和推广优秀遗产为名，而行泯灭民族文化个性之实的倾向；如把"政府主导"变成了政府"越俎代庖"，把"合理利用"变成了"过度利用"，其结果，改变了"非遗"项目的内在嬗变规律，挫伤了民众自觉参与和精心保护的积极性；如热衷于用外力"强加"的方式（如学界批评的某些"生态博物馆"）代替提高本土民众自觉保护意识的倾向，等等。非物质文化遗产保护的主导者政府文化主管部门适时地采取干预措施，使我们的"非遗"保护工作纳入正常健康的轨道。

我们常说：我们中国是"和而不同"，是"多元一体"。主要就表现在文化上。文化的多样性原则，要求尊重和保护好各个民族文化和各个地域文化的个性，只有保护好了各个民族文化和各个地域文化的个性，才有中华民族的文化多样性，才有俗称的"和而不同"的文化格局；也就是说，文化的独特个性，是文化多样化的基础，如果没有了文化的独特个性，也就无从谈论文化的多样性。对于那些已经进入国家级、省（区）级、市级、县级名录的"非遗"项目，相关的政府文化主管部门和项目保护主体单位或个人的职责，就是要采取措施，使其永葆其独特的文化个性，也就是他们在申报非物质文化遗产名录时向国家承诺的项目的"唯一性"。据报载，某地的"非遗"主管部门正在把已经入选"人类非物质文化遗产代表作名录"和"国家级非物质文化遗产名录"的"侗族大歌"，向其他民族和地区"推广"，这些主持其事的官员如果不是无知的话，也是好心做了错事，他们的奇思妙想，会因为消弭侗族大歌的民族独特文化个性，而把这笔优秀的民族文化遗产毁于一旦。

故事家谭振山进课堂

　　如上所说，理念的悖谬，认识的误区，是产生上述问题和倾向的重要原因。但发现问题却不能在萌芽状态就得到及时的纠正，而往往是任其发展蔓延，则与制度的不健全不无关系。我们在名录的申报方面已经有了一些可行的制度和经验，如同商品、医药等领域里的"市场准入制度"，却一直没有出台一些非常必要的"非遗"的"退出制度"，让那些不按照规律办事、追名逐利（政绩工程、商业利益）、保护不善、使"非遗"遭到损失的项目"下课"，从国家各级名录中退出。在"非遗"保护顺利进展的大好形势下，该是对这些"时疫痼疾"下几剂狠药治治的时候了。

　　我国处在文化自信和文化复兴的新时代，非物质文化遗产保护，仅仅作为文化部门的任务是不够的，必须让教育部门参与进来，担负起保护和弘扬"非遗"的历史使命。把作为国学之一的非物质文化遗产纳入教材和课堂，让每一个学生掌握非物质文化遗产的本体知识和保护责任。这是国家之大计，民族之大计。

我是怎样研究原始艺术的——兼谈艺术人类学[①]

王永健（以下简称"王"）：刘先生您好！受《贵州大学学报》（艺术版）之托，很高兴能够有机会对您做一次专访。多年来，您一直致力于民间文艺领域的理论与田野研究，取得了颇为丰硕的研究成果。记得上次在我们院参加"刘锡诚先生从事民间文艺研究60年研讨会"时，收到一本记录您出版著作与发表论文的小册子，打开一翻着实让人惊叹，出版了20多部著作，发表了1000多篇论文，真的可以称得上是著述等身。我们先从您求学经历以及如何进入到民间文艺研究领域开始谈起吧。

刘锡诚（以下简称"刘"）：关于我怎样进入民间文艺研究这个学术领域，我曾在《在民间文学的园地里》这篇短文中简略地写过。1953年秋天，一个没有见过世面、穿着农民衣服的18岁的农民子弟，提着一个包袱跨进了北京大学的校门，学的却是当年很时髦的俄罗斯语言文学，辉煌灿烂的19世纪俄罗斯文学和苏维埃俄罗斯文学吸引了我，滋养了我，给我打下了文学欣赏、文学史、文学理论、文学批评的基础，没有别林斯基、车尔尼雪夫斯基和杜布罗留勃夫三大批评家对我的影响，也许后来我不一定会走上文学批评的道路。但我毕竟是农民的儿子，农村的生活和农民的口传文学与民间文化的耳濡目染，融入血液，深入骨髓，

---

① 访谈者，王永健，中国艺术研究院助理研究员。原文发表于《贵州大学学报》（艺术版）2016年第4期，原标题为《民间文艺与艺术人类学研究——刘锡诚研究员访谈录》，收入时有改动。

时时撞击着我的心胸，使我无法忘情。村子里老一辈的乡亲夏天在树荫下、冬天在地窖里讲故事的场面，瞎子刘会友弹着弦子给村子里的老乡们说唱的情景，多少年过去了，仍然在我脑子里时隐时现，他们的形象栩栩如生。恰在这时，我们的系主任、著名的未名社作家兼翻译家曹靖华教授担任了我的毕业论文的指导老师，他欣赏并同意我选择民间文学作为论文题目。于是我在燕园的北大图书馆和民主楼的顶楼小屋里大量阅读了"五四"以后，特别是歌谣研究会时代的丰富资料。曹先生是我的启蒙老师，他不仅指导了我的毕业论文的写作，而且他还介绍我在1957年夏天北大毕业后，进入了中国民间文艺研究会，从事民间文学的采录、编辑、研究和组织工作。到1966年5月"文化大革命"爆发，红卫兵文攻武斗，中国文联和各文艺协会被砸烂，继而1969年9月30日我们悉数被放逐到了"五七干校"改造，从而被迫告别了民间文艺研究。

　　我再次回到民间文艺领域和研究岗位，已经是17年后的1983年了。1977年7月我被调到刚刚复刊未久的《人民文学》杂志社，一年后转到《文艺报》编辑部，开始了我喜爱和追求的文学编辑与评论岗位上。正当我在文学批评上进入成熟期、作家协会又是个令人羡慕的单位，不料，我的领导、《文艺报》主编冯牧同志对我说："周扬同志要你到中国民间文艺研究会去主持那里的工作，他是我老师，我顶了他两次了，事不过三呀，你自己解决吧。"周扬竟然当面对我说，要我去年轻时工作过的民研会。尽管我心里一百个不愿意，尽管有作协领导上的挽留，尽管有钟敬文老先生"那是一个火坑呀"的警告，但周扬是文艺界的老领导，在他面前，我一方面恪守老实听话的家教，一方面遵循君命难违的古训，只好硬着头皮离开了《文艺报》，踏上了民间文艺工作的老路，重续与民间文艺的因缘。这一去又是八年。但所幸的是，这是一条通往"边缘化"、专心做学问的路。离职后的三十年来，我在寂寞和孤独中写作了包括《中国原始艺术》和《20世纪中国民间文学学术史》两个国家社科基金项目成果在内的 20 多本书。

一、《中国原始艺术》的写作

王：20 世纪末，您出版了《中国原始艺术》一书，我觉得该著资料相当丰富，而且分析颇具创见性，涉及人体装饰、新石器时代的陶器装饰艺术、原始雕塑、史前巨石建筑、史前玉雕艺术、原始岩画、原始绘画、原始舞蹈、原始诗歌、原始神话等，囊括了几乎所有的艺术门类。在研究中以历代文献、人类学或民族学田野考察以及考古学发现的材料为研究素材基础，并补充以许多鲜活的、口传的、非物质的材料。20 世纪 80 年代，西方的艺术人类学研究刚刚传入中国，处于学术准备时期，这段时期的艺术人类学研究一个很重要的特点就是学者们对原始艺术命题的集体关注，我在《新时期以来中国艺术人类学的发展轨迹》一文中做过一些粗浅的研究，您作为从那个时代走过来的学者之一，可否谈一谈为什么会兴起对原始艺术命题研究的热潮？这些研究对今天的艺术人类学研究有什么样的启示？

刘：正如您所说的，20 世纪 80 年代，西方的艺术人类学研究刚刚传入中国，处于学术准备时期，这段时期的艺术人类学研究一个很重要的特点就是学者们对原始艺术命题的集体关注。我也是那个时候开始关注和研究原始艺术的。作为民间文艺的研究者，我对原始艺术的兴趣和关注，正是起于对民间文学艺术研究的需要。民间文艺与原始艺术固然不是一回事，但二者之间有着密切的关系。根据马克思主义中经济基础和上层建筑关系的原理，一个社会制度被另一个更高级、更进步的社会制度所代替，其属于上层建筑的意识形态还会长期存在于新的社会之中。我们所接触到的和用各种手段（除了文字记录，还有录音、照相和录像）

记录下来的民间文艺，不仅可溯源于原始艺术，有的甚至就是原始艺术的遗留。一般说来，原始艺术大体上由两个部分构成：一是原始社会的不同人群所创造和享用的艺术。在原始社会的低级阶段，不仅没有出现社会分层现象和阶级差别，甚至连人与自然还难以分别开来，这种智力水平和认识能力在神话、诗歌、图画、舞蹈、音乐等原始艺术中有很明显的反映。正如马克思在《路易士·亨·摩尔根〈古代社会〉一书摘要》里说的："想象力，这个十分强烈地促进人类发展的伟大天赋，这时（指蒙昧的时期和野蛮时期的低级阶段——引者）已经开始创造出了还不是用文字记载的神话、传奇和传说的文学，并且给予了人类以强大的影响。"二是人类社会进入较高阶段即社会分层和阶级社会后，还继续葆有的原始艺术（遗存），所谓民族学的原始艺术。马克思说："野蛮时代高级阶段的全盛时期，我们在荷马的诗中，特别是在《伊利亚特》中可以看到。……荷马的史诗以及全部神话——这就是希腊人由野蛮时代带入文明时代的主要遗产。"我国在全国刚刚解放、和平跨入新民主主义社会和社会主义初级阶段时，有些民族，如居住在云南边境上的佤族、景颇族、独龙族等，还处于氏族社会的末期，他们的民间文艺，实际上还是原始社会末期社会成员中所流传的原始艺术。因此，不研究原始艺术，就不能正确理解和阐释民间文艺中存在的某些深层问题。

　　我开始关注原始艺术及其理论，继而把中国原始艺术当作一个重要的学术研究课题，还因为受到马克思主义经典作家们的艺术论和艺术观的启迪。我从 20 世纪 50 年代末 60 年代初起，开始研读马克思主义经典作家们的有关著作，钻研他们对原始文化和原始艺术的论述。早年鲁迅先生曾翻译了蒲力汗诺夫（普列汉诺夫）的《艺术论》，冯雪峰译介过他的《艺术与社会生活》。1963 年，王子野翻译了法国马克思主义者拉法格的《思想起源论》。我参考苏联青年汉学家鲍里斯·李福清赠送的俄文本《马克思、恩格斯与民间文学》索引的复印件，从马恩的著作中搜集编辑了一本《马克思恩格斯论民间文学》的专集（内部）。稍后，文学研究所民间文学室也于1979年编印了一本《马克思恩格斯论民间文学》的小册子。马克思、恩格斯、拉法格、普列汉诺夫等人的艺术理论中，对原始艺术有很多精辟的论述，他们在原始文化研究上所创立的唯物史观方法论和对某些原始艺术的阐释，给了我一把打开中国原始艺术宝库大门的钥匙。我先后翻译了恩格斯《爱尔兰歌谣集序言札记》（与马昌仪合译，分别发表于《光明日报》1962年1月13日和《民间文学》第1期），撰写了《马克思、恩格斯与民间文学》（写于1962年，发表于《草原》1963年第2期）、《拉法格的民歌与神话理论》（发表于《文艺论丛》第7辑，上海文艺出版社，1979年）、《普列汉诺夫的神话观初探》（发表于《民间文学论坛》1985年第5期）等论文。

我国原始艺术研究的基础一向十分薄弱。民国时期，除了前面提到的鲁迅译的蒲力汗诺夫的《艺术论》外，只有德国格罗塞的《艺术的起源》、洛伯特·路威的《文明与野蛮》（上海生活书店，1935年）寥寥几本外国人写的书。"文革"前的"十七年"时期，几乎没有人研究过这方面的问题。新时期以来，情况虽然有所改观，但史前考古学家、文艺理论家、文学史家、美学家、美术理论家各自分割，缺乏综合性、系统性和贯通性。进入80年代，出版了一些有关原始艺术的专著和论文，但较多的是对某一门类的原始艺术（如彩陶和岩画）和某一考古文化系统的原始文化的研究，也出版了几部介绍或借用西方的研究方法来构架中国原始艺术理论体系的著作，但大多重点倾向于构筑某种理论框架，没有一部是在汇集和梳理中国本土原始艺术材料的基础上，进而加以研究和系统化、理论化的著作。这不能不说是我国人文社会科学界、文艺理论界的一个很大的缺憾。有感于艺术理论研究的这种状况，我于1985年8月为中国民间文学刊授大学学员写了一篇题为《原始艺术论纲》的讲稿（发表在《民间文学论坛》1985年第6期上），继而出版了一本论文集

《原始艺术与民间文化》（中国民间文艺出版社，1988 年）。在这个基础上，承蒙钟敬文和林默涵两位老学者的支持和推荐，我于 1991 年向国家社会科规划办公室申报了"八五"社科基金课题"中国原始艺术研究"，并于 1991 年 12 月 18 日得到批准立项。经过五年多的研究，于 1996 年 6 月 23 日脱稿，纳入"蝙蝠丛书"（刘锡诚主编）由上海文艺出版社于 1998 年出版。出版后，中国文联理论研究室、中国民间文艺家协会、上海文艺出版社联合召开了座谈会。钟敬文先生在《我的原始艺术情结》一文中说："过去有关原始艺术的著作，都是外国人写外国原始艺术的，没有人写中国原始艺术的书，更没有中国人写中国原始艺术的。我一直希望有人写出中国原始艺术的著作来，不能光是格罗塞呀、博厄斯呀所著的著作。日本做学问的人很多，也没有人写中国原始艺术的。系统地研究中国原始艺术，锡诚算是第一个。……这是一部严肃的科学著作。"（《文艺界通讯》1998 年第 10 期）

《中国原始艺术》的写作，力求系统地搜集和整理包括各少数民族在内的中国本土的原始艺术资料，把考古发掘出土的史前艺术资料和新中国成立前夕还处于氏族解体阶段的民族的原始艺术融为一体，把原始的（从旧石器时代晚期起）人体装饰、新石器时代陶器（素陶和彩陶）装饰艺术、原始雕塑、史前巨石建筑、史前玉雕艺术（造型与纹饰）、史前岩画、原始绘画、原始舞蹈、原始诗歌和原始神话等不同门类、不同形态的原始艺术资料尽其可能地搜集起来，加以梳理和分类，使其系统化，找出其艺术规律和特点，并把不同时期的原始造型艺术、视觉艺术和口传艺术这些不同门类的原始艺术进行综合的研究。

我在研究中接受了西方引进的文化人类学和民间文艺学的田野调查方法，以实证为主要指导原则和特色。由于 50 年代我国学界批判了美国哲学家约翰·杜威（John Dewey，1859—1952）的实证主义哲学，于是实证的学术方法，也被误解为实证主义而在我国社会科学领域很长时间里成了禁忌。但在新兴的文化人类学、艺术人类学中，以田野调查为特征的方法，其实质就是强调和突出实证，强调深描，让材料说话。在写作中，我始终注意尽可能多地搜集和引用中国本土的原始艺术资料：以史前考古出土的资料为主，辅之以民族学、人类学的田野调查资料、民俗学资料和口承文艺资料，以为参证。在唯物史观的指导下，通过对大量资料的分析、比较和研究，得出应有的结论，力避缺乏实证资料支持的玄学空论。我在本书中所提倡和运用的实证方法，其要义是在要求丰富的相关资料（特别是第一手的调查资料）的基础上引导出结论，有异于当下学界流行的、在没有必要的材料或材料相当缺乏的情况下，以空灵的头脑去构建理论和理论框架的学风。为了完成这个研究课题，我先后对一些新中国成立前夕还处于氏族社会末期的民族和地区的原始艺术，如沧源岩画、花山岩画、景颇族史诗《目瑙斋瓦》和舞蹈《金再再》、独龙族的射猎图画、四川珙县麻塘坝僰人的岩画等，进行了田野调查。

由于原始艺术具有原始意识形态的综合性、神秘性和一体性，笔者在进行原始艺术门类、原始艺术特点、作品释义等研究和分析时，运用了考古学、美术史、文艺学、民俗学、宗教学、象征学、文化阐释等多学科的方法，根据不同情况做跨学科的交叉研究和比较研究。多学科的交叉研究和比较研究，有助于解开作为原始艺术之源的原始思维的神秘的密结，从而在一定程度上克服和超越了以往中国文学史、美术史、文学理论著作中在论述原始艺术和艺术发生时，只着眼于图解其思想内容以及社会作用、史前考古研究中只侧重于断代和器物描述的狭隘局限。

原始艺术是人类从野蛮走向早期文明的标志之一。从所研究的对象和对象所显示的文化含义来看，我的研究对探讨中华民族早期文明有一定的意义。我曾指出，中国原始艺术发展到大汶口文化、龙山文化和良渚文化，玉器的造型和纹饰，已经昭示着社会分工和分层现象的出现，也显示着"礼"制在氏族群体中的萌芽，预示着人类早期文明所展露出的曙光。尽管至今所发现的中国原始艺术作品，还只限于粗糙简单的纹饰和体外装饰物等，尚未发现像欧洲旧石器时代洞穴艺术那样时代更早、规模更大的史前艺术品，如拉斯科洞穴壁画，如维伦多夫和莱斯普克的维纳斯女神像等，但我国新时期时代的彩陶、岩画、玉器等原始艺术门类，作为人类从野蛮走向文明的脚印，其所达到的成就，无论在东方还是在世界原始艺术史上，都是有重要意义的。随着人们对客体审美感受的积累，表现在原始艺术中，逐渐形成了一些有明显特点的审美观念。如对称与等分、线条与色彩、写实与写意等。原始人已感到饰以对称的装饰或给某些花纹以等分或加等分线更能引起审美快感。与此有关的是节奏——没有节奏就没有原始音乐和原始舞蹈。情绪的宣泄，身体的运动，只有符合一定的节奏才能成为音乐和舞蹈。

　　原始艺术研究有助于中华文明起源问题的研究和推进。我们还清楚地记得，由于长江流域的河姆渡等古文明的发掘，大凌河流域的红山文化遗存的发掘，中华文明起源的黄河中心论已被改写，"多中心说"已为学界所接受。近几年来，红山文化遗存的发掘又有很大进展，发掘出来的相对完好的泥塑大母神像和祭坛等，为中华文明早期的历史图景提供了更多的珍贵材料，可惜至今很少进入艺术人类学家们的视野。2008 年，舞蹈学家、国家非物质文化遗产专家委员会委员康玉岩先生到海南黎族调查非物质文化遗产，拍摄到一组黎族的原始舞蹈，因其罕见和珍贵，他慷慨地发给我供研究之用。海南黎族的原始文化，早在民国时期就引起艺术学者的关注，岑家梧先生撰著了《图腾艺术史》（原名《史前艺术史》），这部经典给中国早期的艺术学研究贡献了重要的新篇。而康先生发给我的这些在 21 世纪仍然"活"在海南黎族民众中的原始艺术（舞蹈），对于研究和认识黎族的原始文化和民间文化、建构中国特色的艺术人类学是多么珍贵的资料呀。我选择两幅照片附在下面。

海南保亭黎族妇女的吹鼻箫（康玉岩 摄）

海南白沙细水乡黎族老古舞（康玉岩 摄）

二、象征研究与《中国象征辞典》的编辑

与原始艺术研究相关联的是对象征的研究。象征学（有人译为符号学）一时成了 20 世纪 80 年代世界范围内兴起未久的文化人类学和当时尚处于萌芽状态的艺术人类学的题中应有之义。我早先就买到并部分地览读了英国学者维克多·特纳的《象征之林》俄文本，阅读了移居大陆的台湾学者杨希枚的《中国古代的神秘数字论稿》（1972 年）、《论神秘数字七十二》（1973 年），以及西方学者的一些文化论，对象征问题多少有所思考。1987 年 9 月，《民间文学论坛》杂志编辑部举行了一次"民间文化与现代生活"五人谈，北京大学乐黛云教授的发言传达了一个信息，法国东方文化研究所的所长找北京大学比较文学研究所商谈一个协作项目，编一部世界象征辞典。因为我方没有这方面的现成资料，也没有人对中国的文化象征做过专门的研究，所以没有承担下来。她建议从事中国民间文化研究的人士着手这一课题的准备工作。当时，中国民间文艺家协会民间文艺研究所刚刚成立，便承担了这一课题，立即着手编制《中国象征辞典》的编辑计划、撰写和讨论样稿、确定选题范围，并向全国各地 60 多位专家学者约稿。经过三年多的时间，这部辞书的书稿总算编完了。作为主编，虽然并未因为我们贡献给读者的这部还嫌粗糙的《中国象征辞典》而感到轻松和满足，但是一想到它在中国毕竟是开山之作，心头不免漾出一种聊以自慰之情。我们愿意将这部书稿作为这一领域里研究工作的铺路之石。随之，象征研究在我国学界开始兴盛起来。陆续出现了王铭铭与潘忠党主编的《象征与社会——中国民间文化的探讨》（天津人民出版社，1997 年）、周星的《境界与象征——桥和民俗》（上海文艺出版社，1998 年），以及我在《中华英才》杂志"京都夜话"专栏发表的一系列以象征物的文化阐释为内容的随笔和稍后出版的专著《象征——对一种民间文化模式的考察》（学苑出版社，2002 年）。2004

年我在为四川人民出版社出版的《中国象征文化丛书》所撰写的序言《形
著于此而义表于彼》中写道：

　　象征是一种群体性的、约定俗成的、传习的思维方式和交流方
式。在人际交流中，人们常常是把真正的意思隐蔽起来，只说出或只
显示出能代表或暗寓某种意义的表象，这就是象征。三国魏哲学家王
弼在《周易略例·明象》里所说的"触类可为其象，合义可为其征"，
就是这个意思，他所说的"象"，就是世间万物的表象、形态。因此，
象征一般是由两个互为依存的、对等的部分构成的，这两个部分，借
用西方现代结构主义符号学的术语名之，一个叫"能指"（signifiant），
一个叫"所指"（signifié）。瑞士语言学家费尔迪南·德·索绪尔（Ferdinand
de Saussure）写道："象征的特点是：它永远不是完全任意的；它不是空
洞的；它在能指和所指之间有一点自然联系的根基。象征法律的天平
就不能随便用什么东西，例如一辆车，来代替。"

　　南宋乾道间的罗愿在《尔雅翼》一书里曾给象征下过一个界说：
"形著于此，而义表于彼。"他写道："古者有蜼彝，画蜼于彝，谓之
宗彝。又施之象服。夫服器必取象此等者，非特以其智而已，盖皆有
所表焉。夫八卦六子之中，日月星辰，可以象指者也。云雷风雨，难
以象指者也。故画龙以表云，画雉以表雷，画虎以表风，画蜼以表
雨。凡此皆形著于此而义表于彼，非为是物也。"在罗愿之前是否有
人系统研究和谈论过"象征"的问题，我没有研究，但我以为，罗愿
的这个界说，以"形"与"义"分别来指称西方人所说的"能指"和
"所指"，是相当贴切的、严谨的，自然也是科学的。在器物上绘画、
雕刻，是我们中国人传之既久的一种习惯和风尚，陶瓶瓷罐，建筑装
饰，多有绘画和雕刻，这些绘画和雕刻，多数是具有象征意义的或象
征主义的。画龙以表云，画雉以表雷，画虎以表风，画蜼以表雨，

画家笔下的龙、雉、虎、蜼所表达的并非这些动物或灵物本身，而是云、雷、风、雨这些象征含义，外国人看不懂，中国人一看却能心领神会，这就是约定俗成。

象征思维，是中国传统文化的一大特点。象征的领域涉及语言、风俗、宗教信仰、婚丧嫁娶、服装衣饰、文学艺术（包括口头文学）、神话传说、数字颜色、礼俗仪式、山岳、江河、园林、建筑、桥梁、节日，以及日月星辰、云雨雷电等自然现象和伦理、感觉（梦幻）等社会心理领域，无处不在。

与世界其他国家和民族比较起来，中华民族是一个有着特殊思维方式的民族，象征主义就是这种特殊的思维方式的重要特点和标志。在一个人的全部历程中，几乎每个关键时刻，你都会看到人们用象征主义的思维方式来对待或处理问题，而在中国的民间艺术中象征可谓无处不在。象征的研究深入到了民间艺术的内部，极大地丰富和深化了艺术人类学的田野研究。象征研究 20 世纪 80 年代在我国兴起，固然有赖于西方当代文化学者的提倡和阐述，但其实，中国古代学者的象征研究遗产极其丰富，我们当代的一些学人有数典忘祖之嫌。最近在《中国社会科学报》2016 年 5 月 17 日第 2 版上读到一篇题为《象征主义抑或符号主义》的文章，谈论象征主义的思想史还是唯弗洛伊德、拉康、荣格马首是瞻，绝口不谈如在《尔雅翼》中留下了"形著于此，而义表于彼"这样经典定义的罗愿等中国古代学者的理论贡献。西方学者的贡献应该承认，应该借鉴，但我们不能在一切领域里都把自己变成西方学者的应声虫，我们应该在继承传统和借鉴外国的基础上建立和建设中国式的社会科学理论和方法。

三、艺术人类学在"非遗"保护中的作为

王：近些年来，您也参与到非物质文化遗产保护领域的研究中，而且您本身也是国家非物质文化遗产保护专家委员会委员。可以说，从"非遗"保护工作刚刚起步开始，您就参与其中，目睹了我国"非遗"保护发展到今天的全过程，经常到各地考察，而且很多"非遗"保护文件的制定、项目和传承人评审等您都是参与者，对"非遗"保护领域的研究有自己相当独到的见解。当前我国的城镇化进程发展较快，对于非物质文化遗产的生存土壤与文化空间产生了不小的冲击，您认为在这样的背景下"非遗"保护领域最应该做的是什么？艺术人类学对"非遗"保护可以做些什么？

刘：中华传统文化是我们中华民族赖以生存发展、生生不息、凝聚不散和不断前进的最重要的根脉。中华传统文化又是在中华民族不断发展前进中创造、吸收、扬弃、积累起来的。在新一轮的城镇化进程中，我国广大农村中世世代代传承的包括非物质文化遗产在内的民间传统文化、乡土文化，遭遇了巨大的冲击，在许多地方出现了前所未有的衰微趋势，甚至灭绝的危局。

2013 年 9 月 27 日，文化部负责人在广西南宁开幕的"2013 中国—东盟文化论坛"上就城镇化进程对我国非物质文化遗产保护工作带来的冲击发表谈话说：2011 年我国城镇人口比重达到 51.27%，居住在城镇的人口首次超过居住在农村的人口并将持续增加。① 乡村城镇化的重要标志，是农村、农业、农民所谓"三农"生产方式和生活方式的转换，即相当数量的农民失去了或离开了祖祖辈辈赖以生存的土地，放弃了与农

---

① 据国家统计局 2016 年 4 月 20 日发布的《2015 年全国 1% 人口抽样调查主要数据公报》，全国大陆 31 个省、自治区、直辖市和现役军人的人口中，居住在城镇的人口为 76750 万人，同 2010 年相比，城镇人口增加 10193 万人，比重上升 6.20 个百分点。

田耕作相适应的农耕生产方式和基本上属于自给自足的生活方式，代之而起的商品经济与工业化、人口迁移与人口聚集、城市社区取代传统乡村等，无可避免地改变了，甚至在一定程度上摧毁了非物质文化遗产依存的社会环境和物质条件。因此，探索在城镇化进程中各种有效措施以保护和弘扬中华传统文化，业已成为执政党和各级政府以及包括文化人、专家及其研究机构、保护机构在内的全民族不可等闲视之的历史使命。

2013 年《中央城镇化工作会议公报》指出："城镇建设，……要依托现有山水脉络等独特风光，让城市融入大自然，让居民望得见山、看得见水、记得住乡愁；要融入现代元素，更要保护和弘扬传统优秀文化，延续城市历史文脉；……在促进城乡一体化发展中，要注意保留村庄原始风貌，慎砍树、不填湖、少拆房，尽可能在原有村庄形态上改善居民生活条件。"

要保护、传承和弘扬我国农耕文明条件下乡土社会中所葆有的传统文化（主要的是广大农民、手工业者所创造和世代传承的非物质文化遗产以及包括以人伦道德为核心的乡土文化），首先要认清中国农耕社会的情状和特点。先贤蒋观云先生在 1902 年曾说过："中国进入耕稼时代最早，出于耕稼时代最迟。(《海上观云集初编》，上海广智书局，1902 年版)"漫长而稳定的耕稼时代，养育了中国的文化传统和东方文明，决定了中国人的思想和行为与西方人不同。作为耕稼时代主要标志之一的聚落（村落）生存方式，是以聚族而居、"差序格局"（费孝通语）为其特点的"乡土社会"。其特点是具有凝聚性、内向性和封闭性，与自给自足的农耕生产生活方式、家族人伦制度相适宜的。而作为农耕文明的精神产物的非物质文化遗产和乡土文化，就是在聚落（村落）这一环境中产生并发育起来的。须知，没有星罗棋布、遍布中华大地的聚落（村落），就不会有丰富多彩的非物质文化遗产和乡土文化的创造和传承。

"非遗"是最广大的民众以口传心授的方式世代传承下来的，其所以能够世代传承而不衰，就是因为它体现着广大民众的价值观、道德观、是非观，在不同时代都具有普适性。故而也理所当然地被称为是中华民族文化精神和中华民族性格的载体。但中国的农民要逐步摆脱贫困，实现小康，富强起来，走工业化、现代化、农业现代化的道路。城镇化便成了规划中的实现现代化的必由之路。而全面实现城镇化，改变以往城市和乡村"二元结构"的社会模式，那就意味着逐渐消灭以"差序格局"为特征的传统的"乡土社会"及其人伦礼俗制度和乡民文化传统。显然，保护作为乡民文化传统之主体的非物质文化遗产和以人伦道德为核心的乡土文化，留住记忆，留住乡愁，与全面城镇化之间，就形成了当前中国社会变革的一对主要矛盾。说到底，如果我们的城镇化是以牺牲和舍弃以非物质文化遗产和以人伦道德为核心的乡土文化为主体的中国民间传统文化为代价，那么，这样的现代化将成为只有物质的极大丰富而可能丧失了中华民族精神、民族性格和民族灵魂的现代化。令人感到欣慰的是，中央关于城镇化的文件中已经提醒各级政府，"城镇化进程使传统的农村转型为城镇或城市，在转型中，要融入现代元素，更要保护和弘扬传统优秀文化，延续城市历史文脉。"

近十多年来，保护非物质文化遗产和文化多样性已经成为世界各国有识之士的共识，我国的非物质文化遗产保护工作也取得了巨大成就。我们已经初步建立起了国家、省市、地市、区县四级代表性"非遗"名录保护体系，传统文化保护区建设和传统村落保护也取得了可观的成绩。但由于东部沿海地区、中部中原地区、西部边远地区社会发展的不平衡，城镇化进程的不平衡，"非遗"类别和性质的差别，保护单位素质的差别和措施落实的不同，面对着城镇化进程带来的保护工作的矛盾和挑战是空前严峻的。目前，在东部沿海地区、中部中原地区和西部边远地区三个板块，在城镇化进程中不同程度地遭遇了一些新的问题，也出现了一些保护较好的案例。

　　城镇化进程给"非遗"的生存传承和保护工作提出了挑战，带来了前所未有的冲击，需要新的思维和新的智慧，从而激活其传承和赓续的生命活力。几年前，我在《我国"非遗"保护的若干理论问题》一文中曾列举了造成"非遗"衰微趋势的五个方面原因：第一，农耕文明生产的衰落以及宗法社会家庭和人伦制度的衰微；第二，农村聚落及其人际关系发生了历史性变革；第三，外来文化的强力影响；第四，现代生活方式和生活观念的变化；第五，传承者的老龄化，传承后继乏人。（《中国艺术报》2012 年 8 月 8 日）采取何种保护措施，自然要从这些造成衰微的原因入手。目前比较普遍的，是以文化产业和文化旅游的方式来对处于生存危机中的"非遗"进行保护，这两种保护方式是无可厚非的，但要看到，在城镇化进程中"非遗"的衰微是一种无可挽回的趋势，而《中华人民共和国非物质文化遗产法》中规定的"记录"（文字、录音、录像）的方式，可能是最不该忽略的。只要记录下来了，就可以采取走进校园、传给后人、供学界研究等方式留住这些即将消失或已经消失的"非遗"样态。对于艺术人类学家来说，保护城镇化进程中的"非遗"中的诸艺术项目，自是时不待我之事，要发挥我们的长项，分别不同地区、不同类别，分别轻重缓急，走向田野，抓紧时机以田野的理念和记录的方式，尽可能多、尽可能全地留住乡土社会所滋养和传承下来的这些文化根脉——乡愁。

四、艺术人类学的学科构建

　　王：中国艺术人类学研究发展到今天，已经走过 30 多年的发展历程，有了一定的学术积累。现在来看时机很好，2006 年中国艺术人类学学会成立，搭建了一个国际化的学术交流与对话平台，2011 年艺术学升格为门类学科，为艺术学科的发展打了一剂强心针，也可以说是众望所归。在以后的发展中，艺术学五个一级学科下面的二级学科设置想必也会进行及时的调整与更新，至少从目前来看，国内有相当数量的高校和研究机构设置了艺术人类学的研究生招生方向，并开设相关课程，可以看出学界对于该学科价值与前景的认可。以我们中国艺术研究院为例，2003年并成立了艺术人类学研究所，而且在艺术学理论一级学科下设置了艺术人类学二级学科的研究生招生方向，我想这也是学术发展到一定程度的一种自觉。如果艺术人类学作为一门学科来设置与建设，您认为有哪些方面的工作是最为紧迫的？对于当前的艺术人类学研究而言，您认为存在哪些问题？有哪些好的建议给我们？

刘：我虽然在民间文艺学和艺术人类学领域学习和探索的时间不算短了，也写过一些理论性的文章和著述，包括原始艺术和象征学研究方面的，但自觉地从艺术人类学学科建构方面所做的思考却很少，只能谈一点感想和建议。

何为艺术人类学？方李莉的回答是："艺术人类学是一门跨学科的学术研究视野，一种认识人类文化和人类艺术的方法论。既然是艺术人类学，就可以是从人类学的角度来研究艺术，也可以是借用人类学的方法和理论来研究艺术。"（《中华艺术论丛》，2008年）王建民的回答是："运用人类学理论和方法，对人类社会的艺术现象、学术活动、艺术作品进行分析解释的学科。"（《艺术人类学译丛·总序》）艺术人类学在中国的兴起和传播，如你所说，大约有30年的历史了。在我的记忆里，1992年2月文化艺术出版社出版了我国第一本翻译的外国艺术人类学的著作是美国（后来是英国）学者罗伯特·莱顿著、靳大成等译《艺术人类学》，同年11月，上海文艺出版社出版了易中天著的《艺术人类学》，此后，陆续出版了不少冠以艺术人类学的著作，2003年中国艺术研究院成立了艺术人类学研究中心，2006年成立了中国艺术人类学学会，于是这个新的学科名称就在学界普及开了。

在我看来，艺术人类学，是以人类社会不同阶段上广大民众所创造、传承、传播和享用的艺术活动和艺术作品为对象，运用（文化）人类学的理论和方法进行研究的人文学科。人类社会不同阶段上广大民众所创造、传承、传播和享用的艺术活动和艺术作品（包括传承者），从来被排斥在传统的艺术学的视野之外，或者用美国人类学家罗伯特·雷德菲尔德（Robert Redfield）的"大传统、小传统"来定位，应是"小传统"之属。以人类学的理论和方法研究艺术诸问题，与传统的艺术学之以文艺学的理论与方法研究艺术，有着显著的差异。如果我的这个观点可以接受的话，那么在我国，艺术人类学的研究最早应起始于 20 世纪 30—40年代，那时虽然没有艺术人类学这个名称，但所研究的对象和所采用的理论与方法，却与今天所说的艺术人类学无异。前面提到的岑家梧的《图腾艺术史》如是，钟敬文 1937 年在杭州举办的"民间图画展览"及其所做的研究，北京中法汉学研究所 1942 年举办的"民间新年神像图画展览会"及出版的《民间新年神像图画展览会》一书，也莫不如是。钟敬文在《民间图画展览的意义》中说："民间图画是民众基本的欲求的造型，是民众情绪的宣泄，是民众美学观念的表明，是他们社会的形象的反映，使他们文化传统的珍贵的财产。民间图画，它可以使我们认识今日民间的生活，它也可以使我们明了过去社会的结构。它提供给我们理解古代的、原始的艺术姿态的资料，同时也提供给我们以创作未来伟大艺术的参考资料。"（见《民间图画展览会特刊》，后收入所著《民间文艺谈薮》，湖南人民出版社，1981 年）杜伯秋在《民间新年神像图画展览会》的《绪言》里说："此次展览会……目的为陈列一部分与中国民间宗教有关之图像，而选择此种图像之标准乃视其有无典礼或类似典礼之用途而定，盖此种用途在中国年终及新年时特别显著。"他们的解说指明了所研究和展览的民间图画，是民众所创造和拥有的图画，而且这些图画是与"典礼"

（今天我们所说的"仪式"）相关的，而这正是我们今天的艺术人类学理所当然的研究对象。

新中国成立以后，第一个对艺术界不被重视的"小传统"傩舞进行田野调查的，是时任中国舞蹈艺术研究会秘书长的女舞蹈家盛婕，她率领的团队在江西婺源做了我国学界第一个傩舞调查，开启了我国艺术研究者对傩舞的最初的认识。时至 20 世纪 80—90 年代以降，民间文艺学家、艺术人类学家们秉承着这样的理念和方法，对"大传统"之外的民众艺术活动和艺术作品做了大量的调查和记录，为我国艺术人类学的日臻成熟奠定了基础。如台湾"清华大学"教授王秋桂先生在财团法人施合郑民俗文化基金会支持下，从 1991 年 7 月牵头组织许多大陆文化学者参加的"中国地方戏与仪式之研究"课题计划，用四年的时间，在基于田野资料所写的调查报告 80 种，如贵州傩戏、各地目连戏、安徽贵池傩戏、安顺地戏、福建寿宁四平傀儡戏、重庆市酉阳阳戏、贵州阳戏……调查报告中包括丰富的图片及仪式表演中所用的文字资料，如科仪本、剧本或唱本、表、文、符、箓、疏、牒等资料。又如中国艺术研究院方李莉研究员在文化部和科技部资助下率领团队从 2001 年起花费 7 年时间实施完成的国家重点课题"西部人文资源的保护、开发和利用"，最终成果出版了《西部人文资源论坛文集》《从资源到遗产——西部人文资源研究报告》等 12 种，就西北地区的戏曲、民间宗教、民间习俗、民间手工艺、舞蹈、建筑文化、少数民族习俗与信仰、关中工艺资源与农民生活共 8 个领域的文化资源所做的个案调查报告，以及概述、西部人文资源研究的历史与现状、西部人文资源所面临的生态压力、西南少数民族村寨文化变迁、人文资源开发问题、贵州梭嘎生态博物馆的经验调查等 14 个问题的研究结论，提供了翔实可靠、丰富多样的当代西部人文资源的田野调查材料和生活样相，以及民间艺术面临的衰微困境。流传于西北回、汉、东乡、撒拉、藏、土、保安、裕固等民族和地区的"花儿"，申报世界人类非物质文化遗产名录成功，但申报前对"花儿"的调查和研究呈现分散状态。现在有些地区开始做新的调查，如 2007 年，西北民族大学戚晓萍在坎铺塔对洮岷南路花儿的调查[①]；2012 年甘肃省文化艺术研究所"中国节日志·松鸣岩花儿会"课题组在顾善忠的率领下在临夏回族自治州和政进行的田野调查等。这些课题的完成和田野调查的撰写为艺术人类学的趋向成熟准备了可靠的条件。目前来看，这样的有系统的、带有全局性的艺术类田野报告和资料，还是太少了。

回想 1928 年 4 月，蔡元培就任中央研究院院长后，创立了历史语言研究所和社会科学研究所，他亲任社会学研究所下面的民族学组的主任，并出了六个题目组织力量进行调查：（1）广西凌云瑶族的调查及研究；（2）台湾高山族的调查及研究；（3）松花江下游赫哲族的调查及研究；（4）世界各民族结绳记事与原始文字的研究；（5）外国民族名称的汉译；（6）西南少数民族研究资料的收集。[②]这六个调查报告的写作与出版，奠定了中国民族学学科从无到有、理论体系的建构的坚实的基础。目前，中国式的艺术人类学学科的逐步完善，最为迫切的，是有赖于更多的这类有计划有组织的、全局性的、有点有面的艺术类田野调查资料的撰著与积累，在田野调查资料及其所形成的问题的基础上，以多学科参与、从多方面深化理论研究，而不是寄希望于移植外国的现成的理论，尽管外国理论的介绍是非常必要的。

十多年来，我国非物质文化遗产保护工作已经取得了世所公认的巨大成绩，对非物质文化遗产及其保护工作的理论研究，如"非遗"价值观、项目本身的内涵和传承人的研究与阐释，有了长足的进步和提升。但联系的观点和方法（如与历史文化传统、地域文化传统），则基本上被

---

① 王永健：《新时期以来中国艺术人类学的发展轨迹》，《民间文化论坛》2015 年第 2 期。
② 蔡元培：《三十五年来中国之新文化》，桂勤编：《蔡元培学术文化随笔》，中国青年出版社1996 年版，第 151 页。

忽视。在这些方面，艺术人类学已经比较成熟的理论和方法，在"非遗"及其保护工作中大有用武之地，可以给予期望中的"非遗学"的建构以理论上的支持。我国政府认为："非物质文化遗产是指各种以非物质形态存在的与群众生活密切相关、世代相承的传统文化表现形式，包括口头传统、传统表演艺术、民俗活动和礼仪与节庆、有关自然界和宇宙的民间传统知识和实践、传统手工艺技能等，以及与上述传统文化表现形式相关的文化空间。"[①]而这个通知所述作为"非遗"的诸种传统文化表现形式，并非都属于前面我们所定义的作为艺术人类学研究范围（"视野"）的人类艺术活动和艺术作品，有的纯然属于人类有关自然界和宇宙的知识和实践，而非艺术活动与艺术作品。

艺术人类学近年来取得的成就与进展，是有目共睹的，值得学界高兴的。如果要问我有什么建议的话，我认为，艺术人类学学科虽然有了30年的发展史，但学科建构方面的空间还很大。如英国学者罗宾·乔治·科林伍德《艺术原理》中说的"非艺术"（如巫术艺术等），如上述中法汉学研究所的"典礼"中的民间图画与留居美国的中国学者巫鸿的《礼仪中的美术》的命题，如中国的地域文化（荆楚文化、吴越文化、齐鲁文化、苗蛮文化……）所孕育的地域艺术传统及现代形态，如民众艺术与农耕文明，如文化圈、艺术圈，如大众艺术与"非遗"领域里的"文化空间"，等等，都值得学者们去研究，而且可以作出大文章来，丰富和提升学理建设。

[①] 《国务院关于加强文化遗产保护的通知》，见中国艺术研究院、中国非物质文化遗产保护中心编《中国非物质文化遗产普查手册》（修订版），文化艺术出版社 2007 年版，第 275 页。

21世纪：民间文学研究的当代使命^①

2012 年是《民间文化论坛》创刊 30 周年，这个曾被认为是民间文学研究重镇的学术刊物，在如今看来，其发展仍是步履维艰。学者呼吁加强民间文学的理论创新和学术梯队建设，加强中国特色的民间文艺学理论、文艺理论体系的建设。近日，记者就民间文学发展的相关问题采访了文联研究员刘锡诚先生。

一、民间文学要回归文学

项江涛（以下简称"项"）：您好，部分学者把民间文学指为民俗学的一部分，您是否认同这一观点呢？

刘锡诚（以下简称"刘"）：将民间文学看作是民俗学的一部分或衍生物是 20 世纪 20 年代西方民俗学的观点，这种见解，在前六七十年间的中国学界虽有所传播，但却从未被中国学界接受为主流学说。到了 21 世纪，随着西方文化的大量涌入，这一学说在中国学界获得了适宜的发展土壤。但我并不认同现代西方民俗学在民间文学定位上的观点，我认为，我国的民间文学应该适合于中国的文化土壤和现代学科发展。

① 访谈者：项江涛，《中国社会科学报》编辑记者。原文发表于《中国社会科学报》2012 年 11 月 30 日第 386 期。原标题为《"非遗"时代民间文学研究迎来新契机》。

民间文学要回归文学。民间文学之为文学，许多中外先贤都有过相关的表述。鲁迅说："时属草昧，庶民朴淳，心志郁于内，则任情而歌呼，天地变于外，则祇畏以颂祝，踊跃吟叹，时越侪辈，为众所赏，默识不忘，口耳相传，或逮后世。"（《汉文学史纲要》）中国古典文论中有"文以载道"的学说，并在"五四"以来一向居于我国现代作家和民间文艺学家研究的主流。诚然，民间文学中有些内容常与原始信仰、原始艺术、风俗习惯、宗教信仰等联系在一起，这也是民间文学在文化生态上的重要特点。但不能用这一部分的特点概括民间文学作品的全部，民间文学说到底是广大民众的精神文化的创造。

项：这里又涉及文艺理论问题，即民间文学的文化属性问题，我们该怎样理解民间文学的文化属性呢？

刘：民间文学主要产生和流传于农耕社会（包括采集或游牧文明）中，集中地反映了体力劳动者阶层的最广大的人群在历史长河中积淀起来的自然观、伦理观、道德观和世界观以及情操和审美趋向。

2003 年，联合国教科文组织通过的《保护非物质文化遗产公约》中，对于包括"民间文学"类在内的非物质文化遗产的作者的社会身份忽略不计，只承认其特点是口传心授、世代相传、在一定社区里被创造和再创造，并被认同和持续发展。虽然，这一理念已被我们接受，但要指出的是，从学理上考察，联合国教科文的这一理念与我国近代以来大多数学者的理念是不相符的。原因在于，当代中国虽然从总体上已经走上了现代化的快车道，社会成员的结构也开始呈现出深刻的变化，但中国社会的结构仍然是相对稳固的，社会成员结构的变化，仍然并没有出现根本性的、颠覆性的变迁。也就是说，民间文学的传承者，仍然主要是从事体力劳动的下层人群，最基本的部分是农民。

二、"非遗时代"的民间文学研究

项：您曾提出民间文学已经进入"非遗时代"甚或是"后非遗时代"，那么，民间文学该有哪些调整呢？

刘：民间文艺学要适应时代的要求，回答新世纪提出来的新问题，但并不是说，可以忽视基础研究和传统社会中保留下来的对民间文学的研究。可以说，近十年来的"非遗"保护，对民间文学的搜集、研究以及民间文艺学的学科建设提供了新的契机。

所谓"非遗时代"，就是指民间文学在联合国教科文组织的《保护非物质文化遗产公约》的理念下，做出理论的创新和实践的调整。这种调整主要表现在对民间文学的搜集与研究，即记录、研究、阐释当下老百姓中流传的民间文学的活态形式，探求和阐释这些新形式所展现出的，或隐藏的与民间文学的发展演变相关的社会、文化和审美因素及动因。

我们应该对民众中流传的活态的民间文学进行保护和保存。但当前，我们至少缺乏科学的调查方法运用和采录。在新世纪初的这十年，民间文学的嬗变在许多地区超出了想象的常规，传统的民间文学要么加入了大量新思想和要素，要么呈现出新的价值观和新的审美观念。在社会转型和急速发展的时代，学者主导或参与指导的民间文学调查搜集、冷静的学理性研究显得尤为重要。

三、应恢复民间文学的二级学科地位

项：近期，北京大学已批准将民间文学提升为二级学科，您对民间文学的学科建设怎样看呢？

刘：在我国，民间文学的研究起步其实是比较早的，应该说是与世界同步的。20世纪初，以蔡元培、胡适、刘半农、蒋观云等为代表的北京大学的教授们，以茅盾、郑振铎等为代表的文学研究会的作家评论家们，以北京的《晨报副镌》、上海的《妇女杂志》等报刊为代表的文艺编辑们，都先后大力关注、提倡、呼吁、重视和研究民间文学。可以说，早在五四新文化运动前后，我国的民间文学搜集和研究，就已经进入到现代学术层面了。1925年成立的中央研究院，在推动民间文学的搜集研究上也业绩辉煌。20年代末，在广州，30年代，在杭州，40年代在大西南、在延安等解放区、在上海、在香港，民间文学的搜集和研究，得到了蓬勃的发展。新中国成立以后，建立了专门搜集研究民间文学的机构，并把民间文学纳入文学之内，成为与文人文学并行的另一个系统。

改革开放新时期，特别是20世纪80年代以来，在建设中国特色的马克思主义民间文艺学的方向下，多学科和多种方法参与，民间文学得到了长足的发展。虽然，民间文学与原始信仰、原始艺术以及漫长的农耕社会中形成的民俗与信仰的亲缘关系和影响，但民间文学毕竟是一种社会意识形态，是民众的道德观、伦理观、人生观、世界观、是非观的载体。80年代中后期，受西方强势文化的影响，民间文学及其研究被纳入民俗学之下。民俗学与民间文学的纠缠不清的关系，在中国学界讨论和争论了几十年都没有取得一致的意见。少数专家的闭门决策，显然是草率的，缺乏传统和国情的支持的。如今，在全国哲学社会科学规划办的学科设置中，民间文学仍然保持着在文学学科下的二级学科地位。由于把民间文学纳入到了民俗学学科之下，作为研究民俗的资料，民间文学在教育部系统的学科目录里成了三级学科。由此，民间文学在学校教育、人才培养、专题研究、学科建设等方面，都受到了很大的制约和负影响。近十年来，我同刘守华、王泉根等多位学者陆续撰文呼吁，恢复民间文学在文学学科下的二级学科地位，给民间文学创作及其研究以应有的地位，同时，也为建设和健全有中国特色的中国民间文艺学创造条件。

附录：刘锡诚简介

刘锡诚，1935年生，山东昌乐人，文学评论家、民间文艺学家、文化学者。1957年毕业于北京大学俄罗斯语言文学系。1957年由国家统一分配到中国民间文艺研究会工作。1960年3月到1961年春下放内蒙古达拉特旗劳动锻炼一年。1964年11月至1965年7月到山东省曲阜县孔村公社"搞四清"，任罗汉村大队"四清"工作组组长兼党支部书记。1965年8月出差西藏采风两个月。1965年11月至1966年5月任中国民间文艺研究会编辑部评论组代组长至"文化大革命"爆发。1966年9月底下放文化部怀来"五七干校"，继而转至哲学社会科学部河南罗山、息县"五七干校"、文化部团泊洼"五七干校"。1971年6月从文化部团泊洼干校分配到新华社，先后任翻译、编辑、记者（其间，曾任新华社驻上海蹲点记者组长和驻北大清华蹲点记者组长一年）。1976年6月调《人民文学》编辑部任评论组长。1978年参与《文艺报》复刊，先后任编辑部副主任、主任。1983年9月调中国民间文艺家协会任书记处常务书记、驻会副主席兼党的领导小组组长（分党组书记）。1991年2月4日调中国文学艺术界联合会任理论研究室研究员，至1997年退休。其间，先后兼任《民间文学》《民间文学论坛》主编，社会期刊《评论选刊》《中国热点文学》主编。

1957年加入中国民间文艺研究会，1979年加入中国作家协会。主要社会职务：中国俗文学学会副会长、会长，中国当代文学研究会副会长兼秘书长，中国旅游文化学会副会长。2002 年起被中国民间文艺家协会聘任为中国民间文化遗产抢救工程专家委员会委员，2003 年被文化部聘任为"中国民族民间文化保护工程"专家委员会委员、国家非物质文化遗产保护专家委员会委员。2008 年受聘为中国民间文艺家协会中国民间文艺研究所研究员。2011 年受聘为中国艺术研究院艺术人类学研究中心客座研究员。2012 年受聘为《民间文化论坛》杂志特约主编。2004 年获文化部授予的艺术科学国家重点项目"十部文艺集成志书""特殊贡献个人奖"；2007 年获中国民间文艺家协会授予的"中国民间文艺成就奖"；2010 年获《中国民间文学集成》特别贡献奖；2019 年获第十四届山花奖"中国文联终身成就民间文艺家"奖和荣誉称号。

主要著述如下：

文学评论集《小说创作漫评》《小说与现实》《作家的爱与知》《河边文谭》；散文随笔集《走出四合院》《追寻生命遗韵》《黄昏的眷恋》《芳草萋萋》《田野手记》；文坛记事《在文坛边缘上——编辑手记》《文坛旧事》等。

学术著作《原始艺术与民间文化》《中国原始艺术》《象征——对一种民间文化模式的考察》《20 世纪中国民间文学学术史》《民间文学：理论与方法》《民间文学的整体研究》《双重的文学：民间文学＋作家文学》《民俗与艺术》《民间文艺学的诗学传统》《民间文艺学学科建设·讲演录选》《中国神话与民族精神》《刘锡诚序跋书话集》《非物质文化遗产：理论与实践》《非物质文化遗产保护的中国道路》《非物质文化遗产学术研究亲历者口述史·刘锡诚口述史》。

发表的论文主要有《新中国民间文学理论研究和学科建设：1949—1966》《中国民间文艺学史上的流派问题（上）》《中国民间文艺学史上的流派问题（下）》《刘半农：歌谣运动的首倡者》《董作宾：歌谣乡土研究的先驱》《仄径与辉煌——为钟敬文百年而作》《作为民间文艺学家的何

其芳》《全球化与文化研究》《民俗百年话题》《文化对抗与文化融合中的民俗研究》《民俗与国情备忘录》《禹启出生神话及其他》《神话昆仑与西王母原相》《钟馗论》《中日金鸡传说象征意义的比较研究》《陆沉传说试论》《陆沉传说再探》《对"后集成时代"民间文学的思考》，等。

编译作品有《马克思恩格斯收集的民歌》《苏联民间文艺学四十年》《高尔基与民间文学》《俄国作家论民间文学》《世界民间故事精品》（编选）、《灶王爷传说》（编选）、《印第安人的神话故事》（合译）、《讲了100万次的故事·印第安》（合编译）。

主编或选编作品有《当代女作家作品选》（刘锡诚、高洪波、雷达学、李炳银主编）、《中国当代文学评论丛书》（20 种，冯牧、阎钢、刘锡诚主编）、《中国象征辞典》（刘锡诚、王文宝主编）、《蝙蝠丛书》（5 种）、《中华民俗文丛》（20 种，刘锡诚、宋兆麟、马昌仪主编）、《中国民间故事精品文库》（10 种，刘锡诚、马昌仪、高聚成主编）、《中国民间信仰传说丛书》（6 种）、《中国新文艺大系·民间文学集》（1937—1949）、《葫芦与象征》（游琪、刘锡诚主编）、《山岳与象征》（游琪、刘锡诚主编）、《三足乌文丛·学术著作》（10 种）、《三足乌文丛·民间图像》（4 种）、《为你骄傲——忆江晓天》（刘锡诚、冯立三主编）、"中国非物质文化遗产图文藏典"丛书（10 种）、《吉祥中国》。

其中，散文《会说话的山岩》获 1985 年《中国作家》征文一等奖；论文集《小说与现实》获 1987 年中国当代文学研究表彰奖；专著《在文坛边缘上》获第十届中国当代文学研究优秀成果表彰奖；《中国原始艺术》获 2001 年中国文学艺术界联合会、中国民间文艺家协会授予首届"中国民间文艺山花奖"特别奖（一等奖）；《民俗与国情备忘录》被中国文学艺术界联合会授予第三届中国文联文艺评论奖一等奖；《20 世纪中国民间文学学术史》被国家社会科学规划办公室评为"优秀"等级；论文《试论非物质文化遗产的价值判断问题》获中国文学艺术界联合会授予的第七届中国文联文艺评论奖二等奖；论文《1982：“现代派”风波》获《南方文坛》2014 年优秀论文奖；论文《21 世纪：民间文学研究的当代使命》获第九届中国文联文艺评论奖论文一等奖；著作《20 世纪中国民间文学学术史》（增订本）获中国文联与中国民协第十二届中国民间文艺“山花奖”学术著作奖。

编 后 记

2021 年，北京师范大学非物质文化遗产研究与发展中心（后称"中心"）决定策划编纂"民间文化新探书系"，以推动学科的合作交流。这一出版计划得到了北京高校高精尖学科建设项目——文化遗产与文化传播平台的经费支持。随后，中心向社会广泛征稿，并陆续收到国内外许多来稿。刘锡诚先生的《岁月风铃——文坛生涯 60 年访谈录》是其中的一部。

刘先生是当代著名的民间文艺学家，他从 1957 年北大毕业后就进入中国民间文艺研究会（后改为"中国民间文艺家协会"，下称"中国民协"），投身于民间文学搜集、整理、研究、编纂等相关工作，彼时正是新中国成立、百废待兴之时。虽然一度离开民研会和民间文学领域，但他的绝大部分精力和时间献给了民间文学。特别是 20 世纪 80 年代，刘先生在主持中国民协工作时领导推动了"中国民间文学三套集成"和"中芬民间文学联合考察"等大规模民间文学调查活动，这些调研活动不仅摸索出大型甚至全国性田野作业的有效范式，而且为学界提供了非常精细的学术资料，在学界影响广泛而深远。此外，其民间文学等研究也独辟蹊径，颇具真知灼见。可以说，刘先生是新中国成立后民间文学学科的耕耘者和学科成长的重要见证者之一。

刘先生提供给我们的文稿，最初约 45 万字，由 24 篇组成，集中反映了其在历史因缘下的人生际遇、职业辗转和学术成就等，同时也不乏人事纠葛和个人情感，内容丰富翔实。爬梳刘先生的人生轨迹，大致能从中看出中国民间文学的发展脉象。由于原稿头绪较多，其中既大量描述了刘先生在中国民协（中国民间文艺研究会）时所做的工作，也涉及其在《人民文学》《文艺报》等文坛的亲历故事等，内容较为复杂；同时，文章体例也不尽统一，有个人回忆、有访谈、有评述等。中心的老师们经过讨论，认为要突出口述史这一特色，且专述刘先生在民间文学方面的经历、贡献及思考，以赋予书稿内在的统一性，使其更好地彰显刘先生的学术思想，并体现中国当代民间文学的发展历程。

考虑到刘先生年事已高，恐精力受限，中心委派我来编辑本书。经杨利慧老师提议并征求刘先生本人同意，我们决定大致以刘先生在民间文学不同领域的作为和贡献为主题串联全书，兼及其他。统观全稿后，从中遴选了8篇访谈文章辑为本书，书名定为《我与中国民间文学：刘锡诚口述》。这8篇文章中，首篇是对刘先生的初步介绍，特别是对他如何走上民间文学研究道路进行了追根溯源；中间6篇重点讲述其核心学术思想、在民间文学学术编撰和田野考察等方面做出的开创性的探索以及在"非遗"保护、民间艺术等不同领域的理论建树；最后一篇是刘先生对民间文学研究使命的展望，希望通过此篇，使读者更加体察刘先生对民间文学的坚守与希冀，也算对全书做一个交代和总结。本书经刘先生审阅认可后定稿。

要特别说明的是，由于文章由不同访谈者完成，不同文章之间难免牵涉同一问题，读来或偶有重复之感。为了保持每篇文章的完整性和原本面目，我们决定不对其加以斧凿，仅对部分文章的标题和内容进行修改调整，以突出重点，实现全书的总体协调。敬请读者谅解。

本书收入的绝大多数文章已发表。在收入本书时，我们均已得到了最初访谈者的授权。除原文已有图片外，其他图片均由刘锡诚先生本人提供。本书在编辑过程中得到杨利慧老师事无巨细的悉心指导，万建中、康丽、彭牧、唐璐璐老师也给予诸多中肯的意见和建议。刘锡诚先生的家人马昌仪老师和刘方老师以及中国民协的冯莉、云南大学的张多等老师在沟通联络等方面提供了帮助。商务印书馆的李霞、龚琬洁、王屏老师为本书的早日面世付出很多辛劳。在此一并致谢。

民间文学中蕴藏着民众的生活态度和他们解决问题的智慧，是我们生长于斯的精神上的家园。今天，我们要感谢民间文学给我们留下的文化传统，它带给我们生活的信心、勇气、才智及苦中作乐的素材。同时，我们也要感谢刘锡诚先生和其他诸多前辈，因为他们选择且坚持发掘被时代遗弃的民间文学的价值，并逐渐使它的社会意义得到显现。

丁红美

图书在版编目（CIP）数据

我与中国当代民间文学：刘锡诚口述 / 北京师范大学非物质文化遗产研究与发展中心主编；刘锡诚口述；丁红美编. — 北京：商务印书馆，2023（2024.11重印）
（民间文化新探书系）
ISBN 978 – 7 – 100 – 22412 – 3

Ⅰ. ①我… Ⅱ. ①北… ②刘… ③丁… Ⅲ. ①民间文学 — 文学研究 — 中国 — 当代 Ⅳ. ①I207.7

中国国家版本馆 CIP 数据核字（2023）第075453号

民间文化新探书系
我 与 中 国 当 代 民 间 文 学
刘锡诚口述

北京师范大学非物质文化遗产研究与发展中心　主编
刘锡诚　口述
丁红美　编

商 务 印 书 馆 出 版
（北京王府井大街36号　邮政编码 100710）
商 务 印 书 馆 发 行
山西人民印刷有限责任公司印刷
ISBN　978 – 7 – 100 – 22412 – 3

2023年12月第1版　　　　开本 787×1092　1/16
2024年11月第2次印刷　　　印张 16¼

定价：88.00元